NÃO ÉS TU, BRASIL

MARCELO RUBENS PAIVA

NÃO ÉS TU, BRASIL

Copyright © 2006 Marcelo Rubens Paiva

Todos os direitos desta edição reservados à
EDITORA OBJETIVA LTDA. Rua Cosme Velho, 103
Rio de Janeiro — RJ — CEP: 22241-090
Tel.: (21) 2199-7824 — Fax: (21) 2199-7825
www.objetiva.com.br

Capa
warrakloureiro

Foto de capa
Agência Estado

Revisão
Maria Beatriz Branquinho da Costa
Fátima Fadel
Diogo Henriques

Editoração Eletrônica
Abreu's System Ltda.

CIP-BRASIL. CATALOGAÇÃO-NA-FONTE
SINDICATO NACIONAL DOS EDITORES DE LIVROS, RJ.

P169n
    Paiva, Marcelo Rubens
       Não és tu, Brasil / Marcelo Rubens Paiva. – Rio de Janeiro: Objetiva,
    2007

       311p.   ISBN 978-85-7302-833-1

       1. Guerrilhas - Ribeira do Iguape, Rio, Vale (PR e SP) - Ficção.
    2. Romance brasileiro. I. Título.

06-4465.   CDD 869.93
                                    CDU 821.134.3(81)-3

07.12.06   12.12.06   017274

*Este livro é dedicado ao meu pai,
Rubens Paiva, que viveu como poucos,
fez o que deveria ser feito, e foi morto
porque arriscou ser solidário.*

"*A verdade é sempre a realidade interpretada.*"

Oswald de Andrade

SUMÁRIO

Vértice 1	11
Vértice 2	101
Vértice 3	219
Posfácio	307

VÉRTICE 1

— Desculpe interromper sua leitura.

Me interrompeu com boa educação, gentileza rara num tira, por isso fingem, ô doutor, positivo, ao encalço deles, negativo; fingem que são educados e letrados.

— Sabe que descobri? — perguntei antes de tudo.

— Não tenho a menor...

Ele tem, mas quer me ouvir primeiro, e eu tenho o que falar, não foi por outra que liguei marcando o encontro. E chegou adiantado; quer muito me ouvir.

— Meu irmãozinho...

Logo de cara soltei um meu irmãozinho, não era assim, a polícia, irmãozinho, os guerrilheiros, companheiro? A conversa ia se esticar, eu nenhuma trégua, vamos direto.

— Deveria estar longe, mas parei aqui, escolhi aqui...

Comecei e parei, respirei e observei o trânsito. Sorrindo.

— Naquela esquina — apontei —, acabei de ouvir dois tiros, secos, de um revólver vagabundo, que guerra, hein?, o sujeito vê um vulto suspeito e começa, se acerta, foda-se o vulto, vira presunto, mais um para tumultuar a vida do IML, mais um B.O. para o arquivo morte desconhecida, mais um caso sem solução, mais um número para as estatísticas, mais dinheiro público gasto no enterro de mais um indigente, cova rasa feita às pressas, porque quem liga para o corpo encontrado no meio da rua com duas azeitonas nas costas? Foi agorinha, num assalto de meio-dia de corre-corre, eu no carro esperando a droga do farol abrir, aquele ali — apontei —, e um moleque deste tamanho me apontou um berro e foi logo, à luz do dia, gritando vai, filho-da-puta, passa a carteira! Que susto... Era eu o filho-da, poucas quase nenhuma palavra, suficientes, entendi no ato, quer a carteira, um assalto, desses que acontecem toda hora, meu azar, um dia tinha de. No susto, pensei em pedir calma e pensei se conseguiria engatar a primeira e arrancar, me abaixando para não levar bala na nuca, minha primeira vez, e o que fazer? Fila de carros, o farol abriu, o moleque outro grito, vai logo, caralho, quer morrer?! Por que não? Então é você quem seleciona, este fica, este vai, tão garoto, tanta firmeza, o primeiro que viu ou existem razões? Que o quê, a arma apontada e é assim, vive-se para morrer, mas quando chega a hora temos direito à última pergunta, não?, mais um minutinho, ora!, pensei. Me lembrei de tanta gente. Ousar morrer. Meus avós se conheceram num trote. Ela discou um número, ele atendeu, ela ia fazer uma piada, gostou da voz e cá estou. Nada existiria se, em vez do quatro, discasse outro. Recebi uma coronhada na testa. Quer parar de rir!, gritou. Tremia, sua mão. Problemas? Claro, estava assaltando e quem colaborando? Eu estirado, dor da coronhada, pensei o que eu sentiria se disparasse, qual parte oferecer para o tiro, a morte sem dor? Estou contando, mas foram segundos. Então, encostou o cano aqui nesta têmpora, talvez para me apressar, e como um milagre pedi calma. Passei a pensar em passar a carteira, acabar de uma vez, virei e ouvi os tiros, dois!, desgraçado, me acertou, impaciente, me acertou. Dessa vez que eu tinha tempo não me lembrei de nada.

...

Ruídos, longe, talvez buzinas.

Levantei a cabeça. O farol aberto. Olhei para frente, os lados, o garoto? Nenhum sinal. Eu? Não conseguia sentir por onde as balas tinham entrado. Me olhei, me apalpei. Nada. Já tinha ouvido falar, não se sente um tiro assim de imediato: a dor atrasa. Descansei minha cabeça, respirei um pedaço da morte que não chegava, que, como podemos saber, aparece? As buzinas insistentes. O carro ao lado parado. O motorista fora dele com uma automática na mão, olhando para o chão. Guardou a arma, me olhou, piscou o olho, entrou no carro e se mandou; foram dele os tiros. Então vi o corpo do garoto, meu assaltante, caído no asfalto, duas azeitonas nas costas; foram para ele os tiros. Sua perna ainda mexia. Dois buracos na camisa, sem sangue ainda. Seus olhos, esbugalhados, procuravam algo, procuravam o seu revólver, caído palmos depois. A tremedeira da perna passou. O corpo deu um tranco e parou. Este farol demora e quando abre todos querem passar. Não pararam as buzinas. Pensei em coisas:

Ver se está vivo e levá-lo para o hospital.

Anotar a chapa do sujeito que atirou.

Ignorar e arrancar.

Roubar o revólver.

Qual você escolheria?

Mas, se o farol fechasse, eu demoraria outro tanto, e é um farol miserável que fica um bom tempo aberto para uns (os outros) e pouco para outros (nós), e é assim na cidade, uns contra os outros, não? Meu instinto ditou, me arranquei e, sucesso, passei. Parei logo aqui, desci do carro, vi ali o farol se fechar, vi o garoto morrer, não fui eu que morri, pensei, não fui eu que atirei, os carros desviando, ninguém velando, está vendo? Estou acompanhando a demora do farol e o tamanho da poça de sangue. Pensei, alguém vai avisar a polícia, alguém sempre chama a polícia, outro alguém vai velar o corpo, outro trará a vela, alguém sempre traz uma vela. Nada disso. Te acontece um problema, mas vão ter outros pela frente, outros faróis que demoram, e estão todos bem ocupados por aqui. Decidi ligar pra você. Amanheceu bonito. Por que liguei? Talvez para um acerto de contas e contarmos os mortos. Ou para dizer você não a encontrou, cheguei na frente, sei por onde ela andou, nos enganando por quanto tempo, vinte anos? Tia Luiza. Está bem, vamos falar dela.

Já mudou o nome para Glória, você deve saber. Não precisa tomar nota; não deste ponto. Talvez eu não fale tudo. Posso esconder, ir aos poucos, mas vá lá, Luiza, Glória, seja lá o nome, encontrei. Você me seguindo, ambos atrás de tia Luiza, tia Luiza e Lamarca, e Lamarca morreu há muito, que vida, hein?, a nossa, a dela, a de todos nós.

Na primeira vez que te vi você não me viu, Cemitério do Araçá, 1971, num ponto com tia Luiza; Glória, na época, codinome óbvio e infeliz. Eu, nos meus 16 anos, na subversão, quer dizer... Te vi com seis ou mais profissionais estourando o ponto, lembrou? Só que nós estávamos do lado de cá, em frente à Faculdade de Medicina, e vocês lá, entraram no cemitério, deram tiros e tudo o mais.

E ainda te vi dias depois, no apartamento, aparelho, como eles chamavam, no aparelho do Copan. Você vai lembrar. Vocês revistavam o aparelho. Você ao telefone, a porta entreaberta, eu no hall, me viu e disse algo como está olhando o quê, garoto?! Éramos todos amadores naquele tempo. Me incluo no grupo, sim. Sei que não fiz parte de nada, mas, em partes, fiz. Um sujeito quer escrever um livro, mas não sabe por onde começar. Senta à mesa, caneta e papel à mão e, depois de refletir, começa a escrever um livro sobre um personagem que não sabe como começar um livro.

Em 1969 eu tinha 13, não, 14, deixa fazer as contas... No verão de 69, eu tinha 13 anos. Com 14 tive umas férias forçadas: hepatite. Fiquei na fazenda, foram todos embora e continuei, março, abril e maio de 70, eu, minha avó, a doença e a guerrilha. A fazenda existe ainda, em Eldorado Paulista, à beira do Ribeira, mas não nos pertence mais. Fazenda Apassou. Todas as férias nela, desde que me conheço por gente. Agora tem outro nome, outra cor, mais flores no jardim, poucos empregados. É o ano, sim, de Lamarca, da guerrilha do Vale do Ribeira, abril e maio de 1970, e eu estava lá, cheguei a vê-lo, cruzou nossas terras, passou em frente à Apassou, até falou comigo. E o tiroteio em Eldorado, a 2 quilômetros da fazenda? Eu estava lá.

Eldorado era Xiririca da Serra. Quando Xiririca virou apelido de fim de mundo, trocaram de nome. O Vale do Ribeira ainda é o mesmo, pobre, palmitos, mata virgem, samambaias, as serras, a caça; o rio, o Ribeira, bem, não é mais o mesmo, ainda pobre, menos palmitos, caça e praias de areia. E as estradas estão asfaltadas. Lamarca já conhecia: quando tenente, tinha participado de treinamentos do Exército.

Eu vou contando.

Foi meu avô que cismou com o lugar. Enquanto a maioria, digo, dos ricos, partia para o oeste do estado, fazendas na região de Campinas e Ribeirão, terra roxa, meu avô pegou outro rumo, o sul, o Vale, subiu o rio desde Iguape, passou por Registro, Sete Barras e aportou em Xiririca das matas, lendas, garimpo falido e nostalgia.

Xiririca, que grande passado... Bandeirantes a fundaram: quando o ouro acabou, parou de crescer. Ficaram os palmitos e a banana. Parada no tempo, mudaram o nome para Eldorado, como se na mudança estivesse a saída para a estagnação precoce. Meu avô caiu na conversa. Visionário: lá estava o futuro, sabia que na decadência um futuro se esconde. Já morreu, e o futuro não deu as caras. Há anos, o projeto de uma hidrelétrica no papel, na gaveta de algum burocrata do Estado. Há anos o povo lá espera a usina, como se em cada metro de concreto uma porção de progresso. Não sai da gaveta, e esperando. Pelo menos têm o que esperar. Acreditam que a construção da usina trará empregos, riqueza, fará girar o tempo. Um burocrata do Estado tem o poder da mudança. Ele dirá quando virá. Muitos sabem como explorar a esperança de algo ou alguém que virá mas não vem. Esperança é um amuleto traiçoeiro, confia-se nela mas enfraquece a vida.

Meu avô chegou, foi comprando, comprou, e quando se deu conta era dono das terras que cercavam parte da cidade; meu pai garoto ainda. A primeira casa, sede de barro caindo aos pedaços, sobrado humilde a 2 quilômetros da cidade. A semente que germinou: foi crescendo, cresceu, até virar o que está lá, casa de mais de três andares, mais de dez quartos, salas, terraços; pena não ter uma foto. Meu avô, minha avó e quatro filhos. Depois as noras e os netos, onde me encaixo.

Por três décadas, dominamos a cidade. Coisa e tal, Escola Estadual Pedro da Cunha, meu avô, Posto de Saúde Carneiro da Cunha, um antepassado ilustre, deputado em 1830, avenida Clóvis da Cunha, meu tio, o mais velho, bem, não exatamente uma avenida, mas o povo a chamava assim e ficou. Na fazenda, primeiro as bananas. Depois a laranja. Depois o gado. Mas as bananas eram as bananas; as famosas bananas do Vale. Me deixa tomar um gole; nesse calor...

Nos meus 13 anos tudo era grande, como tudo é maior nos 13 anos. Casa, corredores, gramado sem fim, a piscina, o lago, até os cachorros. Meu avô e a doença comum dos visionários: megalomania.

Niigata, irmã de Nakatsu, a cadela grande. A raça? Não me lembro... Eu, Rodrigo e Élvio, meus primos, experiências do cão com a pobre.

Enquanto eu, Rodrigo, Élvio e Júnior nos animais, ou melhor, em Niigata, Mauro e Flávio com sucesso entre as filhas dos empregados, e Celso, Sérgio e Nestor com as garotas de Eldorado. Namoros de férias. Éramos daqui de São Paulo, onde estavam as verdadeiras namoradas, futuras senhoras Da Cunha. Nossos pais passaram pelo mesmo processo, apesar de nunca admitirem, e casaram todos com garotas de família daqui de São Paulo. As garotas das famílias de Eldorado, laboratório. Daí a birra histórica entre alguns eldoradenses e nós. Tia Luiza dizia que não, que era porque éramos ricos e eles não, detalhe que gera conflito em qualquer parte. Tia Luiza, apesar de tia, casou muito cedo, tinha a mesma idade dos primos mais velhos, o que não significava perda de autoridade: era uma tia que, como todas, tinha poderes sobre um sobrinho, sua palavra era a última e estamos conversados, ponto final! Já tive minha paixão secreta por ela, claro. Não posso falar pelos outros. Este segredo nunca foi compartilhado, afinal, devia respeito e consideração por todos os tios e nenhuma fútil paixão.

Me encantava tia Luiza, provocações, uma Da Cunha sem parecer. Tia Luiza escrevia as peças de teatro que encenávamos nos Natais, que quase sempre giravam em torno de um personagem gordo, mesquinho e autoritário, que explodia no final. Só anos mais tarde reconheci meu avô nesse personagem. Tia Luiza organizava os jogos na piscina, regras incomuns, como, valia tirar o maiô do outro. Era uma inspiração para as sobrinhas, que imitavam o andar, as roupas e os cabelos, que ouviam os mesmos discos e repetiam as mesmas gírias. Tia Luiza encantava os meninos: chutava, xingava, de igual pra igual, e corria tanto quanto qualquer um. E roubava nos jogos. Era uma fonte inesgotável: dava nomes para os cachorros (cidades japonesas), para os cavalos (frutas), inventava apelidos e fazia versões de músicas famosas zombando da nossa rotina. Paspalhões, era assim que nos chamava, que não é palavrão, é infantil, malicioso, vai logo, paspalhão!

Quando eu era criança, quase toda a família foi em vários carros ao aeroporto de Viracopos buscar Nestor, meu primo, que voltava dos Estados Unidos. Não sei por quê, mas meu pai e tia Luiza sozinhos num mesmo carro. Ele guiava, e meu pai guiava como ninguém: corria, o que é uma honra para um filho. Ele que conhecia o caminho mais curto ia na frente, às vezes diminuía, emparelhava com os outros, indicava a próxima saída, o viaduto a tomar. Num sol de rachar, janelas escancaradas, me lembro de tia Luiza estirada, a cabeça pra fora do carro, olhos fechados, procurando se refrescar, seu cabelo e o vento, meu pai e os atalhos. Tive muita inveja dele: um dia, eu vou dirigir aquele carro, liderar a família, refrescar tia Luiza, acelerar quando bem entender, diminuir se sentir que é o momento, mudar a marcha, curvas para ela se segurar e gemer de medo, acelerar mais para enrijecer, ultrapassar os mais lentos, entrar em pontes, subir viadutos, atravessar túneis, até ela se estirar, se afundar no banco e suar e rir e jogar a cabeça pra trás, acender um cigarro e elogiar o modo como dirijo. Senti inveja e orgulho: pelos indícios, meu pai sabia dar prazer a uma mulher.

Posso assegurar que as filhas dos colonos nos namoravam por uma mistura de farra com submissão, malícia e perversão. As de Eldorado, não; pseudocinderelas, esperavam que um casamento com um Da Cunha as levasse para o paraíso, e apostavam todas as fichas no sucesso dessa empreitada, apesar de nenhum precedente; ou melhor, teve um, mas isso foi depois. Seus verdadeiros pretendentes, verdadeiros futuros maridos, os eldoradenses de fato e registro, conviviam com o ciúme e a inveja sem retaliação, ou porque não se importavam, ou porque faziam negócios com a família. Houve uma guerra: dessa guerra, nossos pais não participaram. Começou depois, com os netos; nós, os primos.

Gostaria de falar um pouco dessa guerra.

Temos tempo, você tem o hábito de ouvir depoimentos, claro. Bem, a guerra... Como em todas, ninguém sabe quem começou. Episódios. À primeira vista, ciúmes e inveja. De nossa parte, desprezo e talvez preconceito. À segunda vista, mais que isso. Anualmente, no salão da cidade, a Festa da Banana, que celebrava o início da safra. Enfeitavam o salão do Clube Apassou com frutas, uma pirâmide de caixotes de bananas no centro, e o piso forrado por folhas de bananeira. Era provavelmente o acontecimento mais importante da região: discursavam o prefeito e meu avô. O padre abençoava. Arrasta-pés e queima de fogos. O ponto máximo, a escolha da miss banana. Não sei quem julgava nem quais os critérios. Iguapinho, poeta-mor compositor de Eldorado, embalava com o violão uma música especialmente composta para a ocasião, que procurava laços em comum entre a banana e a beleza.

Numa das festas, chamaram à passarela a candidata filha do dr. Jaques, médico da cidade, pai de filhas bonitas. Meu primo Nestor se empolgou e, pronto, um assovio mais alto que o normal, sentimento inoportuno, já que era noiva do filho do dono do posto de gasolina. Para completar, a candidata sorriu e trocou olhares suspeitos com meu primo, e aquele u-hu-huu, o que acendeu a ira do noivo. Formou-se o triângulo noivo, noiva e primo, com arestas desiguais.

Nestor, o queridinho, o primeiro neto a nascer, maturidade para liderar os outros, a paz em pessoa, até pisarem no seu calo. Era ídolo dos mais novos: tipo galã, cabelo penteado à irmãos Kennedy. Era quem pilotava a lancha do lago; foi quem nos ensinou a esquiar. Jogava tênis, golfe, estudava engenharia no Mackenzie, colecionava carros esportivos, um boa-pinta de camisa pólo e muitas namoradas. No fim da festa, ele e o noivo se estranharam. O deixa-disso em ação. Nestor empurrado e seguro, e seu penteado sem se mover, nem o prestígio entre nós, primos mais novos. Ficou alterado, rosto vermelho, e urrou, voz rouca, assustando o noivo, o que você quer, pilantra?!, quer briga, ordinário?! Os netos mais unidos depois da quase briga da Festa da Banana. Campanha para que os carros, jipes, tratores e caminhões da fazenda não se abastecessem mais no posto do pai do noivo.

Meu avô andou por dois dias seguidos; sempre que precisava deliberar, ele, Niigata e Nakatsu andavam por dois dias seguidos e voltavam com a decisão no bolso do colete; alguns diziam que ele só andava, não parava para comer nem dormir, e que quando Niigata e Nakatsu faziam suas necessidades ele acompanhava; e voltava e se trancava na sala da lareira para ler Camões ("ó gente ousada, mais que quantas, no mundo, cometeram grandes cousas, tu que por guerras cruas, tais e tantas, e por trabalhos vãos nunca repousas..."). Penso, hoje, que andava para fugir de tantos netos e chatices que começaram num trote; talvez se perguntasse por que atendeu àquele telefone, dando confiança àquela que se tornou minha avó.

Chamou os netos para uma conversa. Força de expressão. Só ele falou. Falou do seu Q.I. alto. Sempre apelava para o seu Q.I. alto; desnecessário, já que, para a família, a quantidade de dinheiro que ganhava na vida era prova de sua inteligência. Eis um trecho de seu discurso, se bem me lembro: Não vou parar de abastecer os carros na cidade, não vou instalar uma bomba de gasolina aqui, e não quero brigas com o bravo e bom povo de Eldorado, que seja a última, estamos entendidos? Sim, estávamos; em termos.

Em uma semana, uma bomba de gasolina foi instalada na fazenda, entre os barracões de banana e laranja. Ele mandou instalar. Por quê? Por economia, dizia. E os carros da fazenda só se abasteceram nessa bomba.

Para o grande público foi a última briga.

Mas não.

Não estou fazendo você perder tempo.

Lamarca atravessou nossas terras para fugir do cerco do Exército. E um outro exército, resultado da briga da Festa da Banana, também fez história.

Preciso beber mais alguma coisa, mas esse garçom parece me ignorar; se você vir o cara...

```
    PERSPECTIVAS DA REVOLUÇÃO BRASILEIRA
              Carlos Marighella
               setembro de 1969
```

A escalada revolucionária. Começou no Brasil a escalada revolucionária, que se compõe de três níveis: primeiro, a guerrilha urbana; segundo, a guerrilha rural; e terceiro, um exército revolucionário de libertação do povo. Já escalamos o primeiro nível. A guerrilha urbana foi desencadeada. Fizemos dos assaltos a banco uma modalidade popular de ação revolucionária. Os grupos revolucionários justiçaram o espião norte-americano Charles Chandler, tomaram à mão armada a Rádio Nacional de São Paulo e transmitiram para o país um manifesto revolucionário, seqüestraram o embaixador americano Charles Elbrik e fizeram ver ao povo brasileiro que o imperialismo norte-americano é nosso principal inimigo.

A diversidade dos grupos. A diversidade dos grupos revolucionários brasileiros é uma particularidade de nossa revolução e uma conseqüência de nossas condições histórico-sociais. Essa diversidade provém da necessidade de enfrentar o inimigo por meio de organiza-

```
ções fragmentárias, e não de uma única orga-
nização  compacta,  que  seria  facilmente
destroçada pela polícia.
```

Quando meus primos montaram o exército, eu um garoto proibido de participar, e os pequenos Da Cunha sabiam esperar a hora; cresci esperando um dia ser convocado; cresci ouvindo os feitos heróicos de meus primos, ouvindo piadas sobre o inimigo, várias vezes ouvi a história da sabotagem do posto de gasolina, em cujo tanque jogaram açúcar, e também ouvi em detalhes o covarde entupimento do poço artesiano que meu avô tinha mandado furar, no qual os rebeldes jogaram pedras até o topo; meus primos tiveram de assumir a culpa, já que, oficialmente, nenhuma guerra.

E assim foi, de férias em férias, de sabotagem em sabotagem. Acabava a luz da fazenda, sabíamos de quem era a culpa; para o resto da família, a luz tinha acabado porque assim são as coisas. Quebrava-se o néon do posto de gasolina, e o inimigo sabia de quem era a culpa; nunca meu avô, nunca os comerciantes de Eldorado.

Fui convocado: sentinela. Um convite sem poesia, e tudo bem, guerra não tem poesia, e só então conheci detalhes dessa entidade secreta. Me surpreendi com a quantidade de regras, ritos e o quão organizada era. Havia batismo, havia patentes. Nestor, razões óbvias, era o major, a maior patente. Muitos filhos de colonos também participavam, movidos por outros motivos; por serem mais pobres e do campo, eram discriminados pelos da cidade. As patentes estavam reservadas a meus primos; aos colonos, a obediência.

Moleque sentinela, passei as tardes do verão em cima de um abacateiro, um apito na boca. Tinha função: evitar surpresas do inimigo. De cima da árvore, via-se a estrada que liga a cidade à Caverna do Diabo, a sede da fazenda, os pastos, alguns campos de laranja e banana, a cocheira, o lago e o rio Ribeira. Vi passar de tudo: ônibus de turistas a caminho da caverna, tratores, gado, cavaleiros e caçadores. Nenhum inimigo. Foi dessa árvore que vi e falei com ele, Lamarca. Mas foi depois; eu chego lá.

Sentinela sem muito o que fazer naqueles galhos, a não ser jogar pedras em abacates maduros. Por vezes, a companhia de um casal de corujas, que acabou dando cria galhos de distância. Não sei o que os outros faziam enquanto eu ficava na árvore. Talvez andassem a cavalo, ou morgassem à beira da piscina, bolando algum plano que não seria revelado a um sentinela. Mas eu depositava total confiança: iriam aprontar algo que valeria meu esforço. E tratava de ficar de olhos abertos e o apito na boca. Tinha esperança de ver o inimigo subindo pela estrada, muitos deles, apitar, correr, avisar, desencadear uma batalha sangrenta e definitiva, e ser condecorado. Mas nada aparecia, nada acontecia, e minha mãe a reclamar, este menino que só vem pro lanche, que só aparece quando escurece, que não me dá trabalho, por onde anda o dia inteiro?!

Minha mãe exigia que não criássemos problemas, suas férias, recomendava que só a procurássemos quando estivéssemos à beira da morte, e eu sabia o valor daquelas férias, porque eu também não queria problemas, e quem queria? Mas para minha mãe, não criar nenhum problema era um problema, já que podia ficar preocupada com a falta de notícias e de problemas. Chamei Nestor para um canto. Eu não o chamaria se não fosse importante. E só o chamei depois de passar duas noites em claro, pensando numa solução razoável. E só chamei Nestor depois de ter encontrado a solução razoável. Preciso de um ajudante, revezar durante as tardes, minha mãe começou a fazer perguntas, pode encrencar, eu disse a ele. Nestor foi lacônico, disse você não precisa ficar o tempo todo, está de sentinela vigiando, mas está de férias, talvez tenha me entendido mal, é para vigiar só de vez em quando.

Outras duas noites em claro procurando o significado destas entender, e a conclusão: passei a duvidar da liderança de Nestor. Mas quem era eu, garoto, para duvidar da integridade do primo mais velho? Num jantar, fui de um em um convocando uma reunião. Ninguém me levou a sério, e a reunião não aconteceu. Noutro jantar, perguntei se a guerra era a sério ou o quê. Não me responderam, e convivi com esta dúvida por mais duas noites em claro, até, por minha conta, convidar minha prima Nelena. Eu a levei para ver o casal de corujas no abacateiro. Subimos a árvore, vimos as corujas alimentarem a cria, e Nelena virou o rosto enojada.

Tias, irmãs, seres à parte, como costumavam ser as Da Cunha, à parte, na piscina, com um olho num best-seller e o outro nos insetos, torrando ao sol, se entupindo de aperitivos e conversa mole. Desconfiei: os Da Cunha não sabem entreter suas mulheres, ou as Da Cunha é que não querem mover uma palha contra essa rotina. Não trabalhavam. Nunca trabalharam. Tia Luiza um dia deu um basta e se mandou.

Nelena, pouca coisa mais nova que eu, cara amarrada sempre, poucas vezes rindo, sorrindo, feliz. Vestia roupas de menino, talvez por ser a única mulher entre os seis filhos do tio Clóvis: Nestor, Celso, Mauro, Élvio, Rodrigo e ela. Caçula, aprendeu a apanhar e a se defender antes de dar os primeiros passos. Não era ligada às primas. Disputava, como todos, o rabo de um boi morto, e guardava os olhos do bicho num vidro com formol. Nos via fazendo o diabo com Niigata sem reprovar. Era considerada uma de nós.

Expliquei a ela o que fazia naquele abacateiro com aquele apito, falei da guerra invisível contra um inimigo de Eldorado e pedi sua colaboração. Se ofereceu para revezar comigo. Ficamos combinados: trocaríamos de duas em duas horas. Abriu um sorriso. Concluí que há muito queria ser convidada. Eu no abacateiro, sentinela, o inimigo não dava as caras, mas o casal tia Luiza e tio Pedro veio de mãos dadas pelo lago. Poucas vezes um casal da família passeava por aqueles lados, quase nunca se via um casal de mãos dadas, se beijando em público, compartilhando. Éramos a família, uma unidade. Mas de tia Luiza se esperava tudo. Cruzaram a ponte do lago. Abraçados, em minha direção. Me posicionei para evitar ser visto. Pararam a poucos metros, contemplaram a vista, a estrada, o rio, montanhas, céu, até se beijarem, ou melhor, ela abraçá-lo e beijá-lo, ele incomodado. Ela se deliciava, ele desconfortável. Ela provocava, ele evitava, e ninguém por perto, com o que se preocupar? Ela insistia, ele renitente.

Tia Luiza casou cedo, já disse, logo teve três filhos, garota, sempre cara de garota em todas as épocas. Casou, acho, com 16 anos. Casou por paixão e para se livrar do paizão, o velho ditado. Não conheço detalhes de seu passado. Nem interessa. Sua vida começou quando entrou para a família, assim pensávamos. Uma garota, mãe de três, que chamávamos de tia. Ela se deitou debaixo da minha árvore e afrouxou o decote; tive de ficar imóvel. De um galho, vi: abriu a camisa. Ele, meu tio, protestou. Ela levantou a barra da saia. Eu na hora errada, com tantos lugares para estar, perguntando por que estava sendo envolvido. Ele arrancou alguns fios de cabelo, procurou os lados, escolheu um e foi embora. Ela em silêncio, não o impediu, viu partir, nenhuma reação. Desapontada, acho. Encostou a cabeça na raiz, fechou os olhos, e deitada desapontada sem se mexer. Eu? Continuei evitando me mexer. Ainda de olhos fechados, levou a mão à perna e passou, alisou, esfregou, prendendo a respiração, e no que estava pensando? Esticou o pescoço, levantou as costas, levou a outra mão ao sutiã, desabotoou. Sua pele entre o branco e o rosa e, apesar da terra úmida, a grama molhada, continuava entre o branco e o rosa. Continuava pensando sabe lá em quem ou no quê.

Me incomodava a assepsia das outras Da Cunha, alérgicas à sujeira, dor, emoções fortes, e voltar à civilização sem um bronzeado que chamasse a atenção; incluo também minha mãe, capítulo à parte, um olho voltado às páginas de um best-seller e o outro à movimentação do sol.

Tia Luiza lá, no seu branco e rosa, na grama, se esfregando, terra, irradiava. Destoava da assepsia moral das Da Cunha, previsíveis e funcionais, boas esposas, boas mães. Era linda ela daquele jeito, se esbaldando com dedos e a história que imaginava, a imagem que não via, criava. Cada minuto, um gemido, e eu maravilhado, perdoando. Tudo o que eu queria, no pedaço daquele instante, era saber no que pensava. Contorcia-se e, por mim, aquela tarde não acabaria nunca.

Mas vi vindo em nossa direção Nelena, cabeça baixa e os passos acelerados, pontualmente pronta para me substituir. Arrisquei um palpite: Nelena não pode ver isso, se confundir, e eu tenho de preservá-la, ou melhor, a ambas. Fiquei imóvel em cima da árvore, Nelena se aproximando e minha tia na terra, grama, agora como uma cobra sem rumo. Foi rápido: me apoiei num dos galhos e comecei a descer. Tia Luiza ouviu, parou, abriu os olhos, me viu, foi se encolhendo, se guardando. Caí perto dela e já era outra, uma pedra, uma ostra, sem me encarar nem pensar, ofegante. Mal olhei e acelerei o passo em direção a Nelena, que se assustou e perguntou estou atrasada?!

Peguei-a pelo braço e arrastei-a para o lado oposto. Não paramos de andar. Só paramos na estrada. Apontei para o rio e disse vi uma coisa, vi, acho, um saci por ali! Ela se soltou de mim e soltou um não acredito em saci, e você também, qual é?!

Tudo indicava que havia sacis, sim, em Eldorado. Muitos já tinham visto, como Maria Anete, Maria Beatriz e Maria Cristina, minhas irmãs. Batico, filho de um colono, por anos meu fiel escudeiro, também. Cheguei a sair com ele a cavalo, à caça de um saci que rondava o campo de pouso. Batico via, eu não, apontava olha ele lá!, e eu não via nada, procurava como um desgraçado, cadê?!, o capim alto, só a ponta da sua cabeça seria visível, Batico apontou, e procurei, aflito, em todos os pontos coloridos daquele verde sem fim. Nada. Tocamos os cavalos; só faríamos em cima de cavalos, jamais desarmados. Desde crianças montávamos. Com 10 anos, já sabíamos encilhar um cavalo. Com cavalos, pode-se entrar nos piores pastos, infestados de cobras, buracos e bois sem razão. Num cavalo, fica-se mais forte e alto, mais rápido e ágil, mais dono de si e do mundo. Com cavalos, pode-se enfrentar um saci. Mas nada vi, nunca vi e, pelo jeito, minha sina, eu era dos poucos e me considerava um ser inferior.

Tia Luiza... Foi como se o mundo tivesse saído do eixo. Cada vez que a encontrava, era como se meu chão e paredes tremessem. Ela, normal. Jantares, piscina, festas, e ela era ela; ou fingia ser. Eu não sabia o que fazer nem nada, e eu não era eu. Aonde ela fosse, onde estivesse, eu de longe via várias Luizas, e a cada passo me perguntava qual delas caminha, e quando ela é uma ou outra, e quantas tias Luizas existiam, e quantas Nelenas, minhas irmãs, minha mãe e avó.

Desertei, não voltei para o abacateiro e passei o resto da temporada na piscina, observando a família, tios e tias, primos e primas, minhas irmãs, minha mãe, nos meus poucos anos, desconfiado.

Cresci um século com tia Luiza. O lanche da tarde.

No terraço dos adultos, com vista para a piscina, havia o chá da tarde. No terraço com vista para o lago, o das crianças e adolescentes, um sino tocava chamando os espalhados para o lanche da tarde. Muitas vezes, tia Luiza estava presente, já que seus filhos, os menores netos, precisavam de uma mãozinha; ou de um guarda-costas. Já que servia os filhos, está bem, servia todos os interessados em biscoitos, bolos, leite com chocolate, bananas, doce de banana, banana frita, leite batido com banana, banana seca, assada, passada e banana-passa.

O sino tocou, fui ao terraço e lá estava ela servindo mais um lanche da tarde. Entre nós, netos, nessa tarde, desordem, cascudos, empurrões, choros e deduragens foi ele! Ela, sóbria, e era assim, não se rebaixava, mal dirigia a palavra. Se concentrava na jarra, no primeiro da fila, na xícara deste, e a incrível habilidade de não deixar cair uma gota. Selecionava os biscoitos como se garimpasse, e nenhum farelo escapava das mãos. Ela, que já tinha se esfregado na terra, se lambuzado com as mãos, agora completa limpidez, sem se abalar com os tapas na cabeça, socos e palavrões dos esfomeados. E não parava de cantar uma música que até hoje não reconheço. Entregava a xícara com os biscoitos cuidadosamente espalhados no pires e sorria burocraticamente, o sinal, lembrar que era a vez de dar lugar a outro, que chegava empurrado. Só que eu não era como os outros, e se tinha chegado intacto até aquele dia, apesar das noites em claro, merecia coisa melhor. Merecia algo diferente além do ritual mecânico. Merecia uma outra Luiza.

Na minha vez, senti meu rosto paralisar, os olhos murcharem, fiquei cego e surdo do resto, eu, frente a frente, só seus barulhos audíveis, só seus movimentos visíveis, eu e ela, finalmente... Esperando o algo diferente, que os gestos fossem outros, não os da automática garimpeira, cantando, evitando qualquer sujeira. Me passou a xícara e sorriu, o mecânico, esperando que eu desse lugar a outro. Mas não dei. Parado com a louça na mão, fiquei encarando. Ninguém nunca havia feito aquilo, loucos esfomeados, assim que servidos corriam para devorar o prêmio. Eu, uma estátua, respirando com calma, esperando outro prêmio, o prêmio por ter me mantido fiel e mantido seu segredo. Parou de cantar, me olhou surpresa e ficou se perguntando o que acontecia, quando sorriu, passou a mão na minha cabeça e disse não posso te dar mais, paspalhão, não vai sobrar pros outros...

Fiquei parado, duro. Acredito que a luz baixou. Vi, nos seus olhos, a sombra de um abacateiro. Parou de sorrir e balançou como um galho no vento. Passei a pensar no pior. Naquele instante sem fim, pensei no pior, e fiz o mínimo, afrouxar os dedos da mão. A xícara se soltou, flutuou no ar, fez uma curva e foi caindo em parafuso. De encontro ao chão, espatifou-se, espalhando o leite. Nossas roupas manchadas, nossos braços molhados e respingos em ambos os rostos.

Fechou os olhos, abriu, limpou o rosto com a palma da mão, olhou para o chão, para as minhas mãos, me encarou e franziu a testa. O silêncio absoluto. Respirei. Encarei. Até ela levantar a mão e me enfiar um tapa no rosto.

Ninguém nunca havia feito aquilo; não me lembro de nenhum tio, tia, pai ou mãe bater num filho, quanto mais num sobrinho. Meus primos em silêncio. Tia Luiza, olhos revirados, olhou a tarde, apertou uma mão na outra, suspirou e abandonou seu posto.

Mauro, atrás de mim, me xingou, me jogou no chão e foi se servir.

Minhas férias acabaram. Por uma semana, mal saí do quarto.

Quando saí, foi para me sentar no terraço de cima, de onde se via toda a fazenda. Observei as árvores chacoalharem, a grama crescer, as corujas voarem e o sol morrer. Estava, nos meus poucos anos, estressado.

Meu pai tinha de voltar para São Paulo. Pedi que me levasse junto. Foi uma surpresa; ninguém recusava os dias ensolarados de Eldorado, ninguém antecipava o fim das férias. Joguei bons argumentos: preciso estudar. Ficou sensibilizado e pediu para falar com minha mãe, que estranhou, lembrou que eu entrava na adolescência e que na adolescência ficam todos estranhos, e dá um trabalho desgraçado encontrar bons argumentos. E no final das contas, pensou, seria bom para o filho passar uns dias com o outro homem da família, muito que conversar e nada para aprender com uma mãe e três irmãs.

Sem me despedir de ninguém, esperei meu pai já dentro do carro, um chapéu na cabeça, a mala no colo, nenhuma dor no coração. Partimos cedo.

Na estrada até Jacupiranga, mal trocamos duas palavras.

Na BR, puxou conversa, perguntou se eu tinha namoradas, perguntou outras coisas. Enrolei até o Posto da Xícara, em Registro, almoço. Lá, inverti os papéis, e passei a fazer perguntas, as de um garoto de poucos anos. Eu perguntava e dizia coisas como:

Digamos que fosse tudo diferente, que você tivesse casado com uma das tias e mamãe casado com um dos seus irmãos, como seria? Teria atrações pela cunhada minha mãe, ou não teria, por ser cunhada, está acompanhando? O que leva alguém a se casar com outro? Ela era bonita, atraente, você escolheu, sua preferida, depois de você passar anos da vida experimentando, calculando com quem seria, sonhando acordado, tendo pesadelos, cheio de dúvidas, até concluir é ela! Mas na minha idéia diferente, ela seria não sua mulher mas mulher de um tio, minha tia, e você a veria todos os dias, piscina, jantares, festas, e então, não seria sua preferida, sua escolha? Nessa família, pai, na nossa, somos todos muito próximos, sempre juntos, por exemplo, você vê todas tomando sol, e no que pensa, no corpo que está vendo ou no laço familiar? Um corpo é um corpo, um touro não pergunta a uma vaca quem ela é, e vacas no cio sobem em vacas, um cachorro sobe nas irmãs, um sapo dá centenas e são todos pretos que se espalham na água assim que nascem, perdendo o laço familiar, e quando comemos um bife não sabemos a origem, mas sabemos se é picanha ou filé e separamos um frango em coxas e peitos e, às vezes, olhamos as mulheres com um apetite guloso, as peças, uma coxa é uma coxa, um peito é grande, pequeno, redondo, caído, pontudo, arrebitado, branco, moreno, queimado, vesgo, mole, duro, liso, áspero, às vezes coberto, às vezes semi, às vezes nu, o mundo dá voltas, e o que não é seu pode ser seu um dia, e o que você não quer hoje pode querer amanhã. Amanhã, pai, você pode querer matar alguém, e isso você nunca vai fazer porque é uma encrenca danada matar alguém, mas se a idéia não sai da cabeça, você começa a pensar em algo que não te incrimine, um crime perfeito, como costumam dizer, então, o que te diz que você não vai planejar o crime perfeito?, ficar só na vontade não sufoca?, quantas vontades dão certo?, quais você controla e quais você deixa escapar?, quem me diz que aquilo eu não posso fazer, pai? Tudo bem, leis, regras, nos deram algumas tarefas, exercícios, mas temos o direito de recusar. Eu não sei o que é ser feliz. Fazer o que me mandam, o que me ensinam, ou seguir a minha vontade? Eu estou infeliz e não consigo entender por quê. Parece que ajuda falar mas não alivia. Me dá uma felicidade grande estar com toda a família e me dá uma tristeza grande saber que vai acabar, não consigo ficar tranqüilo sabendo que vai ter um dia em que vou sofrer. Um dia alguém vai morrer, pai. Outro vai se separar. Outro pode se acidentar, perder uma perna, ficar louco, parar de falar. Tenho pensado muito em todos e pensando em como fazer para ajudar, como ser útil e fazer com que todos fiquem bem, mas tenho medo de não conseguir. E tenho medo de que as coisas possam ficar diferentes e eu perder um de vocês, ou uma tia virar minha mãe, ou eu me casar com uma prima e meus filhos nascerem sobrinhos de segundo grau. Se morrer um da família, tenho a impressão de que tudo vai arrebentar e a gente não vai agüentar. Olha só, pai, me dá vontade até de chorar só de pensar que um dia isso pode acontecer, e o que é que eu vou fazer quando isso acontecer? Talvez teria sido melhor que eu não tivesse nascido nem soubesse o que é tristeza. Meu maior medo é a solidão. Tenho pesadelos de que todos vão embora. Imagine se uma grande explosão destruir o país, ou se um vírus matar todos, pai. Imagine se a gente pega uma estrada que não tem fim. Imagine se os relógios pararem de andar. Imagine se ninguém mais consegue ter filhos. Imagine se o dia não amanhecer e ficar noite escura para sempre. E se o sol começar a se aproximar da Terra, ou a Lua começar a cair? E se eu ficar cego? E se eu nunca me apaixonar por uma mulher e ficar sempre triste? E se eu nunca mais conseguir dormir? E se eu parar de pensar. Seria bom, às vezes, parar de pensar. Penso demais, o tempo todo, nunca descanso, não pára, por isso não durmo, porque penso, e penso no meu dia, como foi, com quem falei, o que fiz, o que me disseram, e penso se eu tivesse dito outra coisa, se eu tivesse tido outra reação e penso tudo de novo. Se acordei de cara amarrada, penso como teria sido se tivesse acordado de cara boa e o que teria acontecido. Se disse não, penso, e se tivesse dito sim? E um fulano qualquer me diz "a", e fico pensando nesse "a", por que disse, por que não disse "b", o que ele quis dizer realmente, porque este é o meu problema, pai, sempre acho que tem uma coisa por trás do que as pessoas dizem, e não pára aí: tem uma coisa por trás do que as pessoas fazem, são. Ninguém é o que é gratuitamente, tem outras razões. Fingem, é isso que é, fingem que são o que são, mas não são. O que eles são? Na verdade, são outra coisa. E por que escolheram ser isso e não a coisa que são? Aí, não sei responder. É, tem coisa que não sei responder, pai. E por isso fico sem dormir, sem parar de pensar. Posso ser tanta coisa... Posso ser igual a você. Posso ser inteligente como o vovô. Ou um piloto de aviões, um bandido, um excelente bombeiro. Agora, posso também não ser nada. Ficar tão angustiado com tantas opções, e não me resolver a tempo. Posso ser um pensador. Será que posso? Do que vive um pensador? Você conhece algum pensador, pai?

Eu?, ele perguntou.

Paramos aí, terminando o almoço em silêncio; e imaginei como seria se eu parasse de falar. Mudo, voltamos pro carro. Parei de pensar, dormi o resto da viagem e não me lembro de ter sonhado.

Em São Paulo, ele me levou a um médico, que tirou a pressão, mediu a temperatura, me fez tirar a roupa, martelou meu joelho, me mandou comer uma gosma branca, tirou uma chapa de raios X e me levou para o centro cirúrgico, onde me arrancou as amígdalas.

Recebi alta com a certeza de que tive alguns problemas arrancados e dormi uma semana seguida.

Enquanto meu pai no trabalho, eu sem ir aos lugares de sempre, sem assistir à TV, sem ler, ouvir músicas ou escrever, muito tempo trancado no quarto com medo de uma nova fase da vida. Acabei me inscrevendo no curso de tiro do Clube Paulista. Nada de olímpico: aprendíamos a atirar com pistola 7.65 e Taurus 38. Sei lá por que fiz isso. Mas fiz. E não me pergunte por que comecei pelas armas. Comecei. Mirava com atenção, atirava com cuidado e procurava me aperfeiçoar, aprendendo com o fracasso, ignorando o acerto; minha escola não foi o ódio.

Por minha determinação e disciplina virei o mascote da turma e o queridinho do instrutor. Era o começo de um ano pesado, 1969, nas aulas muitos inscritos, executivos apavorados pelos novos tempos, convencendo, por tabela, esposas e filhos a se armarem e se prepararem para o pior; organizações de guerrilha ameaçavam famílias de donos de jornal, banqueiros capitalistas, estrangeiros imperialistas, empresários que financiavam a repressão e americanos suspeitos de pertencerem à CIA. Um pedaço do Brasil se armava, era tudo ou nada. E eu solto por ali.

O instrutor gentil, didático, galã conquistador de marca maior. Depois das aulas, me convidava para um milk-shake na beira da piscina. Mulheres, o assunto, de quantas tinham caído na rede, das tímidas que surpreendiam e dos aviões que decepcionavam, dos tantos peitos caídos, pêlos descolorados, pernas sem finuro, bundas murchas e os muitos perfumes, dos doces aos azedos. Tinha outros assuntos: sua paixão por gatos, sua irmã-problema e a mãe doente. Mas bastava passar uma deusa e voltávamos ao que interessava, quer dizer, ele falava, se gabava, e eu aprendia com o modelo de falta de sensibilidade no trato da coisa, machão experiente. Ficávamos numa mesa estratégica, passagem para a piscina, e ele era sempre saudado por madames de poucas roupas, que anunciavam grandes decisões, mudanças, crescendo, aprendendo, e traçavam estratégias que eu não conseguia acompanhar, e que ele, depois, traduzia: Quer me ver na quadra de tênis, não vou, sei que chegando lá vou ter de ouvir mil mentiras, as mulheres geralmente não dizem o que querem dizer, e têm medo do que realmente pensam.

Era de perder o fôlego eu, 13 quase 14 anos, mil problemas e nenhuma amígdala, aprendendo os flocos do temperamento feminino com o garanhão-mor de um clube paulistano. Ele dizia: Se estão casadas, infelizes, se estão separadas, saudosistas, se estão solteiras, infelizes, se encontraram alguém, saudosistas, a maioria não faz nada para mudar esse estado, apáticas, vão tocando, gostariam de mudar, trabalhar, ter uma carreira, não depender de ninguém, mas patinam no gelo, se trabalham, não querem, querem só um marido, não sabem o que querem e reclamam do que não têm, sofrem muito.

Era de perder o fôlego...

Ele continuava: No fundo, sou um cara romântico à espera da grande chance, e o que me aparece oferece pouco em troca, elas à beira da morte quando uma espinha rasga a pele, quando um cabelo branco nasce ou quando uma ruga aflora, deprimidas quando gordas, magras ou mais ou menos, deprimidas quando cortam o cabelo, quando se olham no espelho, só tiram as roupas se as luzes se apagarem, ainda bem que nasci homem.

Me comoveu.

Logo, logo, me caso, ele disse, é só ela aparecer, e quando ela entrar por aquela porta, eu vou saber que é ela, eu sei que vou me apaixonar um dia, como os franceses que se matam pela companheira, eu vou amar e ser amado de um jeito que ninguém escreveu.

Aumentaram os assaltos a banco: expropriações. Mais alunos no curso: bancários, gerentes e clientes. Todos sabiam por que estavam treinando, mas não se comentavam os assaltos, o país, a economia, assuntos proibidos.

```
EDITAL DE CONVOCAÇÃO
27 de janeiro de 1969

O II Exército intima o comparecimento do
capitão Carlos Lamarca ao quartel do 4º
Regimento de Infantaria, Quitaúna. O des-
respeito a este edital resultará na expul-
são do Exército do oficial convocado.
```

Lamarca deprimia meu instrutor. De relance, mudando o assunto de tantas tardes, e de olho nas mesas ao redor, confiando em mim, comentou: Esse Lamarca era um militar professor, um mestre exímio atirador, treinado para defender o povo, que traiu seus alunos, seus colegas, eu não entendo, para mim não é mais capitão, é um traidor, posso ter todos os defeitos, mas quando entro numa coisa, vou até o fim.

```
COMUNICADO 2
30 de janeiro de 1969

O general comandante do II Exército deter-
minou diligências para que fossem captura-
dos indivíduos, em Itapecerica da Serra,
que pintavam um caminhão com as cores e
insígnias do Exército. Do sucesso dessa
diligência resultou que se tem identificado
elementos comprometidos com assaltos a ban-
cos, roubos de dinamite e assassinatos. Entre
os criminosos capturados, alguns têm rela-
ção com o ex-capitão Lamarca.
```

O sol presença garantida na beira da piscina. Meu instrutor, com duvidosa sabedoria e um milk-shake na frente, filosofava: Já chamam esse Lamarca de ex-capitão, estava há tempos em contato com seu bando, já tinha decidido cair na clandestinidade, aí pegaram os garotos de Itaparica e ele fugiu antes que entregassem o plano, levando o que pôde, é alguém com muita mágoa, o mundo endoideceu, os estudantes antes gritavam só o povo, organizado, derruba a ditadura, agora, sabe o que gritam?, só o povo, armado, derruba a ditadura, conto nos dedos os que sabem segurar um revólver, uma arma é uma concessão divina, instrumento de precisão que tira a vida, uma arma não é instrumento de ódio, mas de fé.

Olhou para a mesa ao lado e deu mais um gole do milk-shake, pensou se deveria mesmo falar o que estava falando, e falou: Até minha irmã entrou nessa onda, diz que está em formação individual, estuda lutas marciais, lê o dia inteiro e se diz parte da vanguarda do proletariado, caiu no tarefismo, outro dia a ouvi ensinando pelo telefone a confeccionar coquetéis molotov com bucha de clorato e bombas incendiárias de nitrato de alumínio, fala muito num tal de Debray, que eu achava que fosse uma paquera, mas é um intelectual que prega o ódio, ela sabe que atiro bem, que conheço as armas, que ensino, e tenta me ganhar, fala que existem organizações, com tantos militantes treinados, alguns em Cuba, com campos de guerrilha em funcionamento, prontos para entrar em ação, vive dizendo que o país está em crise, que não pode me contar mais detalhes para não me comprometer, e que as ações armadas vão se generalizar e o povo tomará a frente, agora, o tal do Lamarca, só fala no tal do Lamarca, que eu sei que não é uma paquera, quer dizer, só me faltava...

A roleta do clube o interrompeu.

Uma deusa loira tinha acabado de entrar.

Perdemos o fôlego, o raciocínio. Ela caminhando em nossa direção. Ele sugou o milk-shake e lambeu os beiços. Silêncio, até ela parar, olhar para os lados, nos ver, se aproximar e pedir uma informação. Os olhos do meu mestre faiscaram. Passaram a conversar. Ele puxou uma cadeira, ela se sentou, e não ouvi palavra. Em instantes, íntimos. E demorou para ela abrir o primeiro sorriso? Nada. Fui testemunha do nascimento de uma paixão.

Não deu uma semana para o instrutor não dar mais as caras, sumir do mapa sem mensagens, me deprimindo e levando alguns alunos ao pânico, dizendo só pode ter sido seqüestrado por terroristas! Uma comissão reclamou à diretoria do clube, que, desorientada, nos cozinhou em banho-maria. E meus milk-shakes azedaram, a piscina se esvaziou, o frio chegando.

INQUÉRITO DO DOPS DE SÃO PAULO
ENVIADO À SEGUNDA AUDITORIA

Carlos Lamarca — vulgos João, César, ex-capitão do Exército, era o melhor atirador do regimento, instrutor de tiro dos funcionários do Banco Brasileiro de Descontos. Durante as manobras de treinamento contra guerrilha realizadas pelo Exército com o sentido de treinamento, poucas vezes ficava do lado dos "legais", preferindo combater com os "guerrilheiros". Atual membro da VPR — Vanguarda Popular Revolucionária —, é acusado de participar ou ser responsável pelas seguintes ações:

1. Assalto à Pedreira Cajamar.
2. Assalto à Pedreira Fortaleza.
3. Atentado a bomba ao consulado norte-americano em São Paulo.
4. Atentado a bomba ao jornal *O Estado de S. Paulo.*
5. Atentado a bomba à loja Sears, na Lapa.
6. Atentado ao Quartel-General do II Exército, do que resultou a morte de um soldado.

7. Assassinato do capitão norte-americano Charles Chandler.
8. Morte de um sentinela do Quartel da Força Pública no Barro Branco.
9. Roubos de armas na Casa Diana.
10. Assalto ao Hospital Militar no bairro do Cambuci.
11. Assalto ao carro pagador da Massey-Ferguson.
12. Assalto ao trem pagador da Estrada de Ferro Santos-Jundiaí.
13. Assalto ao Banco Brasileiro de Descontos, agência Rudge Ramos.
14. Assalto ao Banco Mercantil de São Paulo.
15. Assalto ao Banco do Estado de São Paulo, agência da rua Iguatemi.
16. Assalto ao Banco do Comércio e Indústria de São Paulo.
17. Outro assalto ao mesmo Banco do Estado de São Paulo da rua Iguatemi.
18. Furtos de um caminhão, um jipe, automóveis e três camionetes.

Passei a ler os jornais, procurando nas ações meu instrutor. Lamarca o nome do momento, presente em assaltos, comandando as ações, amedrontando o país. Lamarca não fez nada disso. Fez quase nada. O homem mais procurado, retrato mais distribuído, cartaz TERRORISTA PROCURA-SE. Para a organização, uma honra tê-lo, um problema escondê-lo, quadro importante que não podia se expor. E assim foi: meses enclausurado em aparelhos. Para o Exército, caçar o traidor a qualquer custo. Fez uma plástica para ganhar o anonimato: quebrou os dentes. Presa em Manaus a enfermeira acusada de operá-lo. Uma amante de Lamarca? Um oftalmologista, março de 70, na polícia, jurou que atendeu Lamarca cego, infectado por uma moléstia contagiosa. Nos jornais: bancários de Santa Catarina e Paraná reconheceram Lamarca entre o bando que assaltou. No mês seguinte, no *Jornal do Comércio* de Uberaba: Lamarca visto rondando a cidade num Aero Willys preto, escoltado por um jipe cheio de metralhadoras, sua brigada de choque. O medo e o mito, carro preto, escoltado. No mesmo dia, no *Estadão*: Lamarca foi localizado em Goiás. Outros jornais: fugiu com o dinheiro da subversão. País na histeria, Lamarca de muitas amantes, em todas as cidades ao mesmo tempo, com todas as doenças. Sabe de quantas ações na cidade Lamarca participou? Três: um assalto a banco, o roubo do cofre do Adhemar e o seqüestro do embaixador suíço. Era visto em todas as cidades, mas a maior parte do tempo escondido ou treinando na mata. Lamarca mais do que sempre foi? Em 71, Salvador, uma ex-dirigente do MR-8 se entregou para a polícia. Em surto, entrou na delegacia: Sou terrorista, sei de tudo... Nem o delegado acreditou. Por via das dúvidas, levou a louca para a Polícia Federal. Confirmaram e ganharam o endereço de militantes do MR-8. Daí caiu Iara, grande companheira de Lamarca. Ele reclamava muito desse tipo de combatente, frouxo, dizia. Lamarca nem com muitos Lamarcas sairia vitorioso, você sabe disso.

Senti falta do meu instrutor. E passei tardes na beira da piscina, com a esperança de ele entrar pela porta do clube. Cada roleta, uma ansiedade. Passou um mês, o clube foi tomado pelo DOPS. Caçavam meu herói apaixonado que, boatos, estava envolvido sim em certos problemas e com uma loira pouco inocente. As mulheres do clube em silêncio com medo de serem envolvidas. Não tenho a menor do que aconteceu com ele, nem se estava mesmo com a falada loira.

Nunca mais voltei ao clube.

Mas não larguei as armas, concessão de Deus.

Okultz, jardineiro da fazenda, alemão. Dizem que foi soldado de guerra, não sei. Doido de pedra, nazista ou não, que colecionava armas, medalhas, condecorações, capacetes, o diabo, num barraco abarrotado de quinquilharias, revistas e jornais velhos, vidros de remédios e tubos de pasta de dente vazios, lâmpadas queimadas e pilhas gastas, arados e engrenagem de motores antigos, parafusos, porcas, pregos, ruelas, tudo enferrujado, você conhece o tipo que não se livra do lixo. Dentro do muro, a sede da fazenda, cercada por um gramado, árvores, beira do lago. Fora, os barracões de banana, laranja, serraria, serralheria, oficina, cocheira, pátio para caminhões, tratores, jipes e arados, a escola, o escritório do administrador, o hotel dos solteiros e as casas dos colonos, enfileiradas, do mesmo tamanho, cada uma de uma cor. Até que moravam relativamente bem, comparando. O que consta é que no começo alguns se atrapalharam com as privadas. Pensaram, juro, que privada era para cozinhar ou estocar alimentos. À noite, eu tinha acabado de nascer, mas faz parte do folclore, alguns acendiam fogueiras dentro das casas, ignorando os interruptores de luz. Está aí porque meu avô, que ensinou alguns a usarem privada e luz elétrica, era tratado como o coronel dos céus, amigo pessoal de Deus, em carne-bucho-e-osso. Okultz, não. Europeu, conhecia as coisas. Penso naquele alemão da Alemanha potência Reich, foguetes V-2, *autobahns*, dirigíveis, aportando em Xiririca. Sempre que eu saiba, o apelido besta e o barraco de papelão entre os escombros de tratores e pneus velhos. Mal-humorado, afinava com meu avô: crianças, seres detestáveis! Mil motivos: infernizávamos seu jardim, seus pássaros, a vida dos cachorros, a paz de flores e o crescimento das frutas. Nos xingava em alemão. Devolvíamos com barulhos de metralhadoras, explosões e bombas caindo. Tem mais. Peculiar, era um alemão fascinado pelo Japão: comia de pauzinhos, andava de tamancos e, no barraco, quimono. Falava um português manco mas, diziam, era fluente em japonês. Solitário. Meu avô era tudo para ele, o samurai do Vale, seu Hiroíto, seu Führer. Gastavam muita conversa. E Okultz ensinava o básico do alemão para o ídolo.

Férias e as atrações especiais: uma delas, invadir o barraco do Okultz enquanto ele medicava o jardim doente das nossas patadas. Na espreita, fuxicávamos suas quinquilharias, procurando desvendar os supostos documentos secretos codificados. Nas revistas japonesas, mulheres nuas. Deixávamos para depois os documentos secretos. E detalhes da delicada mulher oriental. Passei a admirar os japoneses, povo de muita disciplina, esquisitices, símbolos e mulheres nuas. Mas as estrelas daquele barraco, e isto era unânime, eram os restos de guerra: granadas antigas, balas, capacetes e armas. Uma carabina cheia de encaixes e miras de precisão era o forte.

Desmontava a menina no colo quando Okultz nos surpreendeu e foi um corre-corre. Mais risos que susto; não metia medo, ele, jeito estabanado que mal falava nossa língua. Sentado, com a carabina no colo, não corri, já que se eu corresse, voariam peças pra tudo quanto é lado, o que é um pecado. Okultz irado perseguindo os primos pelo barraco. Pôs todos pra correr, me viu, gritou quarenta coisas, e achei que iria me bater, mas, como eu, primeiro a menina carabina, depois o depois.

Como se eu tivesse uma bomba prestes a explodir, mediu a voz, os gestos, gesticulou calma, muita calma... Eu estava. Com o português capenga e muita mímica, junte as peças com cuidado. Mas eu já tinha, e o problema era outro: remontar a arma. E é difícil montar uma carabina sob pressão. Eu perguntava assim? Dizia que não, balançava a cabeça, os braços. E eu me perdia nos encaixes. Isto aqui antes? Dizia que sim,

sim! Me ensinou, foi me ensinando e, mágica, ergui a arma com todas as peças no lugar.

Okultz não parou de me ensinar. Deu um tapinha nas minhas costas, muito bom!, pegou a arma, desmontou, me entregou as peças e me mandou repetir. E assim foi, desmontar e montar uma carabina, passamos a tarde. Até me convidar para a caçada do próximo domingo. E não?

Madrugada ainda, eu já no seu barraco, as botas mais apropriadas, um lenço no pescoço e um chapéu, uniforme, acreditei, de um autêntico caçador. Okultz de cócoras, quimono, tamancos, uma vela, tomava um chá na penumbra e pensava. Me ouviu chegar, mas não interrompeu sua, o quê, cerimônia? Terminou, nem elogiou meu uniforme, depois perguntou se eu tinha avisado minha mãe. Menti que sim. Não acreditou. Se vestiu, preparou as coisas, apagou a vela e, antes de irmos, passamos na sede. Avisou a empregada de que iríamos caçar, só isso. Não me deu a carabina. Me deu um cantil, uma sacola pesada com munição e comida, enfiou um facão no meu cinto, ajeitou meu lenço, riu, e partimos.

Eu acompanhava com atenção redobrada tudo o que ele fazia, o andar no pasto, desviando-se das poças, o colocar a arma nas costas, segurando a coronha com o braço, o proteger o rosto ao passar pelas cercas, o caminhar sem fazer barulho, o escutar a mata.

Margeando um riacho, samambaia, maria-sem-vergonha, lírio-de-brejo, bambu e palmito. A caça? Procurávamos porcos-do-mato, tatus, urus, macucos, inhambus, serelepes e um veado pequeno, abundante na área, especiaria da culinária alemã. Onça só se atacadas, e tinha onças por lá, como tinha sacis, segundo consta.

Andamos um bocado, lanchamos no começo da tarde e vimos de tudo menos caça, não caçamos coisa alguma, e ele reclamou que aquela mata não era mais a mesma, a caça escasseando e entrando pra serra. Antes de voltarmos, minha aula: apoiar o cabo da arma debaixo do braço, nunca no ombro, mirar pra baixo do alvo, nunca pra cima, caso a arma soluce, e atirar com os dois olhos abertos. Treinei numa bananeira. Acertei mais que errei, para surpresa daquele alemão desgraçado que virou um grande amigo, com quem cacei muitas vezes, explorei todas as matas e com quem, mais tarde, fui parar sem querer na área de treinamento da guerrilha em Barra do Braço, atrás da fazenda, onde dei de cara com os guerrilheiros, quer dizer, quase.

Final de 1969. O verão dos meus 14 anos. Eu, outro, outro tamanho e experiência com armas, um preparo físico para todas as guerras, mas o coração perdido na paz.

Neste verão dos 14, tia Luiza era outra. Apareceu na fazenda sozinha num Karmann Ghia vermelho, carro estranho para uma mãe de três e esposa de um infeliz, carro em que só cabem dois? Tio Pedro veio depois com as crianças. Em tia Luiza, tudo o contrário: uma mãe jamais viajaria sem seus pimpolhos, jamais pegaria, naquele tempo, uma estrada sem a companhia de um homem, mas era ela, e dela, tudo. Nas férias dos 14, Okultz, aos domingos, ainda escuro, na janela me intimando para a caçada. E o mais importante, aos 14 ganhávamos um cavalo exclusivo comprado pelo seu Antenor, vaqueiro-chefe, ou melhor, gerente de pasto, que, dizem, apareceu na fazenda depois de uma jornada a cavalo de Minas até o Vale. Me escolheu um arisco lá de Sete Barras, já domado, creme, a crina e rabo marrons. Tia Luiza, como sempre, arregimentada para nomear o novo cavalo:

— Ho Chi Minh — disse.

— Que fruta é essa?! — indagaram.

— Cachorros, cidades japonesas; cavalos, frutas — insisti.

— Quem disse? — perguntou.

— Você criou a tradição.

— Então tá: mudo a tradição. Já estava na hora de mudar...

Este nome, ou a falta de, uma discussão interminável na família, e palpitaram, me apoiaram, outros se omitiram, e tia Luiza teimou; logo com o meu. Era pessoal, nossa Guerra Fria. Comprei briga, não aceitei o tal Ho Chi Minh, ninguém da família sugeriu outro e, num jantar, apelei para o sábio autoridade-mor meu avô que perdeu a paciência, gritando comigo pela primeira vez. Dê um nome qualquer para este cavalo infeliz, chame-o de Guardanapo!, não tenho muitos problemas, tudo nesta fazenda é fácil de administrar, e vocês sempre colaboram, ele disse.

Animal amaldiçoado criador de casos, ficou sem nome toda a vida e nem teve a dignidade de ser montado. Sabe o que mais? Animal que não adoecia, amedrontava cobras, repelia morcegos e, não duvido, esteja vivo até hoje, orgulhoso de ser o único cavalo anônimo da face da Terra. Fui, talvez, o único Da Cunha que teve um cavalo sem ter, resultado de uma tarde infeliz no abacateiro.

Tia Luiza, nesta temporada, radicalizou. No canto oposto, nas sombras dos terraços, provocava; se uma tradição, sugeria reflexão e nos entregava de mão beijada uma nova idéia; novas idéias levantam e derrubam um país, uma cidade, uma família. Quer ver?

Natal. Costumavam dar presentes para todos, entregues na sala da lareira depois da ceia; alguns exageravam, e brinquedos importados, sem discriminar filhos de sobrinhos; os mais pães-duros, sabonetes com emblemas de times de futebol para os meninos e emblemas de flores para as moças; meus avós davam dinheiro, muito dinheiro, nos Natais e aniversários, dinheiro que, bem aplicado, rendia. Nesse ano, o dos 14, tia

Luiza surpreendeu. Minha avó costumava colocar um broche de diamantes que formavam a palavra LIFE, broche que brilhava nos olhos, sua marca registrada, e que só vinha a público em momentos solenes. Nestor, o mais velho, encarregado de anunciar o nome de um tio ou tia, que se levantava sob aplausos, caminhava sob aplausos até a árvore e começava, sob aplausos, de um em um, sem se esquecer de ninguém, a entregar os pacotes. Nesse Natal, no momento em que tio Pedro, o mais novo, foi anunciado, nem se levantou. Olhou para a esposa tia Luiza que não saiu do lugar, nem foi aplaudida. Displicentemente sentada, disse o que jamais havia sido dito: Não trouxe presentes este ano.

Mudava a cada temporada, suas roupas não repetiam estação, seu cabelo nunca era o mesmo, suas manias repostas por outras. Mas foi longe. Meu avô, somente ele poderia, perguntou o motivo. Ela respondeu sem responder, sem se abalar, sem duvidar, segura. Sabe o que disse? Meu presente é estar junto de vocês, compartilhar minha vida, me solidarizar, meu presente é o que posso ensinar, é trocar experiências, de graça, sem ocasião especial, rotineiramente, estou aqui para isso, foi o que ela disse.

O silêncio se estendeu, até a lareira se apagar. Nestor não chamou mais ninguém, nenhuma criança mexeu no novo brinquedo, o broche LIFE perdeu o brilho, e tio Pedro se afundou na poltrona, evitou trocar olhares com meu avô, que deixou o fogo se apagar sem mover uma palha.

De ano em ano, tio Pedro se afundava, seus cabelos caíam e suas rugas aumentavam. Um chumaço de pêlos em cada orelha amanhecia mais e mais emaranhado, talvez para ensurdecê-lo. A cada ano, as lentes de seus óculos com um grau a mais. A cada manhã, suas costelas mais nítidas. Cada vez que se sentava, parecia que não ia se levantar. Não reagia. Nada.

Ia morrendo, esperando que seu pai, meu avô, ou alguém, jogasse a corda.

Meu avô era o tal que podia enfrentá-la. Saberia as palavras, os argumentos. Seu Q.I. alto a nossa salvação. Conhecia como ninguém as raízes das divergências humanas. E Camões na sua alma ("... e, como contra o Céu não valem mãos, eu que chorando andava meus desgostos, comecei a sentir do fado amigo, por meus atrevimentos o castigo..."). Mas desta vez, surpresa, se confundiu. Ainda tinha muitos presentes na árvore, mas foi decretado, ele disse, sem sair do lugar, sem tirar os olhos de tio Pedro, sem encarar tia Luiza: Foi uma festa feliz, todos vocês me enchem de orgulho, verdadeiramente, o espírito natalino prevalece, estamos em paz, com boa saúde e amamos uns aos outros, podemos dar por encerrada a celebração, podem todos se retirar e que tenham bons sonhos... Fomos saindo, cabisbaixos, sem trocar palavra, cada um direto para seu quarto. E nunca mais se tocou no assunto. Pior, o precedente foi aberto, não se deu mais presentes em aniversários e Natais. Só meu avô, para contestar, dobrou a quantia de dinheiro que costumava dar. Hoje, não existe mais o Natal dos Da Cunha, meus avós já morreram, perdemos a fazenda, e o que era uma grande fortuna se espalhou em migalhas.

E você não sabe o quanto nesses últimos anos tentei reorganizar a família, reorganizar os negócios, reavaliar, conciliar. Mas quem sou eu, logo eu, comprometido, em partes, com a curva da decadência?

Não era só tia Luiza que provocava mudanças. Nestor noivou com uma paulistana de boa família e nome extenso. Era o primeiro a fazer isso. Levou a pretendente para a fazenda. Foi o primeiro elemento estranho a passar férias conosco. A ela entregaram o quarto mais cheiroso e, de brinde, um coquetel de paparicos diários, moça gentil, até demais, passar da conta, um pouco tonta, como a maioria das Da Cunha: bons modos, inteligente, ria quanto tinha de rir, doce e muito falante, extrovertida, cheia de assuntos, histórias e piadas inocentes. Era vesga, o que lhe dava um ar abestalhado, mas fingíamos que não era.

Nestor nas nuvens, atento aos caprichos da moça, ao dever social (apresentá-la a todos e criar situações para que ela pudesse participar com desembaraço) e preocupado com os insetos pré-históricos que não respeitavam o tornozelo virgem da visitante. Para ele, e para mim também, a birra entre eldoradenses e a família já era história. Nestor, assim como eu, não queria nada de picuinhas provincianas. Nestor abandonava a adolescência. Eu, as tradições. Nestor deixou os primos sem comando.

Começo de férias, e com o que se ocupariam todo o verão? Precisavam, novamente, se reagrupar, para atazanar a vida alheia de meia dúzia de eldoradenses. Sérgio ou Celso, os abaixo de Nestor, assumiriam a patente mais alta do pequeno exército. Mas um acampamento de bandeirantes na margem do Ribeira roubou-os de nós; mocinhas das músicas sem nexo, juras de amor à vida, lealdade umas às outras, palmas, fogueiras e os rasantes dos morcegos botando-as pra correr. Mais dois primos abandonavam a adolescência.

Sérgio e Celso se prontificaram de imediato ao cargo vago de guardião de garotas indefesas que só pensam e propagam o bem comum e incomum: montaram barraca vizinha ao acampamento das bandeirantes, e à disposição, sem darem mais as caras na fazenda. O verão deles? Catando lenha, cantando, ouvindo histórias e assistindo aos banhos no Ribeira de água cristalina e gelada que arrepia a alma de toda bandeirante que se preze. Os dois, segundo me contaram, eram os primeiros a acordar e, lógico, os últimos a dormir.

Meu avô não só aprovou a idéia como contribuiu doando provisões. Admirava, ele, as bandeirantes. Admirava qualquer grupo disciplinado, respeitador de uma hierarquia, coisa que tentava passar para sua família. E se aparecessem por lá os escoteiros, receberiam bom tratamento.

Celso acabou casando com uma bandeirante. Sabe o quê? Seus quatro filhos são hoje garotos-problema, falam sem parar, inconvenientes que usam brincos, roupas folgadas, repetem de ano e detestam livros. Vira e mexe, encontro um deles numa casa noturna daqui. É de uma gangue que, às noites, quebra retrovisores de carros importados. Já foi pego duas vezes. Numa delas, fui soltar. Na próxima, o escrivão me disse, para uma instituição. Dei uma carona ao pequeno infrator. Perguntei por que quebrava os espelhinhos; mais um idealista na família, preocupado com o nível de emprego da indústria nacional? Ô, tio (ele me chama de tio), não sei por que faço, só faço... e riu como um escoteiro em transe.

O primo Mauro foi batizado major. Assumiu o comando do desmobilizado pequeno exército. Sabia respeitar. Era respeitado. Carisma. Mauro maluco dos muitos casos com muitas filhas de colonos metia medo. Nenhuma sofisticação ou estratégia ou tática ou planejamento detalhado na sua guerra: entrava nos bares de Eldorado, provocava o inimigo e saía no tapa.

Em frente à igreja, passou dos limites, passaram, não só ele, todos os outros que, bons soldados, obedeciam. O plano era do Élvio, o primo que mal abria a boca mas se destacava pelos planos mirabolantes, ganhando logo, logo, a confiança do irmão e o cargo: estrategista. Os outros, Flávio, Júnior, Rodrigo, filhos dos colonos e até Nelena foram envolvidos; era ela que me contava.

Eu cultivava a amizade com a paz, mais para o não me envolva, nada com isso, não quero saber, não me venha com essa. Mauro até que tentou me seduzir com: Já surrou alguém, um pedaço de pau na testa de alguém, chutes num cara caído, uma pedra em cheio nas costas, e o cara ajoelhar de dor, desabar e não se levantar mais, já deu um tapa de mão cheia, um soco que entra no olho, uma cotovelada na orelha, um chute no saco, uma rasteira no calcanhar, de bico, e o cara cair sentado, agora fala, pode falar, é gostoso, não?

Flávio apoiava. Com aquele ar de intelectual prematuro, me disse uma vez: Foi uma novidade descobrir o poder de fogo das mãos e que, com elas, ganha-se respeito, admiração, vinga-se, e humilhações são devolvidas.

Com Mauro só a loucura. Mesmo Flávio, o bom aluno esperança da família, queridinho herdeiro do Q.I. alto, que sabia de cor e salteado estados e capitais, que declamava versos, cantava o hino sem errar a letra e conhecia nomes de todos os tipos de dinossauros que existiram na face da Terra, foi envolvido. Até perdeu o vocabulário culto. Quer ver?

Flávio me disse uma vez: Aprendi a sobreviver com Mauro, não está fácil andar por aí, ele me treinou, ensinou os macetes, briga de rua, cara, é o segredo, um olho no cara, outro no chão, procurando paus e pedras, gritar quando bater, rolar para longe se cair, fixar os pés no chão, pontapés nos joelhos, pimba, ficar longe de suas mãos, soco no queixo, de baixo pra cima, assim, para ele morder a língua, morder vale, vale enfiar os dedos nos olhos, cuspir humilha, sempre tentar um soco no nariz, que sangra fácil e derruba qualquer um, nunca dar as costas para alguém, nunca confiar num fraco, chutar sempre de bico, chutar o saco apressa o final, precisa mais?, numa briga, agilidade e reflexo valem mais que a força bruta, o homem contra o animal, o raciocínio contra a simples brutalidade, pura técnica, puro treino, não é maravilhoso?

Mauro, treinador metódico, levava os outros para a cocheira: chutavam e esmurravam vacas, e depois, pernas-pra-que-te-quero. Eu, em cima da cerca, atônito, aquelas coitadas, me perguntando por que não queria fazer parte, e se havia algo de errado, a falta de amígdalas, talvez, ou por ter 14, me considerar um homem maduro, ou por ter um cavalo sem nome, o que me deprimiu por anos, logo eu que, antes, dedicação no papel de sentinela e um inimigo que nunca aparecia, logo eu, pequeno atirador, logo eu.

Minha ausência: desprezo. A me evitarem e em silêncio. Nos jantares, me isolavam. Me ignoravam nos lanches das tardes. A cada dia, maior a distância. Era eu cá, eles lá. Um dia, Rodrigo me chamou de covarde, o que não me abalou, talvez eu fosse, e que me chamem de covarde, do que quiserem. E na minha recém-adquirida solidão, se bem me lembro, dei bons tiros com Okultz e li bons livros à beira da piscina, companhia das Da Cunha e pretendente a.

E não me pergunte o que se passava comigo, torrando no sol, entregue ao ficar à toa, nem me pergunte dos livros. Li, e daí? O.K., me concentrei e muito, me inspirei em tia Luiza, é evidente, e quando ela colocava um disco na vitrola, quando acabava, era eu que ia lá e punha pra tocar de novo. Fiquei lá, os óculos escuros emprestados de minha mãe, que tinha uma coleção, atento ao movimento do sol, à formação das nuvens e ao vôo das libélulas, que rasantes na água, botavam pra correr as Da Cunha e pretendente.

Nelena, roupas de menino e botas de cano alto que impunham respeito, aprendendo a brigar chutando vacas nos pastos. Élvio passe-livre: uns óculos fundo de garrafa, e mancava de uma perna, atropelado na infância, mais parafusos que ossos. Adepto da guerra inteligente, passou tardes em Eldorado pesquisando os costumes do inimigo, freqüentando os mesmos bares, convivendo com pontos fracos, desenhando a geografia dos lugares de possível combate. Me disseram que ele fez relatórios detalhados descobrindo os líderes e cada eldoradense comprometido com a luta.

Se não falei, peço desculpas e falo agora.

Nem todos de Eldorado, inimigos. Muitos amigos, e era preciso tomar cuidado para não confundir. A turma do Ribeirinho, professor de violão das minhas irmãs. Os boêmios da Feliciadade, ela quem acabou casando anos depois com um dos meus tios desquitados, e hoje chamamos de tia Feliciadade. As famílias do dr. Jaques e da Olímpia, cantora gorda que, nos últimos anos de vida, não saía da cama por causa do peso. Os filhos do Avelino, dono do Hotel Eldorado, onde, dizem, Lamarca se hospedou no carnaval. Mais amigos que inimigos: os filhos do ex-prefeito Ari Mariano, a turma do Zeca França, dono do bar que foi alvejado no tiroteio, Gérson, filho de João Cândido, PM que parou o caminhão de Lamarca e levou um tiro no braço, o professor Reinaldo da escolinha da fazenda, a família do ex-prefeito Casemiro Ramos e o Benê, que hoje é jornalista. Os inimigos, a turma da cidade baixa, ligados ao seu Pinheiro, fazendeiro que disputava com meu avô a hegemonia.

Nelena me deu as novas. Disse: Tudo errado na briga do bar Diana, ponto dos caras, todo mundo apareceu, bateu, todo mundo apanhou e, na fuga, cada um prum lado, Mauro disse que era falta de concentração nossa, eu não podia voltar sozinha pela estrada me arriscando cair numa emboscada, o plano era se juntar na estrada, que nada, fui pro fórum e me escondi no telhado, saí de lá quando escureceu e tudo bem, mas perdi meu relógio, sabe aquele?, deve estar lá no teto do fórum, é, eu preciso de você, preciso, preciso que alguém vá comigo pegar meu relógio, entendeu?, pensa, não posso fraquejar, não, sou a mulher, sou a que não pode errar...

Por que ela não desistia e procurava enfrentar, como suas primas, as libélulas da piscina, e por que se metia nas brigas dos primos e evitava suas primas? Mas quem era eu, logo eu quem tinha provocado aquilo, convidando a aderir à seita, o nosso pequeno exército. Nelena. Eu não conseguia desapontá-la, dizer não posso, recusar um convite, evitar uma mãozinha. Era a única mulher entre os filhos do tio Clóvis, e eu, o único homem da minha, o que dava sentido à nossa cumplicidade. Lanterna à mão, fomos à noitinha para Eldorado, 15, vinte minutos a pé. Tensos, ambos, já que teve lá a briga do bar Diana e, para alguns, não seríamos bem-vindos. Sorvete, volta da praça, três ou quatro comparsas. A praça esvaziando para o jantar. O prédio do fórum. Nelena, com a lanterna, subiu no telhado, desenvoltura que jamais tinha visto. Eu, calçada, um olho na movimentação, o outro no telhado. O facho da lanterna procurando um relógio, e o quê?, preocupado, se alguém visse aquilo, ladrão, incendiário, terrorista, estelionatário! Nelena demorando. E olha lá, na porta do Zeca França, alguém viu aquele facho de luz incomum, atravessou a rua para chamar outro.

Sem gritar, só calma, mandei ela descer. Reclamou, não encontrava a porra do relógio! Avisei, calma, que estávamos sendo denunciados. Teve bom senso e desceu. Assustada, olhou para os lados, pegou o primeiro pedaço de pau que viu, enfiou pedras no bolso e mandou um vamos dar o fora daqui!

Evitamos a praça, as luzes. Sem correr, olhando para os lados e, seguindo o mando da intuição, subimos o morro até o cemitério; povo supersticioso, jamais ia à noite num cemitério.

Víamos tudo: o vale, o campo de futebol, a praça, os telhados das casas e a igreja ao fundo. Tudo quieto, quieto demais; quem confia em tanto silêncio? Eldorado, ao contrário do que você pensa, uma vida noturna daquelas, concentrada na outra extremidade da praça: é o *footing*, eram os bares. Só pára para jantar. E só dorme quando o último bar fechar. Ah, você sabe, naquela época, nem TV tinha. Talvez a briga no tal bar Diana tivesse esvaziado a cidade.

Vimos dois policiais, um deles subiu no telhado do fórum com a arma em punho; será que encontrou o relógio? Nada de mais sermos descobertos, os reizinhos netos do Da Cunha, garotos, ainda, mas com poderes de um juiz. Se pegos, nos escoltariam de volta para a fazenda no único jipe da polícia local, se estivesse funcionando. Mas quem queria problemas com meu avô? Por isso, pulamos o cemitério, o muro, e nos escondemos. Jazigos. Deitamos numa lápide de mármore. Esperaríamos a poeira baixar para voltarmos à fazenda na primeira oportunidade.

Desceu o frio. Nos encolhemos na lápide que, qual razão, guarda calor, calor dos mortos. E desandamos a falar como nunca havíamos, nossas vidas, tudo, e na deixa perguntei por que se vestia como um homem. Caçula menina dentre os seis filhos, a infância no quarto exclusivo, pelúcias, roupinhas perfumadas, bonecas, bolsinhas e bijuterias. Tal excesso ergueu o muro. Preferiu toda a infância de um menino. Ser mulher é bem complicado, ela respondeu.

Perguntei, de menino para menino, se tinha pêlos e desejos. Não me respondeu.

Falamos de namoro, aliás, falei; mal abriu a boca, tumultuada pelos próprios tabus. Como uma metralhadora, falei, e isso acontecia eventualmente, a falar do mundo, verão, futuro, e me lembro de sempre, na presença dela, falar até secar a garganta. E saem, vão saindo, frases em aberto, que se ligam a outras, cascata inesgotável de assuntos, comentários e personagens vivos ou não.

Me lembrei de um livro que li na piscina e passei a falar dele: Li um livro, da mulher em lua-de-mel com o marido num hotel de primeira, e de manhã, um drinque na piscina, e viu passar um cara de terno e gravata, não viu o rosto, mas se encantou, quem é ele?!, era tudo, era ele, maravilhoso sem rosto, e nunca mais se esqueceu, os anos passando, se seu casamento tiver problemas, se lembrava do homem de terno e gravata, anos sonhou com ele sem rosto, se perguntou como teria sido se tivesse se casado com ele, seria melhor?, como teria sido se, naquela manhã, tivesse se levantado e seguido aquele misterioso de terno e gravata, está acompanhando?, seu casamento não foi feliz, será que por ter visto uma vez o homem de terno e gravata sem rosto da sua vida, até ela dar um basta, se convencer de que o misterioso homem não era nada, um acidente, decidiram ela e o marido, em crise, voltar para o mesmo hotel da lua-de-mel, recomeçar tudo, e lá ela, na piscina, sol, mesmo drinque, atenção, viu de costas um homem de terno e gravata, o mesmo homem, o que sonhou, o que perseguiu, não é possível!?, era, desta vez se levantou, não ia perder a chance, se levantou, foi até ele, chegou perto, perdeu a voz, bateu no seu ombro, quando ele se virou, então, o rosto, finalmente viu, era o marido, está prestando atenção?, por todos esses anos, o homem misterioso maravilhoso de terno e gravata e sem rosto esteve sempre ao seu lado, era seu marido, e ela...

Nelena me interrompeu com acho que vou dormir um pouco, você se incomoda?

Virou de lado, acomodou-se melhor, e parei de falar para concluir que os livros não estavam me fazendo bem. O mundo me estressava.

Nelena dormia, eu sofrimento. Suas costas à mostra, vértebras saltadas, costelas, o quadril, um quadril feminino, uma curva, pele quase transparente, fugindo da roupa masculina. Apoiei a mão nas suas costas. Não sei a diferença entre estar apaixonado, gostar muito e amar, pensei. Será que um dia aprendo, me perguntei.

Acordado, só com a noite, pensei em corpos de mulheres, em beijos, em dar presentes, escolher flores e passear de mãos dadas, em acender lareiras e abrir garrafas de vinho e fumar cigarros, em dançar colado e abrir portas de carros e descer de carruagens e esperar a primavera chegar.

Minha família, a família, expandindo os negócios pelo Vale do Ribeira, de antes terras quase inabitadas. Um bom ideal de família. Nasci idealizando casamento, filhos, sobrinhos e netos. Meus heróis: tios, avós, primos. E no que deu? Essa família, a família, existe ainda. Cacos de vidro existem, sem utilidade. Já foi um belo cristal mas se espatifou no chão e precisa ser removido antes que alguém se machuque. Não havia outra alternativa: varrermos o que sobrou. A mesma família, dois momentos.

Nos dias de hoje, quem se deixa morrer? Luta aflita diária: eternidade. Lamarca e toda a sua época é passado. Não temos tempo de temer a morte.

Mauro, meu primo louco. Tinha boa voz de comando. E sua rotina, desafiar alturas, saltar cercas, cavalgar de costas, pilotar canoas com vendas nos olhos, atravessar a nado o Ribeira, montar em touros. Treinando meus primos para a batalha, exigia heroísmo: obrigava a ficarem em pé no parapeito da torre do lago, o chão três andares abaixo. Fiz parte, um dia, dessa loucura, mesmo desprezado, à parte do grupo. Ninguém me impediu; talvez quisessem me arregimentar.

Aprendam com o medo!, Mauro ensinava.

Depois de minutos, a idéia da morte a um passo, tão presente, sempre ao lado.

Dêem adeus à morte!, comandava.

Eu acenava, mandava lembranças, olá, morte, por que você não vai pra puta que o pariu?! Você já experimentou? Claro que já. Quem nunca se debruçou na janela de um prédio e perguntou por que não? Quem, num avião em turbulência, não perguntou é hoje? Quem não pensou, antes de dormir, como seria, quando? O herói ignora o risco da morte. Em desprezo a ela, guerras. O mais forte esteve sempre a passos. O bom guerreiro? O que tem uma cápsula de cianureto entre os dentes. Marighella tinha. Os garotos que seqüestraram o cônsul-geral do Japão, em 1970, andavam com pacotinhos de veneno, indispensáveis como as armas; a ALN tinha um químico para preparar as cápsulas da morte.

Josimar, cabeça lá do chamado inimigo, afilhado do seu Pinheiro, ia a contragosto fazer primeira comunhão. Josimar, valente, subiu cedo. Um bom inimigo, desses que mobiliza ódio em torno. Para Mauro, sua primeira comunhão seria a última. Eu nada com isso, fora do grupo, em outro verão, piscina e livros. Mas Mauro costumava, queria me ouvir. Travamos o diálogo. O começo foi meu. Não me lembro das palavras exatas. Mas a idéia foi esta:

— Se envolver é ser igual a eles. Batem, batemos. Se não revidarmos, deixam de agir. Quem pára primeiro? Você só é igual a eles dando o troco.

— Você não é covarde, que eu sei, nem tem por que defender aqueles antinós, e eu nem deveria estar aqui te ouvindo, mas estou inclusive para me dar certeza — ele disse.

— Acho perda de tempo, bobagem, a birra que veio da inveja. Não vai mudar nada: somos os Da Cunha, ricos, donos de quase tudo, e eles os da cidade pequena, do tal seu Pinheiro que nem um quinto tem. Não devemos nada a ninguém. Mas é para sempre? Você pode ser um deles, no futuro, pode até ser o melhor amigo de um deles, podem até ser nossos sócios, ou, pior, seu futuro patrão.

— Você é confuso, como tudo que lê. Pensa num futuro que não existe. Me interessa o momento e o que afeta nossa vida. Tudo isso é para defender a honra da família. Nos chamam de gente metida da cidade, ofendem quando damos as costas, sorriem quando fazemos negócios. Não são confiáveis.

— Ignorar, melhor resultado — tentei. — São nossos inimigos pois assim foi estabelecido. Sujos, traiçoeiros e entregam a própria mãe, e assim foi estabelecido. Nós estabelecemos o quê? Que somos limpos, leais, e amamos nossa família. Eles não têm tradições, nós dizemos. Temos de sobra, pregamos. Lutam uma guerra suja, má. Nossa guerra é boa, justa. Não respeitam uns aos outros. Temos hierarquia, disciplina e lutamos pelo bem comum. Quem disse? Nós inventamos, tiramos tais conclusões. Não existe guerra boa e má. Até o pior inimigo teme a guerra.

— Não pode nos comparar a eles.

— Disputamos o mesmo pedaço do bolo, o poder, o respeito, o prestígio, a fama de herói. Se desejamos o mesmo pedaço do bolo, somos iguais, e brigamos não por sermos diferentes. Eles são limpos, leais, e têm tradições como nós e desejam a paz tanto quanto.

— Ninguém é igual, e alguém ter mais que alguém leva a quê? Disputar com o outro...

— Querer levar o outro para o mesmo nível — interrompi.

— Se ficarmos calados, até conseguirão nos superar, e é por isso que estamos aqui, para impedir.

Nada mudou, ele como sempre pensou, eu coberto de razão. E lá foram eles, porta da igreja, estragar a primeira comunhão de uma geração de eldoradenses que, para Mauro, era só de Josimar. Mauro era tudo, mas o líder, e o que é pior que uma guerra sem comando?

Assim que escureceu, tocaram a cavalos um boi bravo para Eldorado. Morte era a minha nova obsessão. Vi partirem e fui para o outro lado, inútil, respirar ares da solidão na trilha do rio. Ouvi a cantoria, vi a fogueira na margem, céu limpo que sugava fagulhas suspensas, diferentes, pela cor, das estrelas, fagulhas que iam e vinham com o vento, como mão me intimando. Não era a morte. Era o acampamento das bandeirantes e dois primos absortos pelo fogo e música, Sérgio e Celso, que batiam palmas e concentrados cantavam. Não eram palavras, mas sons de uma língua que, à primeira vista, não dizia coisa com coisa:

"Rá tá plam, plam, plam."

"Zanga, zaga, zum, paracatá bamba, babá, buuummm. Bum bi ba bumbi, bi bá bum bi, bá, bi bê bá, bum bi bumbi, bumbi. Bum bi bá bidê..."

De admirar Sérgio e Celso seguindo o instrutor das bandeirantes, compenetrados no ritmo, nas palavras que já sabiam de cor, na fogueira refletida em seus olhos vidrados. Me viram. Ninguém parou de cantar:

"Guli ali guli ali, guli ali bom. Bom, bom, bom. Sal, sal da mata, ligue ligue lê, mal tá que pê, ligue ligue lá, pra cá de pá, ligue ligue lô, rá, rá, rá..."

O fogo espirrava, flocos flutuavam, uma ou outra estrela caía, a água do Ribeira a correr, e palmas batidas no mesmo compasso, variações que sabiam de cor, uma mão contra a outra, as mãos contra os joelhos dobrados, ou no chão ou no céu. Era para isso, a música, para olhar para dentro do fogo e mais nada.

"Saberá, sabará, sabe lá, que rá sou eu..."

Ou todos loucos, ludibriados por uma língua que não existia, ou o idiota era eu. Ainda em pé, passei, acho, a entender aquela combinação de palavras, algo como estou aqui com minha companhia, e sem ela sou fraco, com ela sou forte, e sem a música o silêncio não encanta. As mesmas variações, sem erro ou atraso, ensaiados. Pensei quem está perdendo tempo nessas férias? Sentei na roda, dobrei as pernas imitando os outros, e esperei que o fogo me dissesse o que fazer. A garota ao meu lado, encantada, começou a cantar. Todos seguiram: "Guli ali guli ali, guli ali bom. Bom, bom, bom. Gosto das flores, até do malmequer, gosto dos montes e de um vale qualquer. Gosto dos rios que cantam para mim. Gosto dos bichos, da formiga ao elefante, gosto das árvores de copa exuberante. Gosto dos ventos que cantam para mim. Gosto das coisas que Deus criou na Terra. Que Ele as conserve sempre em paz, sem guerra, para que todos cantem esta canção."

Subitamente, pararam de cantar e ficaram me olhando, como se eu tivesse algo a dizer. Procurei ajuda em Sérgio e Celso que, irreconhecíveis, me olhavam como os outros. O silêncio se perpetuava, o fogo diminuindo, e nem as águas do rio escutávamos.

Uma das instrutoras cortou o silêncio com algo como bom, bom, bom, não está na hora de dormir?

Sorriram, se levantaram, tiraram poeira das calças e se recolheram tão rápido que eu fiquei sozinho em frente à fogueira se apagando. Nem sacis, nem guerras, nem bandeirantes, estava ainda para descobrir meu lugar. Voltei para a sede desconfiado de que eu tinha alguma limitação por deixar de aderir ao que para os outros era óbvio. Desconfiei: eu condenado a ficar à margem.

Assim que escureceu, Mauro e meus primos tocaram a cavalos um boi bravo para Eldorado. Se camuflaram nas árvores do cemitério. O sino da igreja, os garotos da primeira comunhão, parentes e convidados entraram na missa. Meus primos levaram o boi pra porta da igreja, enfiaram um espeto no animal e soltaram lá dentro, fechando a porta. Gritaria e o corre-corre, o boi derrubando bancos, coices pros lados, o povo se atropelando, procurando as portas laterais, estreitas, enfeites pisoteados e tudo o mais.

Quem dormiu?

Na torre do lago, festejaram, riram como uns desgraçados, cigarros, provavelmente os mentolados roubados de um tio, falaram; cada qual descrevendo sua participação. Da minha janela, vi a alegria alheia, nenhuma inveja, nem pensei em compartilhar, nem me arrependi de não ter ido, nem senti pena de Josimar ou de quem quer que fosse. Olhava como se olha a festa do vizinho.

O mundo rachou. Nenhuma trombeta anunciou a chegada, logo cedo, da comissão da deduragem, encabeçada pelo padre. Meu avô ouviu tudo sem piscar, pôs a mão no peito, se apoiou na parede, desabou na poltrona e se encolheu. Cego, surdo e mudo por horas, só no fim da tarde mandou nos chamar; eu incluído.

No salão, nós em fila indiana. Ele, unhas agarradas na borda da poltrona. Quem é o responsável? Todos somos, em coro; eu inclusive.

Mauro deu um passo à frente. Falou que era o líder. Inocentou seu exército. Nada de pedir perdão. Nem perder a pose. Ouviu o sermão de queixo erguido e, na hora do veredicto, abriu bem os braços e desabafou, que tudo que o senhor decidir está decidido, mas só uma palavra a mais, quem dá dinheiro para a Igreja?, o senhor, quem reformou ela, virando para ficar de frente pra praça, quando antes era virada pro rio?, o senhor, quem de nós não foi batizado nela? Meu avô só escutando. Vêm aqui pedir dinheiro, mas só complô, reúnem os pobres, mil e uma contra nós, que muitas terras, e eles nada, de que lado está a Igreja?, esse padre é tão leal quanto um cão que abana o rabo ao primeiro que aparecer, concluiu Mauro. Meu avô só levantou a mão, fechou os olhos, ergueu o dedo, nos mandando sair. Mauro foi expulso da fazenda: um carro o levou para São Paulo. Ficaria sem férias por dois anos. Teria de trabalhar no escritório da família. Pena pesadíssima, sem recurso. Era a ordem do senhor, e que assim fosse.

Os outros, eu inclusive, obrigados a limpar a igreja de Eldorado, pintá-la, consertar bancos quebrados, e mais: capinar a grama da praça. Perderam o líder. Ganhei a admiração, estar num castigo que não era meu, ter me mantido solidário. Sabe o quê? Não me pergunte, mas meu avô iniciou na mesma semana a construção de uma capela na fazenda, que foi inaugurada com toda a pompa no seu aniversário, 20 de janeiro, com missa rezada pelo bispo de Santos.

Meus primos e o pior por vir, juntaram maior número de garotos da fazenda. Até os três pês, filhos de tia Luiza: teriam de ficar no abacateiro, como já fiz, vigiar cavalos, postes de luz, carros, qualquer alvo de sabotagem, escolher o novo líder e batizá-lo. Nestor e a noiva, Sérgio e Celso e as bandeirantes, Mauro no exílio. Sobraram, por idade, Flávio e o irmão Júnior, Élvio e os irmãos Rodrigo e Nelena, e Paulo, Pedro Jr. e Percival, os três pês. Sim, mais filhos dos colonos se engajaram, mas não a eles ficaria o comando. Seria um ato de humildade me chamarem ou pedirem meu apoio. Ninguém era humilde naquela história, e Flávio foi batizado o novo major.

Liderança se conquista. O indeciso Flávio enrolou por um tempo, ordens sem nexo. Meus primos, seus empregados: o melhor cavalo é meu, quero ficar sozinho na torre, pegue um lance pra mim, quem me dá um cigarro? O poder subia à cabeça, nenhuma idéia, plano ou ação, a não ser apontar do seu lugar preferido e mandar. Logo Flávio, esperança única da família, do Q.I. privilegiado, deixando o poder apodrecer nas mãos.

Eu e os lamentos de Nelena, que se juntaram ao desapontamento de Élvio e temores de Batico. Diariamente, vinham chorar pitangas, pedir conselhos. Me abalar? Continuei às tardes na piscina entre esteiras e discos, e já havia devorado cinco livros, os cinco que me deram fama de ser amigo dos bons argumentos. Quais? Os que encontrava no criado-mudo da minha mãe, já lidos, e que confiava serem bons livros, já que confiava no gosto da minha mãe, inveterada leitora.

Mas com o sexto foi diferente, lido por tia Luiza, que seguia a trilogia, e no segundo quando pedi emprestado o primeiro. Este me lembro: *Sexus,* de Henry Miller. Como foi? Me aproximei da sua esteira e, ignorando nossa ambígua relação, pedi um livro emprestado. Surpresa, pensou ou lembrou de algum incidente, pensou e olhou o livro, pensou e sorriu, me estendeu como um ferro em brasa e disse não vá se machucar...

Só na minha esteira me dei conta: *Sexus.* Demonstrar indiferença, como se o ferro em brasa não ardesse nas mãos. Mais tempo no título do que no que tinha dentro. E em voz baixa, sexus, sexus. De relance tia Luiza, lendo provavelmente *Plexus.* No dia seguinte, eu e a esteira, o mesmo sol de rachar. Acordou mais tarde, mas apareceu. Passou por mim. O livro no meu colo. Perguntou não é fabuloso? Eu disse qualquer coisa. A intenção, dizer sim, é fabuloso, mas saiu qualquer coisa, um murmúrio perdido. Mais um dia, ela no canto, eu sem sair da terceira página, dedicatórias e homenagens.

Ela saindo no seu Karmann Ghia vermelho quase todas as noites. Às vezes jantava conosco, mas quase nunca. Sempre, botas até os joelhos, cinto de couro, e sem dizer para onde, sem ser impedida, sem ninguém importunar ou comentar.

Quem ousava proibi-la? Meu avô provavelmente achava já um caso perdido. Ela voltava tarde da madrugada, quando na casa reinava silêncio. Nas minhas noites perdidas, via da janela do meu quarto a volta, estacionar, desligar o carro, e ficar ainda um bom tempo sentada; às vezes ela chegava a três cigarros com o carro desligado sem pôr os pés pra fora.

Planejei o quê? Esperá-la no terraço, casualmente, e puxar assunto, perguntar o que fazia, ou pior, me convidar, afinal, éramos íntimos de um grande segredo.

Jantei e já de banho tomado, no terraço da frente na quarta página do livro, esperando o momento do encontro casual. Estava decidido: ir com ela, começar, enfim, uma relação de cumplicidade. Escureceu, fui cercado por sapos, e nada dela. Mas, ora, a porta se abriu, e era ela, as botas até os joelhos, cinto, chave na mão. Me viu, parou, esperou que eu dissesse alguma coisa. Um sapo se assustou e ela sorriu. Passou a mão na minha cabeça e seguiu seu caminho. Continuei onde estava. Entrou no carro, deu a partida, andou metros e parou. Saiu do carro. Achei que viesse me convidar. Não. Deu a volta no carro, um pneu furado, chutou e xingou.

Pelo menos dez empregados na fazenda disponíveis para o serviço; bastava estalar os dedos. Mas não. Abriu o porta-malas, tirou o macaco, estepe e mãos à obra. Primeiro, encaixou o macaco e ergueu o carro. Se atrapalhou entre porcas e parafusos. Achei, finalmente, o meu momento, e não ia desprezar esse presente. Com cuidado coloquei o livro sobre a poltrona, a quarta página marcada, arrumei minha calça, sorri para três sapos amigos, arregacei as mangas e fui à luta. Interrompi quando ela tentava se livrar de um emperrado. Para um leigo, eu era muito jovem para aquilo. Mas que o quê? Pedi licença, se afastou e acendeu um cigarro, abaixei o carro para então, sim, desapertar os parafusos. Sempre me esqueço de desapertar antes, ela disse.

Continuei a operação ignorando, claro, o comentário. O pneu trocado na maior destreza, talvez um recorde de tempo, e nem me sujei. Apertei parafusos, guardei macaco e estepe furado, porta-malas fechado, e nem sinal de graxa, suor, nada; até merecia um cigarro. Jogou o seu fora, deu um lindo sorriso, o cabelo pra trás, segurou minha mão. Olha, espera. Vai falar. Sabe o que ela falou? Você é um anjo, Flávio...

Beijou minha testa, um dinheirinho no bolso da minha camisa, e esperou, sei lá, eu agradecer, mas fiquei duro, não senti nada, enquanto ela virou, acenou quando entrou no carro, a partida, e foi. Não consegui dizer nem que Flávio não era eu, mas filho do tio Zé Carlos e irmão do Sérgio e Júnior, e que eu era filho do Milton e da Helena, irmão das três Marias, não o Flávio. Flávio era outro.

Mesma noite: o olhar mais de um predador, mandíbulas tesas, minhas unhas, garras, cravadas na mão, sem controle da respiração, subi na torre do lago e interrompi a reunião, meus primos, o pequeno exército. Todos lá: o novo major Flávio desgastado, Élvio, Júnior, Rodrigo, Nelena, os três pês, Batico, Pneu e muitos outros. Surpresos com a minha entrada. Mais ainda com o que eu disse:

— Quero entrar para o grupo!

Olhei Batico. Aprovação no olhar. Já disse quem é Batico? Batico, filho de colono, espécie de porta-voz dos filhos dos colonos, que gostou do cavalo que emprestei na caça ao saci, apesar dos filhos de colonos serem proibidos de montar.

— Já era tempo... — Flávio, o primeiro a se pronunciar.

— Tem uma coisa — eu, procurando ser convincente. — Você não me dá ordens! Não dá mais ordens a ninguém! Sou o novo major. Flávio disparou a rir; o único. Olhou ao redor, não se sentiu apoiado. Confiante, se levantou, esfregou uma mão na outra e:

— E como você quer ser o major se já existe um major?

— Existia um major. Existe outro agora. Você está dispensado... — apontei.

Teve um ataque de risos. Ria e se engasgou. Engasgado, passou a tossir. Um ataque de tosse. Tossia, ria e se engasgava. Júnior a bater nas costas do irmão, o que, pelo jeito, piorava. Flávio tossindo, até virar os olhos, tentar falar, se engasgar mais, o rosto a explodir, olhos saltados, e desmaiar.

— Quem é o novo major?! — perguntei. — Eu sou o novo major!! — abri os abraços.

O racha de estremecer. Fim da piscina, bronzeado, marimbondos, lava-bundas e libélulas, a merda que fosse, eu já era o novo major quando espirrou sangue do nariz de Flávio desmaiado, que foi hospitalizado na Santa Casa de Pariqüera. Intoxicação. Por alimento ou profecia? Ganhou 14 noites hospitalizado, depois foi transferido para São Paulo.

Alguém resistiu ao meu golpe? Nestor soube mas não disse nada, nem desviou os olhos da noiva, que já chamava minha avó de vó, minhas tias de tia. Sérgio e Celso não deram as caras. Mauro, em São Paulo. Júnior, irmão de Flávio, nunca mais falou comigo e trocou de lugar: às tardes na piscina. Fui batizado major na mesma semana.

O batismo?

Todos na madrugada numa fogueira na beira do lago, tira-se a roupa, mete-se fogo nela e, depois, entra-se na água gelada. Nada-se até o outro lado, meia hora contando a volta. O que não contei, ou já? Boatos, um jacaré morava no outro lado, coisa que nunca vi, ninguém viu, mas que tinha, tinha, porque todos diziam que tinha, e nadar até o outro lado e invadir a área de um jacaré era para poucos.

Nadei sem olhar para trás: Nestor, Mauro e Flávio tinham passado por aquilo. Como demora o outro lado, e quando se chega, uma mordida a qualquer instante, total escuridão? É o canto pantanoso sem margem. Decide-se voltar quando se chega nas plantas esguias, colunas do palácio de um jacaré. Terminou? Teria ainda de provar autocontrole e fazer juras de lealdade e respeito aos mortos: passar a noite sozinho nu no alto do velho abacateiro. Do abacateiro, já disse, via a estrada, o lago, a fazenda, os pastos da baixada, o rio Ribeira, a serra, os laranjais e bananais, abacateiro plantado pelo velho meu avô, árvore das ramificações, galhos que cresciam, se multiplicavam com a família.

À noite, convive-se com as experiências dos fantasmas. Moravam índios por lá, por milhares de anos. Expulsos, escravizados, mulheres roubadas, doentes e xamãs à caça da cura inexistente. A sede da fazenda, dizem, sobre um sítio sagrado. E que preço pagou a família por ter violado um passado de glórias... Não recebi a visita de um antigo guerreiro. No que pensei? No que deveria, na continuidade da amaldiçoada batalha contra meia dúzia de eldoradenses, parte intrínseca de nossa educação; com ela, amadurecíamos; dela, dependia a formação dos três pês, Paulo, Pedro Jr. e Percival; e viriam os bisnetos. E procurava ter intimidades com a responsabilidade do cargo. Eu teria de fazer história, como outros fizeram. E prometi mais empenho na busca de um inimigo que justificasse nosso laço. E joguei pragas no meu cavalo sem nome que nunca adoecia. Me fez bem descobrir que, enfim, eu fazia parte de alguma coisa, uma trégua na minha tempestade existencial.

No fundo da noite, a lua furando as nuvens, o conhecido casal de corujas que provavelmente me observava há horas; aliados. A lua em seus olhos. Acompanhavam e até aprovavam meus pensamentos. Prestei uma homenagem a elas. Nos seus olhos, mais luz refletida, a lua? Não, os faróis de um carro.

Um carro pela estrada. Nunca passavam carros naquelas horas, e tarde demais para um Karmann Ghia vermelho. O carro, uma Rural. Parou logo em frente. Desceu o motorista, chutou o pneu traseiro furado e xingou. Desceram mais dois e riram. Um quarto ficou no carro. O quarto? Era Maneco de Lima, ex-prefeito de Jacupiranga. Começaram a preparar a troca. Eu próximo o suficiente para escutar as vozes, mas não o bastante para entender o que falavam. Não me veriam camuflado na escuridão do abacateiro. Surpreendentemente, as corujas voaram, e não era o momento. Me dei conta e um dos sujeitos não estava entre eles. Nem precisei piscar.

— Desce daí!

Estava embaixo de mim. Não uma ameaça. Sugestão. Eu não deveria nem iria descer da minha árvore, minha fazenda, concentrado nas minhas missões e, pior, sem roupa.

— Pode descer...

Os outros? O motorista fechou tranqüilamente as portas do carro.

O outro, um mais novo, num pulo cruzou o gramado que nos separava. A rapidez com que veio e, sem seguirem ordem de comando, fizeram o que deveria ser feito; dois no front, um na retaguarda, um no carro. No mais jovem, pelo volume, um revólver sob a camisa. Maneco, do carro, me viu, devia saber quem eu era, mas que fez como se não me conhecesse.

— Vou passar a noite nesta árvore. É um problema que não te concerne — eu disse.

O que me viu primeiro disse:

— Que impertinente! — e olhou para os outros. Riram. — Posso saber o motivo?

— Particular.

— De quem é a fazenda? — perguntou.

— Propriedade privada.

— Privada... — o mais jovem repetiu e riu. Parou de rir porque o que me viu primeiro, talvez o líder, não riu.

— Somos caçadores. Onde é bom de caça aqui?

— Lá é bom de caça — apontei para o outro lado do rio.

— Bonita propriedade. Mora aqui?

— Com meu pai, tios e primos — procurei impressioná-lo.

— Terra bonita.

— Do outro lado do rio é mais — apontei.

Ele olhou. Só meia escuridão de lua entre nuvens.

— Tem alguma estrada por dentro da propriedade que chega na BR?

— Não sei.

Olhou para os lados e me estendeu a mão:

— Prazer em conhecê-lo.

— Igualmente — tive de me esticar para apertarmos as mãos.

Piscou o olho e voltou para a estrada, seguido pelo jovem que não me deu a mão nem piscou. Que caçadores?! Caçadores não usam revólveres. Não eram ladrões; não tinha nada disso por lá. E ladrões não andariam com Maneco. Nem do outro lado do rio era bom para caça, e eu bem sabia disso. Fiquei na minha, trocarem o pneu. Por pneus furados, mistérios e algumas mentiras, pensei em tia Luiza. Para o encontro deles ela saía às noites? Eles e o último bar, a última dança? Terminaram, entraram no carro e nem acenaram. Eram eles, sim, o segredo de tia Luiza, mesma altivez, tão seguros quanto, sempre, como poderia dizer, em posição. Eram fonte de inspiração, e não por acaso apareceram no meu batismo: os novos guerreiros.

Você sabe quem.

Era ele, posso apostar, Lamarca, e não duvido que naquele carro, algum FAL ou INA. Para a guerrilha, Rurais, Kombis e Fuscas, que não chamavam a atenção. Numa Kombi ou Rural se escondiam corpos, seqüestrados e um arsenal; o Fusca, pouca visibilidade de fora e boa arrancada. Eles lá, começo de 1970, na estrada que liga Eldorado à Caverna do Diabo, Lamarca, Maneco e outros dois, que anos depois soube serem Monteiro, o motorista que levava os guerrilheiros para o Vale, e Lavechia. O resto do grupo? Todos já em treinamento na Capelinha, do outro lado da serra.

Lamarca já tinha estado por lá; eu já disse isso? Em 63, oficial do Exército na construção do quartel de Sete Barras, o forte, dizíamos. Oficial causador de problemas. Protestou contra o Golpe de 64. Não reprimiu manifestação de grevistas. Resultado: advertência e prisão. Montou um grupo de estudos no quartel: marxismo. AI-5 fechou as portas. Não esperou acontecer: entrou na clandestinidade quando a VPR ofereceu o comando de uma área de guerrilha rural, área que não existia. Decidiu, então, a instalação de um campo de treinamento, para tirar alguns visados da cidade e se prepararem para partir para a guerra, provavelmente no Nordeste ou na Amazônia. Guerrilheiros da ALN treinavam em Cuba, arriscado e caro. Lamarca não pensou duas vezes: Vale do Ribeira das montanhas e matas. Fez amizades, contatos? Quase nenhum. Pouco saía da base. Quando saía, era para mapear a região, ou na Rural com Monteiro e Maneco de Lima, ou a pé. Numa das andanças, os caboclos pediram sua ajuda para tratar de uma senhora com tifo. Foi a única vez que Lamarca, ou melhor, Cid, esteve bem próximo do povo de lá. Cid, nome de guerra dado pelo ex-sargento amigo Darcy Rodrigues. Cid Campeador, cavaleiro que expulsou os mouros da Espanha. El Cid.

O local, o Sítio Salmora de Maneco de Lima, comprado por Monteiro (quarenta mil cruzeiros, mais uma camionete); antes, treinavam numa outra área, no alto de uma montanha, terra também de Maneco, mas vulnerável. Salmora, oitenta alqueires de terra na Serra de Cajati. Caçadores, diziam para todos. A casa do sítio, fachada, perto da pedreira de Capelinha. Para dentro da mata, dois dias de caminhada, na direção da nossa fazenda, as duas bases; era lá que ficavam. Guerrilheiros iam e vinham. Alguns ficaram o tempo todo. Quando o Exército cercou, vinte guerrilheiros. O Campo Patropi. Lamarca fora da clausura forçada dos aparelhos, o rosto novo da plástica, guerrilheiro com planos. Mas só Monteiro, dos poucos não queimados e com documentos legais, conhecido na região como doutor Antônio, convivia com o povo de lá. Ficou íntimo do relojoeiro de Cajati, que consertava os relógios da VPR roubados na Casa Diana. Maneco de Lima e Elpídio Pinto, corretor de terras, no posto de Jacupiranga à beira da BR, sempre um tempinho para a cerveja com Lamarca. E dizem mais. Dizem que Lamarca passou o carnaval de 70 em Eldorado; só depois que o Exército chegou e distribuiu fotos é que o povo da cidade se deu conta. Dizem que dormiu no hotel do seu Avelino, o único, na época. Seu Avelino nega. Seu Avelino teve problemas com o DOPS. Quem não teve? Toda a cidade sob suspeita. Muitas figuras estranhas andaram por lá, o povo lembrou: o tal casal que se hospedou quatro vezes no hotel, a mulher não saía do quarto e o cara pegava o ônibus para Cananéia e voltava à noite; a mulher misteriosa que tirava fotos da cidade e dizia que ia escrever um livro. Só quando o Exército cercou a área, essas histórias foram levantadas. Todos se lembram do sujeito simpático e falante (Lamarca) a pagar bebidas no carnaval do Clube Apassou, escoltado por um japonês que ficava do lado de fora. Feliciadade a tirar Lamarca para dançar; reconheceu quando o Exército trouxe os cartazes; e Fujimori era o japonês, reconheceu. Nada disso. Ou melhor, como saber? Lamarca não deve ter passado o carnaval em Eldorado. Por sinal, Lamarca era o que mais controlava o dinheiro da VPR. Qualquer companheiro que gastasse além da conta era repreendido com um este dinheiro não é seu, é da revolução. Nas preleções, Lamarca insistia que não deviam mostrar nunca a ninguém que tinham dinheiro; e tinham muito dinheiro, do roubo do cofre do Adhemar. E o único contato de Lamarca com o mundo era Monteiro, responsável pelo único carro que mantinham por lá. Quando Monteiro não estava, eles não tinham como sair. Mas tinham. Lamarca podia ir de carona até Jacupiranga, como já tinha feito mais de uma vez. É, Lamarca pode ter passado o carnaval em Eldorado. Nunca saberemos se sim ou não.

Em Eldorado, furaram o cerco a bala. Fugiram pela estradinha que circunda o campo de futebol. Quase ninguém conhecia aquela estradinha, construída pelo meu tio, que dá direto na ponte, construída pelo meu pai. Para o DOPS, alguém da cidade os mantinha informados.

Parte deles ficaram em treinamento no Vale, outros nas cidades, para financiar a guerrilha, arrecadar armas, propaganda contra o regime: bancos, pedreiras, carros pagadores, armas de sentinelas distraídos. Dia 4 de novembro de 69, Marighella foi morto. Golpe duro. O conjunto de bases do Campo Patropi passa a se chamar Núcleo Carlos Marighella. Pelos jornais, a morte de Marighella era a morte da guerrilha.

Marighella, você conhece a história, o grande líder da resistência brasileira. Foi quem uniu os descontentes para partirem para a luta armada. Fundou a ALN, ganhou o apoio incondicional de Cuba, que queria uma frente de combate contra os Estados Unidos aqui, na América do Sul, onde já estava Che Guevara. A ALN foi a maior organização de guerrilha do Brasil. Teve perto de 7 mil pessoas ao seu redor, de guerrilheiros a simpatizantes. No exterior, Marighella era tratado como o herói da resistência brasileira. Seus livros, entre eles o *Manual do Guerrilheiro Urbano,* best-sellers na França, Alemanha, Portugal, Espanha e Itália. Na rede de apoio da ALN tinha gente de peso no Brasil e lá fora. O seqüestro do embaixador americano, em 1969, feito sem o conhecimento de Marighella, encantou a esquerda mundial pela criatividade (era o primeiro seqüestro de diplomata que exigia a libertação de presos políticos) e levou a ALN ao topo da popularidade, mas enfiou uma estaca no centro nervoso da organização. A repressão caiu matando. Já no final de 69, quase toda a ALN na cadeia e Marighella morto; levou para o túmulo a rede de apoio, onde estavam o dinheiro, as armas, as terras compradas, os contatos. Marighella tinha esse problema, centralizava as informações, chamava a si a liderança da resistência, e sua morte foi o começo do fim. Os dirigentes cubanos reclamaram: Como vocês deixam o líder morrer no começo da revolução?! Na verdade, quando Marighella morreu a ALN já estava em agonia, com quase mil presos. A VPR, que também andava aos trancos e barrancos, conseguiu uma folga com a entrada de Lamarca, o dinheiro do cofre do Adhemar e o campo no Vale do Ribeira.

Querendo ou não, Lamarca e Marighella eram mitificados pela repressão. Seus feitos, divulgados. São eles os líderes, apontavam. Uma coisa é lutar contra a hipótese vaga ideologia. Outra, contra um homem, o terrorista bandido traidor. A própria polícia especulou: morreu Marighella, Lamarca o novo líder da guerra. Em todas elas, personaliza-se a luta. A família contra o terror, Lamarca. Por isso, o inimigo público número um. A morte dele traçada.

E eu, novo major, o que eu? Só preocupado com minha nova batalha pela paz e estreitar amizade com os filhos dos colonos, privados das discussões mais importantes do pequeno exército, nem direito a voto ou veto. Élvio encarregado de novos voluntários, garotos colonos loucos para entrar em ação contra qualquer inimigo. Chamei Élvio num canto para explicar. Sem vender falsas esperanças aos garotos, eu dizia, vamos nos unir a eles, sim, somos leais, colonos que nos devem respeito, vamos nos lembrar sempre das grandes lutas e da tradição, mas sem planos, não tenho planos de brigas, hostilidades nem nada contra os eldoradenses, não agora, tenho outros planos.

Élvio me perguntou se eu estava arregando.

Fiz um discurso, dizendo coisas como não estou arregando, estou atrás de uma negociação, algo que diga não perdemos, não fomos derrotados, continuamos os melhores, algo que leve o inimigo a pensar o mesmo, primeiro descobrir qual é o conflito, o motivo do desapontamento, que interesses em jogo, depois, procurar a melhor alternativa, o que podemos ceder, o que queremos em troca, fazer um acordo com os eldoradenses?, perguntei. É, por que não?, continuei, vamos lá explicar o problema que temos e vamos ouvir. Que tipo de relação queremos com eles?, perguntei. Vamos pôr na mesa nossas diferenças, aprender, respeitar, eu disse. Continuei dizendo: Não passa de um mal-entendido?, como vemos o mundo?, provavelmente melhor do que ele é. Nos achamos superiores, e achamos que todos deveriam compartilhar de nossas opiniões. Elas são as corretas. Achamos que em nós está a verdade, que se se informassem melhor, saberiam que nossos ideais são os corretos, eu disse. Está bem, são preguiçosos, ignorantes, não concordam conosco pois são teimosos, e estão presos na teimosia. Não é assim! Eles têm de ceder e temos de ceder se quisermos paz. Fizeram primeiro e apenas retaliamos? Nos defendemos ou fomos os primeiros a começar? Eles acham que fomos nós. Isso não terá fim. Quem sabe não é a hora de conversarmos?, concluí.

Élvio abaixou os olhos e não fez "a" nem "b". Acho que não entendeu patavina do que eu disse; se entendeu, tanta surpresa que se perdeu. Ou o quê? Se viu pela primeira vez na frente de outro tipo líder, major de paz de pouca idade, e que isso era só o começo.

Depois, um diálogo, conversa particular com meu fiel escudeiro Batico.

— Tenho, agora, algo que não sai da minha cabeça.

— É o major, deve liderar — falou com grande humildade.

— Uma Rural furou o pneu aqui. Eram quatro sujeitos. Maneco de Lima estava entre eles. Procure saber, entre borracheiros, quem consertou pneu de Rural recentemente. Procure alguém de Eldorado que queira cooperar. Vê se os outros, Josimar, sabem? Não diga a ninguém o nome de Maneco.

— Josimar é nosso inimigo — disse, e depois desdisse: — Talvez não seja mais.

— Aonde minha tia Luiza vai às noites, procure saber. Qual o último bar a fechar? Põe alguém em Eldorado para ficar de olho no Karmann Ghia vermelho. Ela fica na cidade, toma o caminho de Jacupiranga ou Sete Barras? Existem estranhos circulando, carregam pistolas, bem treinados, e têm um líder. Procure saber se minha tia Luiza está envolvida.

Dito isso, fui ter com os outros, Pneu, Cateta, Isaurino, Virgílio, Pretume, Toco, Unha Quebrada, Girica, Sessenta, Lourival e Quatro Pernas, filhos dos colonos empregados da fazenda, reunião informal. Fiz questão de mostrar: eles teriam voz. Nenhum primo foi convidado. Falei e nem ouvi, pois ainda estavam desconfortáveis no novo formato. Intimidados, melhor.

Nós, netos, do não-assumido desprezo pelos empregados. Hora de mudar. Quantas V-2, gatos amarrados por bombas, não explodimos sem perguntarmos quem era o dono? O desprezo não só pelos empregados, mas pela fazenda. Mudar também. Quantos sapos não chutamos? Bastava bater o pé no chão, saltavam e, ainda no ar, o chute de peito do pé. Cigarro aceso na boca do sapo, e esperar inchar até explodir. Via-crúcis: dezenas de sapos amarrados em gravetos e enfileirá-los no caminho do lago. E mais. Amarrar uma galinha no ventilador do teto: uma galinha voadora. Corrida de girinos na frigideira sobre o fogo aceso. Cortar lagartixa ao meio e seu rabo pular. Mangueira na boca de cobra e ligar a água: gorda, rebolando, samba, danada! E rir, rir como condenados...

Eles, os colonos, acompanhavam incrédulos tais experiências. Nunca reclamavam. Por anos, me irritou tal apatia. Talvez fizéssemos isso, esperando a reprovação que nunca apareceu. Nós, arrogantes, pela vila como reizinhos, convidados para um café, oferecido na caneca de metal ruim de segurar. Corriqueiramente. Olha lá, exibiam, a decoração da casa, muito mau gosto que nem por educação elogiávamos: quadros com bandeiras ou emblemas de times de futebol, indispensáveis na parede da sala. Eram quem, as mulheres que convidavam; os maridos no campo. Rodeadas de filhos, sobrinhos e agregados, costumavam perguntar pelos nossos pais e tios, de um por um:

— É filho do doutor Mirston? — Nunca acertavam o nome do meu pai. — Como está ele?

— Está bem.

— Que bom. A senhora sua mãe?

— Está bem.

— Seu tio Pedro não vem pro Natar?

— Vem, sim senhora.

— Seu tio Zé Carlos está bem de saúde?

— Está, sim senhora.

— E dona Luiza?

Idolatravam meus pais e tios sem conhecê-los intimamente. De cor seus nomes, os nomes de suas esposas, que, quando iam pra fazenda, mal saíam da sede e da piscina. Em Eldorado, o mesmo. Bastávamos aparecer para escutarmos pelas costas este aí é filho de Pedro, não, de Mirston. Algumas eldoradenses, adoração pelas Da Cunha. Roupas e cabelos imitados. Férias, todas vestidas como minha mãe e tias tinham se vestido nas férias anteriores, ciclo infindável de imitação atrasada. Nossos pais, a mínima. Uma exceção, tia Alda, jovem ainda, construiu uma escola na vila. Nome da escola, nome da minha avó Vitória. Alfabetização, só isso. Teriam de caminhar 2 quilômetros para estudar em Eldorado, crianças e adultos, se quisessem continuar. Ela, tia Alda, se encarregava de dar aulas nas férias, casinha toda de madeira, bandeira do Brasil no mastro e o brasão da fazenda na fachada. Da janela, muitas vezes espionei tia Alda com os alunos. Todo o jeito para a coisa: prestavam atenção. Ou, por ela ser uma herdeira, obedeciam.

Depois das aulas, ela ajudava os idosos a escrever cartas, ler respostas, bulas, receitas, manuais e anúncios de jornal. Teve um papel que deu problema. Chegou ao meu avô. O senhor dos céus perguntou ao seu empregado onde conseguira aquele papel. Trêmulo como um boi ao sacrifício, ele repetia que não se alembrava, deixa, doutor, não quero mais saber que tá inscrito, nem quero mais saber ler nem inscrever.

Meu avô advertiu, não mais receber folhetos de estranhos! Suspendeu as aulas por uma semana e calculou, com o auxílio de muito Q.I., se valia a pena alfabetizar aquele povo.

```
Que o ano de 1970 seja o ano da guerrilha
urbana, o ano da guerrilha rural, o ano do
rompimento e isolamento político entre van-
guarda e as massas no Brasil. O ano em que
```

```
honramos a morte de nossos companheiros que
tombaram no campo de batalha e o sacrifício
de todos os nossos companheiros que cumprem
seu papel de revolucionários nas prisões da
repressão. Ousar lutar, ousar vencer.

VPR — Vanguarda Popular Revolucionária
Pelo comando, Carlos Lamarca
```

A presença deles na área pressentida, aliás como em todas as cidades, só que, diferentemente do que pode parecer, tal presença ocupava o décimo lugar nas preocupações da maioria; das massas. Ouvia-se falar, como lendas distantes. Líamos no jornal. Líamos também sobre o terremoto na China, o choque de trens na Índia. Dia 8 de maio, Lamarca atravessou nossas terras. Apareceu uma camionete em Eldorado avisando que Lamarca estava chegando. Era sexta-feira, sete da noite, e se esconderam todos? O povo correu para a praça para ver Lamarca passar. Testemunharam o tiroteio desigual entre a força policial e os guerrilheiros. Curiosidade, quase uma religião para aquele povo. Qualquer novidade, festejada. Novidadeiros, todos do Vale.

Nossos cafés com as mulheres dos empregados eram disputados. Juntava gente. Excitados, como se estivessem vendo uma aparição. As filhas, caboclas, todas apaixonadas por nós, ídolos, como astros da TV. De cor nossos nomes, os nomes de nossos irmãos. Alguns iam longe: sabiam o dia e ano em que nascemos. E sempre, nos exemplos de alfabetização, nossos nomes grafados no quadro-negro, heróis da pátria:

NES TOR VIU A LUA
MAU RO É AMA DO
FLÁ VIO TEM CIN CO DE DOS

Pelas ruelas da vila, gritavam nossos nomes, acenavam da varanda ou janela, como se partíssemos ou chegássemos de uma guerra. Meu avô, acobertado pelo Q.I., soube abusar da ingenuidade do bravo povo. Casas de alvenaria, privada e luz elétrica, coisas que alguns nunca tinham visto, mas no salário descontado o aluguel. Aliás, o salário em outra moeda, totalmente ilegal. Recebiam em ribeiro; na cotação, um ribeiro, um cruzeiro. Só a lojinha da vila e o armazém da família, na entrada de Eldorado, aceitavam o ribeiro, dinheiro de papel que lembrava o de um jogo de crianças, impresso numa gráfica de São Paulo. O dinheiro não circulava fora da família, bom negócio. Meu avô e um país dentro de outro, brasão e moeda própria. Éramos reizinhos por quê, seríamos outra coisa? Tínhamos um povo aos pés e uma cidade Eldorado conivente com meia dúzia de benfeitorias, a reforma da igreja, o alongamento da praça, a construção de um chafariz, de uma escola em Eldorado e outra na fazenda, de um asilo e da ponte que cruza o rio, suficientes para a garantia do poder pleno.

Tia Luiza, toda ela oposição consistente, ameaça constante, do contra. Tia Alda adoeceu e tia Luiza a substituiu. Lá estava, na escola de alfabetização, grafado na lousa:

RI BEI RO
RI COS
PO BRES

Lá ela, em todas as casas, discutindo leis sólidas como a de serem obrigados a casar para direito a uma casa, serem obrigados a comprar nas duas lojas da família, as mais caras da região.

No texto que escreveu numa das pecinhas de fim de ano, lá, todo o instante, palavra que mal sabíamos o significado nem a pronúncia: latifúndio. As peças? Encenávamos para a família num dos terraços da sede. Preparávamos no mesmo dia. Ninguém decorava; tia Luiza, da coxia, texto na mão, passava as falas. Na quarta vez que latifúndio foi dito, meu avô se levantou e saiu, e tio Pedro se afundou na poltrona, de onde não saiu por dois dias.

Tia Luiza resistente. Na piscina, sol, no dia que tirou a parte de cima do biquíni, a vitrola foi desligada. Minha mãe, os dias compenetrada nos best-sellers, fechou o livro. As crianças, o diabo na água, pararam. E nenhum marimbondo ousou. Tia Luiza pálida, seios pequenos, bicos escuros. Tia Luiza era isso: o tempo se abria para vê-la, não só por sua beleza, mas pela coragem. Ignorar tia Luiza era fugir da vida.

Quando fui escolhido o major, num encontro casual, falou comigo, sem errar ou acertar meu nome, mas me chamando, como sempre, paspalhão. Você tem talento para obras bonitas e justas, faça justiça, disse.

Tia Luiza lia pensamentos; a vida inteira desconfiei. Ela falou casualmente e ficou ecoando: fazer justiça. Era o que eu tentava fazer. A faca e o queijo na mão. Nem por onde começar. Cheguei a pensar: me desfazer daquele exército, esquecer ser major e tudo o mais, procurar alternativas que unissem o grupo, que dessem um sentido às férias, às reuniões na torre do lago, aos maços de cigarro roubados. Cheguei a pensar: um time de futebol. Mas Da Cunha que se preze nunca fez esporte; esqui aquático, no máximo, quando alguém tinha saco de pôr a lancha na água. Batico, meu alvo preferido: confiava nele, desabafava. E ouvia com atenção. Ou se sentia obrigado a. Eu perguntava, tanto poder me confunde, até onde posso, sou o quê, afinal?, o major e posso tudo, tudo o quê? Pode tudo de tudo, ele respondia.

Mas quando eu falava em acabar com aquele exército, Batico a me convencer do contrário. Por alguma razão, me queria major. Era uma influência nefasta que apelou para você é cabaço, ainda, tem direito a mulher calejada que vai te botar nos paraíso, qualquer tarde dessas, e depois de ter mulher, vai gostar de ser major, todo homem aprecia...

Meus primos tiveram as suas e chegava a minha vez, eu sabia disso, soube disso desde o primeiro dia, mas adiava tal decisão porque adiava, não sei te explicar. Não me sentia no direito de explorar cabocla que faria porque faziam quando pedíamos, por quererem uma parte do reino, por quererem uma boa lembrança, um conforto no mundo miserável que provavelmente teriam depois. Aquelas garotas mais me deprimiam que outra coisa. Eu conhecia o futuro, velhas pencas de filhos, pele rasgada pelo trabalho, poucos dentes, unhas quebradas e sujas, maridos bêbados a abusar. Não sentia vontade de ter uma mulher, elas. Soava absurdo querer mudar as coisas e alimentar o ciclo da dominação, eu, patrão, me dê! Até Nelena, que não tinha que se meter, se meteu. Vai dizer que tem medo de mulher?, você não é qualquer um, como o major, deve dar o exemplo, e deve satisfações, todo homem tem que querer uma mulher, ela disse.

Minha saída? Lembrar que ela era mulher, portanto não entendia das coisas. Encerrava a discussão mas não a pressão. Como num jogo de xadrez, eu, cercado. Uma conspiração. Me queriam major, queriam o meu bem, queriam me empurrar uma amante, preocupados com meus vacilos e as incertezas do poder. Muitas vezes, Nelena voltou ao tema, o que me fez desconfiar que talvez fosse a porta-voz dos descontentes. Se é para o bem... Encurralado, acabei fazendo um pronunciamento oficial, cedendo às pressões: Vou ter uma mulher, todos tiveram, como posso saber se nunca experimentei? Decidido, vou ter minha primeira mulher.

Festejaram a decisão: viva a tradição! Me senti um covarde ao abrir mão do direito ao celibato. Mas o poder tem sacrifícios. Todos tão perdidos com meus discursos pacifistas. As mudanças. O que não se faz pela paz? Tive um encontro decisivo com Batico, que conhecia todas, me passou a ficha:

— Walnice do cabelo palha de aço. Gosta de você.

— Tem outra opção?

— A Flora bonita de rosto. Pena o defeito do braço curto.

— Flora é bonita, mas o braço nojento.

— Marlene é experiente, sabe o que fazer. É boa. Cheinha. Mas é do teu primo Mauro. Gordinha, bem gordinha. Vai querer? Teu problema é Mauro.

Mauro não era problema. Eu era o problema. Escolher uma delas era como apontar o touro da vez. Não estava nos meus planos este desafio. Se não aceitasse, que pressão. A provação, me queriam líder, macho, eu, fraco, não desapontar. Inseguro, a palavra.

O objeto da minha prova, Marlene cheia, ficou honrada, me disseram. Disponível, marcou a tarde. Tudo O.K. para o encontro; só minhas pernas não paravam quietas. Alto da torre: colchão, cesto de frutas, garrafa de Campari pela metade, cigarros mentolados e eu andando de um lado para o outro. Um cigarro atrás do outro. Batico partiu em busca. Do alto da torre, vi tudo: bater palmas em frente à casa dela, limpar as botas no engradado, sinal de respeito, e entrar. Impus a condição: que houvesse respeito, nada de risos ou comentários maldosos. Acendi mais um, quando vi os dois saindo da casa e vindo. Teria o encontro, meu bando feliz, e a fama, um macho no comando. Ela, mais à frente, olhando o chão, cabelo desarrumado, dobrando o avental e colocando debaixo do braço. Ele, atrás, fazendo sinais. Nunca a paz dependeu tanto de um mero encontro. Um táxi estacionou, abriu a porta e desceu um sujeito. Ela parou, viu e voltou correndo para abraçá-lo. Entraram os dois, ela e o sujeito, na casa. Batico sozinho no meio da rua e abriu os braços: e agora?

E agora nada. Era o noivo, trabalhador de Minas, que todas as férias vinha. Aliviado, fiquei, e como. E antes de qualquer coisa, fui logo avisando: qualquer retaliação contra ela ou o noivo, vai se ver comigo! E assunto encerrado. Quer dizer...

Como todo herdeiro que se preze, passear pelas ruas da vila. Como major, escoltado: Batico e Pneu, guarda-costas. À frente da casa de Flora, a do defeito no braço, o alvoroço de sempre: crianças. A dona da casa, mãe de Flora, me convidou para uma caneca de café. Limpei as solas das botas no engradado, mandei os dois esperarem do lado de fora e fui à luta. Flora do defeito e penca de irmãos e agregados rodeando a mãe que, primeiro, o habitual como está doutor Mirston e a senhora sua mãe?

Sujos, vestindo as roupas velhas que nós, da família, doávamos, mas cheirosos; banho diário, costume daquele povo. Me ofereceram a única poltrona da sala. Criançada ria, e se eu encarava Flora, riam mais, como se adivinhassem o futuro. Juntou gente do lado de fora espiando pela janela, e sempre que entrávamos na casa de um empregado juntava gente. Ninguém com defeitos nos braços ou pernas. Mas foi Flora quem fez o café e nos serviu, trazendo uma coisa de cada vez, já que só um braço funcionava. A mãe não se conteve: Esta menina está perdidinha, o pai ficou furioso, louco, que era coisa do demo, e que eu tinha me feito bobeira, mas doutor da cidade disse, nasceu ruim assim por causa de remédio que engoli, e vai ficar ruim pra vida sempre, até que é prendada, jeitosa, mas não vai arrumar marido que quer levar ela, e quer saber?, é bom, fica me ajudando, porque sou mais que velha pra cuidar de afazeres...

E todo mundo dava risada.

A mãe continuava: É esforçadinha, muito manejo com só um braço, mas dá pena, não dá?, dá uma pena... E olhou para a filha, que abriu um sorriso. Uma criança encolheu o braço, imitando o de Flora. Desta vez, até eu ri.

Deus quis que quis assim e contra Ele não há vontade que mude, disse a mãe. Não posso reclamar porque os outros nasceram bons e direitos, só ela ficou ruim pra todo o sempre, está bom o café?

Estava ótimo, tanto que tomei outras três canecas. O papo ganhou a tarde. Não conseguia ir embora: ouvir histórias daquela família, meu povo. Entender de onde tiravam a alegria? Flora especialmente, tranqüila, sem se abalar com o circo que seu defeito criava. Ia e voltava levando e trazendo beliscas, café, limpando cinzeiros, energia compensada, olhos vivos, sempre sorriso. Cada minuto com ela, vida se ganhava. Como pode, nós, de poucos problemas, derrotados por quem tem aquele tamanho defeito? Passei a querer um pouco da sua felicidade, um pedaço que fosse. Como ser superior, me ensina?

Num momento de cochilo da mãe, afastei três crianças grudadas na saia de Flora e pedi um encontro, no abacateiro, se quiser. Fez charme. Implorei. Ficamos combinados.

Sem dever nada a ninguém, nem cartas escondidas no colete e com as mãos limpas, vi Flora caminhando pelo lago, e ela ficava pela metade quando apressada, um braço normal e o outro encostado no peito, defeito que afligia, mas nada de perder a concentração nele.

Eu sentado, da cerca, olhando a estrada, como se esperando algo passar, mais importante que sua presença. Parou ao meu lado, e fingi que não notei, não a esperava, e ficaria muito tempo em cima da cerca se não perguntasse:

— Não vai descer?

Ficamos mais um tempo longe um do outro.

— Sobe aqui — sugeri.

Depois, me lembrei do braço e achei que não conseguiria e, pior, realçaria o defeito. Mas o que, subiu em dois tempos e sentou ao meu lado.

— O que fica fazendo em cima daqui?

— Observando.

— Dá pra ver bem daqui. Tão bonito, não é? Que sorte eu ter nascido aqui. Desculpa — e ficou séria.

Um tempo em silêncio. A estrada. Nenhuma coruja voou, nenhuma felicidade. Tudo quieto demais.

— Você gostaria de me beijar? — perguntou.

Riu de novo e pediu desculpa de novo. Eu só queria entender, como conseguia, a desgraça no corpo, pílula do demônio e tanto encanto no olhar, um sorriso de matar. Tinha o defeito e era leve. Dava pena e para ela tudo está bem. Será que não sabia, não enxergava, o quanto aquele braço afligia?

— Adoro beijar. Sou meio safada, acho. Dá um pouco de vergonha, mas fecho os olhos e a vergonha passa. Você acha que eu não deveria falar nisso? Minha mãe fala conselhos, para mulher não se entregar a qualquer um. Mas sou diferente mesmo, já nasci diferente, então, quando ela fala não fala de mim, que sou diferente.

Duas partes em conflito, o defeito e o rosto a maravilhar, perder a concentração no braço e ganhar um sorriso.

— Não queria isso de ser mulher diferente, me dá meia raiva, às vezes, por que comigo, por que não sou igual, por que sempre vão me olhar, achar estranha? Mas se sou eu, não posso fazer nada. Deus quis, Deus manda e desmanda, Deus não capricha em todos. Me escolheu.

Passei o braço ao seu redor, mas não podia me abraçar, apoiada no braço bom. Encostei minha boca na sua. Beijo, beijo e beijo. Queria me comunicar, e não saía palavra, saiu beijo, beijo e beijo.

— Que beijo de doido é este, sô? — perguntou.

— Assim que se beija.

— Meu beijo é diferente.

Se arrastou até perto, inclinou, encostou a boca, só encostou, e beijou meu nariz, meus olhos, gemeu, mordendo meu queixo e orelha, e meu pescoço, alisou meu rosto, dedos na minha sobrancelha, palma da mão no meu queixo, e beijo lento, grudento, lento, grudento. Me lambeu devagar, gata banhando a cria.

— Tem que gemer e fazer devagar — ela disse.

O.K., pedi que repetisse, incluindo as variações. Sorriu, segurou minha mão com o braço bom, e me beijando a boca, o rosto, o ombro, o peito. Paramos para respirar. Recomeçamos. Paramos para respirar e recomeçamos.

— Onde aprendeu tudo isso? — perguntei.

— Num filme. Adoro cinema. Adoro nadar, adoro olhar o rio. Adoro andar por aí, falar com estranhos, adoro filas, andar de ônibus, correr atrás de galinha, atirar pedras em frutas maduras, colher flores, adoro espirrar, tossir, até ficar com febre, naquele quentinho, moleza, gostosinho. Adoro cozinhar, limpar o chão, pendurar coisas, chuva, sol, frio, carnaval. Adoro quem chega, quem vai. Adoro dar a mão, abraçar, beijar. Treino com meu irmão. Diz que sou cheirosa e ficamos juntos na cama, nos beijando, até dormirmos. Adoro dormir. Não posso dizer se gosto de sonhar. Nunca sonhei. Todo mundo fala, conta quando acorda que teve sonhos, não sei o que é isso. Queria tanto sonhar. Adoro sua família. Adoro você.

Nos demos as mãos e descemos da cerca. Na grama, na sombra do abacateiro. Um vestido gasto desfiado e nada de roupas de baixo, luxo para aquele povo. Um cheiro de flores e um gosto de fruta na boca. Rosto selvagem.

— Vamos fazer? Tenho que voltar pra casa — ela disse.

Eu atrapalhado, sem saber o que fazer para fazer. Me orientou, se enfiou por baixo, levantou o vestido, abriu as pernas, e me agarrei, me encaixei melhor, um pouco de terra, passei nela.

— Adoro sujeira — ela disse.

Mais terra e grama molhada, pintei seu corpo.

— Adoro desenhos.

Na sua testa e nariz, e ela riu, até parar, fechar os olhos, suspirar fundo, procurar com a mão e me enfiar dentro. Fiquei sério, primeira vez experimentando tanto calor, e é isso mesmo, é aí? Ficou daquele jeito, olhos fechados, como se não sentisse, não existisse. Foi enfiar que me esqueci da sua presença. Então é isso. Assim, mais assim? Experimentei o tão apertado que escorrega pra dentro, um para o outro. Fechei os olhos. Nem gemi para não atrapalhar.

Observando ela andando de volta, pensei: garota talismã, me traria sorte. Perguntei: seria capaz de entregar o bem e deixá-la mais feliz? Pensei em me tornar seu melhor amigo. Ela nem havia chegado à torre do lago e me perguntei quando a veria de novo.

Dia seguinte, foi a nova visita à família Flora. Outras três canecas de café. Ouvi mais histórias e reclamações. Nas crianças, procurei pelo irmão de sorte, com quem ela praticava. Me sentindo da casa, me dei ao luxo de perguntar se já tinham consultado médico para dar um jeito naquele braço. Já, ô se já, a mãe lembrou. O úrtimo disse que o único jeito era cortar o negócio fora e botar prótese de ferro e prástico.

Criançada riu. Flora, a mãe e eu, não. Que tristeza, né?, muito desumano... a mãe comentou.

Da mãe, lágrimas. Se levantando com a ajuda dos filhos, pediu licença e se retirou. Ninguém mais riu. Abaixamos a cabeça. Quando levantei, Flora sorrindo. Não era possível, nada abalava, sempre assim, leve, leve. Um encontro a sós, pedi. Fui na frente. Chapéu de Sol, mirante do alto do laranjal, quase sempre deserto.

Chegou logo depois, não disse "a", tirou o vestido, me pegou de surpresa, eu só queria conversar. Nua cobrindo o sol, disse não posso demorar, mãe, você viu?, ficou triste, sempre é assim por minha causa, sofre mais que eu, dá uma pena, muito desumano...

Pulou em cima de mim, e a me beijar, cheirava e beijava, mordia e lambia, apertava, me apertava, e o que eram assuntos, presunto: silêncio. Novamente, foi difícil entrar. Pressionava e nada. Para cima, mais embaixo, onde, é para o lado, que lado? Minhas tentativas, ela e a saída: abriu bem as pernas, se ajeitou, me ajudou com a mão boa. Entrou e, quando entra, como é fácil escorregar. E quando entra, quer ficar para o resto da vida, morrer dentro se possível. Não tivemos tempo para outra coisa.

Voltamos juntos do Chapéu de Sol. Perguntei quem foi o primeiro que fez? Não posso falar, ela disse e fechou a cara.

Você sabe quem, o primeiro que forçou sem esperar consentimento, pai, irmão, tio ou vizinho, viram nascer, crescer, lamberam os beiços e, impacientes, não seguraram o apetite. É comum por lá, aqui, toda parte. Bastam força nos braços e ameaças se contar pra alguém, vou dizer que você que quis, quer ficar com a fama? Pode ter sido à luz do dia. Pai manda a filha quase mulher levar marmita e, na sombra de uma bananeira, faz o que der na telha. Ou à noite enquanto a vila dorme, carrega a filha para o quintal, ou se trancam no banheiro. Enjoado do corpo já gasto da mulher, investe nas filhas intactas, suculentas. A mãe pode até escutar. Vai se opor? Qual mulher de lá arriscava criar motivos que incentivassem a partida do marido? Não se esqueça, só casados têm direito a uma casa. Penso, a mãe até sugeria. A mãe sabe que não é mais a mesma, e ele é homem, homem é diferente, não se contenta com pouco, carne que se enfraquece pela carne de outra, como se dizia na época. Sempre me perguntei se o muro que separava minha família da dos colonos era suficientemente alto para que esse costume não contaminasse. Algo eficaz e invisível nos diferenciava, tias eram tias, primas, primas, laços consangüíneos, amarras.

Eu e Flora, o quê? Nunca foi perguntado se queria ou não. Era convidada, ela aparecia. Eu queria, ela, acho, queria. Foi assim na primeira, foi assim nas outras. Nada de se opor. Só pedia para ser rápido; a mãe notar a ausência. E pedia desculpas. A mãe, não sei, desconfiei, sabia de tudo, minhas visitas constantes, os olhares, as ausências da filha. Mãe sabia, como os filhos, agregados, a vila inteira, sabiam, e não falariam. Todos sabiam, é claro. O pai nunca conheci. Se soubesse, reagiria como? Como os outros, guardando segredo.

— Se ela engravidar? — Élvio me perguntou de bobeira.

— Isso nunca aconteceu.

— Já. Ouvi falar. Ninguém sabe se foi teu pai ou tio Pedro, na nossa idade, engravidou garota daqui da fazenda. Ouvi falar que ela teve o tal filho e sumiu do mapa.

Engravidou, sim, teve o tal filho, filha, hoje com 40 anos, morando em Registro. Meu pai ou tio Pedro?

Há uma semana, não, um pouco mais, espera...

Agora, há uma semana, em Registro. Temos lá uma pequena empresa de exportação de bananas. Sou o responsável. Fui almoçar com um certo fiscal da prefeitura que precisava ser corrompido para liberar uma certa licença. Restaurante de beira de estrada, daqueles em que mais se fecham negócios que se come. Eu iria ficar pouco, voltar para São Paulo logo depois. O fiscal me apresentou à gerente de banco que almoçava na mesa vizinha. Só depois de ela pagar a conta e sair, ele contou a história: É filha bastarda de um antigo figurão de Eldorado, família de fazendeiros que perdeu quase tudo há vinte anos, na época eram poderosos, os donos do pedaço, comenta-se que ameaçaram a mãe dela, que trabalhava na fazenda, teve de fugir com a filha na barriga, compreendeu?, maledicência ou verdade, tá aí, a filha deu certo, é peça importante dos negócios daqui, em todos os esquemas, dizem que tem um Q.I. altíssimo.

Não voltei para São Paulo logo depois. Saí do almoço, procurei o tal banco, a tal gerente. Sabe lá por que fiz. Fui à gerência, sentei à sua mesa, se lembrou que nos conhecemos há pouco, perguntou da comida e disse que tinha poucas opções para se comer na cidade. Fiz que ia pedir um empréstimo. Ela, procurando os papéis. Fiz um inquérito. Estranhou as perguntas partirem para o lado pessoal.

Você é daqui?

Sua família é de onde?

Seus pais estão vivos?

Os papéis eram muitos, o telefone não parava, e ela se desculpava, interrompia a conversa, passava a cotação dos fundos para o outro lado da linha. Ao desligar, perguntava onde estávamos. Sim, nos papéis. Passei meus documentos. Bateu o olho. Lá, um Da Cunha. O telefone a tocar, mas não foi atendido, nem as cotações em dia. Leu e releu meu nome, o telefone insistindo, empalideceu, se levantou sem rumo, bebeu num gole toda a água do copo, e licença pois precisava ir ao banheiro. Só então o telefone parou. Foi trombando pelo caminho nas mesas e cadeiras. Sumiu pela porta dos fundos. Não voltava. Não voltou. O telefone voltou a tocar, e apareceu um segundo gerente, desculpas pela demora, no que posso ser útil. Perguntei pela outra. Não está se sentindo bem e pediu para eu atendê-lo, no que posso ser útil?, repetiu.

Recolhi os documentos e dei as costas.

Minha irmã.

Ou uma prima.

Peguei o carro e, atônito, em vez de voltar para São Paulo, tomei outro rumo, Jacupiranga, 25 quilômetros de Registro. Chegando lá, cruzei a cidade pela avenida Kennedy, que eu não conhecia, e entrei na estrada para Eldorado. Em anos, era a primeira vez que voltava. Estou te contando, e foi agora, há uma semana, que voltei ao ponto de partida, Eldorado. Sabe o que significa? Pode imaginar o que ia na minha cabeça enquanto dirigia? Fazenda Apassou, desde que foi vendida, a primeira vez que eu visitaria. Os vinte e poucos quilômetros da Jacupiranga-Eldorado, agora asfaltada, traçado diferente da antiga; antigas referências se perderam. Antes, uma hora de estrada. Agora, nem vinte minutos. Entradas das antigas fazendas mudadas. Novas fazendas como empresas: grades, portões, guaritas, vigias armados, caminhos asfaltados ou de cascalho.

A cidade apareceu sem vestígios da minha antiga Eldorado. Conheci, então, a entrada para a nova estrada asfaltada para Sete Barras. O morro todo à esquerda ocupado, novo bairro. Lombadas nas ruas. Fui direto até a ponte que cruza o Ribeira, a construída pelo meu pai. Parei o carro antes. Fui a pé até o meio da ponte. A cidade crescera para o outro lado. As águas não mais transparentes. Barrentas. A forte correnteza de antes sempre. A ponte balançava com os carros. Um garoto de bicicleta parou ao meu lado. Abriu o bico quando passou um caminhão: Ai, ai, ai, como balança...

Um cachorro manco. O garoto chutou. Disse que todos os cachorros da cidade são mancos atropelados. Perguntei quem era seu pai. Josimarino Carneiro Filho, disse. E ele está bem?, perguntei. Está, ói. Falamos de outras coisas. Olhamos a correnteza. Balançamos na ponte. Perguntei se ainda chamam seu pai de Josimar. Ai, ai, ai... e riu da minha pergunta. Então, lembrei, Lamarca cruzou a ponte num caminhão, depois de trocar tiros com a PM daqui. Pegou ali a antiga estrada pra Sete Barras. Antes de chegar a Sete Barras, pressentiu a emboscada. Entrou pra mata, quase um mês se escondendo dos helicópteros e se desviando das bombas. O Exército acampou aqui. Lembrei: acampei com toda a cidade aqui. Vimos passar a camionete do DOPS equipada para a tortura. Esta ponte tem história, mas a um passo da interdição, infiltrações, rachaduras e uma árvore crescendo numa das pilastras. E balança. Não se esqueça, mande um abraço para seu pai, eu disse, e voltei para o carro, e me lembrei que esqueci de dizer meu nome.

Subi para a praça, o coração na mão. Pouca coisa mudou. Lá estavam: Escola Estadual Pedro da Cunha, Biblioteca Zé Carlos da Cunha, avenida Clóvis da Cunha. Não estava o cinema, agora um despachante. Atrás da escola, um bairro de casas sofisticadas. Uma nova prefeitura desbancou o fórum, antigo prédio mais alto. Um Clube Apassou às moscas. A igreja que meu avô invertera, o chafariz desligado, a mesma cor do Hotel Eldorado e placas indicando a existência de um outro hotel na cidade, com TV, ar e frigobar. O bar do Zeca França que, por muito, crivado de balas, uma nova fachada. Do outro lado, o armazém que já foi da família, e de onde quase levei um tiro de Lamarca. Parei para comprar cigarros.

— Josimar mora por aqui? — perguntei ao balconista.

— Sei não.

— E Batico?

— Sei não.

— E seu Avelino, Zeca França, Ribeirinho, Benê, Ari Mariano, Edgar Carneiro, João Cândido, Zé Arantes, Laudico, Gérson, Feliciadade, Jairo Moraes, Doenha e Bartira, a que levou um tiro dos guerrilheiros?

— Que guerrilheiros?

Paguei e voltei para o carro. Estrada que vai dar na Caverna do Diabo; recém-asfaltada. Fui em frente. Construído um outro bairro, um ginásio de esportes, vizinho ao campo de futebol, novo armazém, oficina de tratores. Duas lombadas, não mais cidade. Laranja e banana. Uma curva, o pasto, a cocheira abandonada, o lago e a sede da fazenda no alto do morro, cercada pelo muro mediterrâneo; na mesma cor. Fazenda Apassou, não uma qualquer, mas meu berço, meu passado. O abacateiro? Não existia mais. Nem a fazenda se chamava mais Apassou.

Entrei à direita, estradinha que dá no rio. Lá no meu tempo uma praia natural de areia branca, acampamento de todas as crianças e das bandeirantes. Não existe mais; venderam a areia. Desci do carro, pensei em dar meia-volta, imagens me provocando, passado atropelado pelo fim desgovernado. Mortes, abandonos e falências saíram dali.

O rio sem a praia de areia branca. Lembrei os anos, todos, o cheiro que há tempos não sentia, e minha cabeça, agora sim, pesou. Aquilo tão meu, vida, família, e não mais. Aquilo se foi, cadê? Levou meus avós. Meus tios por aí, os primos se espalharam pelo mundo, alguns tentaram me roubar na partilha de bens, disputa por punhado de dinheiro. Advogados nomeados, tutores, peritos, juízes não conseguiram o senso comum. Brigamos feio. Não falo mais com eles, de Nestor a Rodrigo, minhas caras-metades, disputa por herança que destruiu anos de história. Inacreditável ter de bater o telefone na cara de um primo. Inacreditável não nos cumprimentarmos nos corredores da Justiça. Inacreditáveis as acusações de tribunal.

O rio, que tinha mais a dizer de mim do que eu, que viu tudo, não previu o fim, espectador silencioso, me conhece mais do que me conheço, testemunha de meus passinhos de criança, meu mundo, até ele mudou, sem praias nem transparência. Eu apertado de saudades, e como pode um tempo feliz ser sucedido por um tão infeliz? Se ao menos tudo desaparecesse e não existisse mais aquela casa, aquele rio, e se ninguém da cidade se lembrasse de mim, ou se nada daquilo tivesse existido, talvez. Meu grande dilema, como recuperar uns momentos, um minuto desse passado? Quantas vezes na cama torcendo sonhar alguns desses momentos, vivê-los novamente, reencontrar antigas caras, amá-los como não amei, perguntar o que nunca perguntei e falar com o coração aberto o que deixei de dizer? Não volta mais, não, o que foi, foi, e cá estou, lá estava, chorando o que nunca chorei, pedindo ajuda a quem? Me encolhi num canto, pensando nisso, quem podia me ajudar?

Parti para a maior aventura.

Nova fazendeira morava na casa, ocupando espaços sagrados, viúva que aceitava nossa visita, ciente do que aquilo representava. Já tinha ouvido dizer, ela e a fama de antipática, nada de festas, nenhuma doação ou comida ao asilo, nada para a reforma da creche e do posto de saúde, e nada para a caixinha dos estudantes que se formavam, enquanto meu avô costumava financiar as formaturas das três escolas de Eldorado.

Entrei no carro, dei a partida e fui. Contornei o muro da sede, descobrindo que mudaram a entrada. Cruzei barracões de laranja e banana, ambos abandonados. Na antiga casa dos solteiros, novo escritório da administração, um grupo na porta que parou para me ver. Nem desci do carro, nem desliguei. Uma senhora, cabelos tingidos, veio. Apesar de nunca apresentados, eu sabia quem era ela, e ela que eu era um Da Cunha. Os barracões não são mais usados. Quebrou o silêncio. Me explicou o novo método de colher banana e laranja, direto para os contêineres, direto para o porto de Santos. Me explicou que mecanizaram a fazenda e que não é preciso tantos empregados, por isso as casas abandonadas. Me convidou para um café. Fomos no meu carro.

A rua principal da vila. No passado, quando um carro entrava nela, criançada corria, as mulheres saíam das casas, quem chegava, em que carro, quem vinha passar as férias, e acenavam. Agora, deserta. As casas num aspecto de abandono, pintadas de cinza, quando antes anarquia de cores. Alguns carros estacionados dos novos empregados, quanto antes nem sonhavam. Perguntei por Flora.

— Flora de quê?

— Tem um braço menor que o outro, efeito da Talidomida. Um braço assim — imitei com o meu.

— Nunca vi.

— E Batico?

— Nunca ouvi falar.

— E Pneu, Cateta, Isaurino, Virgílio, Pretume, Toco, Unha Quebrada, Girica, Sessenta, Lourival e Quatro Pernas?

— Não os conheço. Seus amiguinhos?

— É — balancei a cabeça. — Sou filho do Mílton.

Só esse nome era a senha para que os olhos brilhassem, reconhecessem minha linhagem e abrissem todas as portas, me saudando como um semideus.

— Muito bem... — foi só o que disse.

O portão da sede, no final da rua, fechado; nunca o tinha visto fechado. Tirou um controle remoto da bolsa e apertou o botão. Abriu, acelerando meu coração. Olhei rápido: o canil vazio, a torre do lago vazia, a casinha das araras vazia, os terraços vazios. O gramado bem cuidado. Flores margeando o caminho.

— Okultz voltou?

— Que Okultz? — perguntou.

— Antigo jardineiro.

— Uma firma faz o meu jardim... Pode parar aqui mesmo.

Estacionei, ela desceu, não desci, nem desliguei.

— Vem. Pode vir... — abriu um sorriso.

Desci.

— E sua avó? — perguntou.

— Acho que você sabe. Faleceu recentemente.

Ficou surpresa, olhou o céu, a casa e disse:

— Que pena.

— Andava doente.

— Eu sei. Muito forte, ela. Resistia, apesar de todo... — comeu a palavra e juntou as mãos. — Quem vem muito aqui é seu primo Mauro. Me conta as novidades. Me disse que ela andava doente. Você nunca veio. Deveria vir mais. Quando quiser. A casa é toda sua.

Não mais. Tive certeza assim que entramos. Mais luxo: na entrada, o que era quarto de fazenda, beliches e nenhum conforto, em que eu dormia amontoado de primos, virou um aconchegante quarto de cidade, com som, TV e vídeo. Outra televisão organizava os móveis de um dos terraços. Carpetes e cortinas em todos os cantos. Móveis modernos, um fax e um microcomputador na sala. Sentamos no terraço que avistava a piscina, a estrada, o Ribeira, boa parte do lago, os pastos, a cocheira, os bananais e o céu.

— O que nós vamos beber, um refresco?

— Pra mim está bom.

Num passe de mágica, uma empregada uniformizada. Procurei nela alguma criança antiga dos trapos, aquelas sujas de terra que corriam descalças carregando bonecas amputadas ou puxando carrinhos de madeira ou empurrando pneus velhos ou chutando bolas furadas ou de cócoras brincando ou vendo o tempo passar, barrigudas de vermes ou bicha. Nela, somente a expressão de uma empregada servil. Atendeu aos pedidos e não disse nada; e nossos empregados nunca usaram uniformes.

— O que está achando?

— Está bem cuidada.

— Fiz questão de manter a casa do jeito que seu avô construiu. É um patrimônio da região. Muitos vêm até aqui, ficam na beira da estrada olhando. Antigos empregados ou moradores de Eldorado. Trazem a família, horas apontando para a casa. Às vezes ficam tanto tempo, almoçam, lancham, só olhando a casa. Fico muito sozinha aqui. São minha distração. Meus filhos estão grandes e têm me ajudado, não muito, mas não posso reclamar. Às vezes, trazem amigos e namoradas. Mas na maior parte do tempo, sozinha.

— O que Mauro vem fazer?

— Nada. Fica uma, duas semanas. Anda por todos os cantos, me dá palpites muito proveitosos. Mudei as metas da fazenda. Nossas bananas eram apenas para exportação. Priorizamos a qualidade. O cacho já cresce dentro de um saco.

— E os antigos empregados?

— Tanta gente já passou por aqui, um tal de vaivém. Se espalharam por Santos, Jacupiranga, Registro, Eldorado, Curitiba, São Paulo, Sete Barras, Cajati, Pariqüera, Iguape, Cananéia, Itapeúna, São Miguel do Arcanjo, Itapetininga, povo de vocação nômade, mudam sempre, uma vida nova em um novo lugar, inquietos. Era assim no tempo de vocês?

Não, não era. Ninguém ia embora. O número de colonos sempre aumentava. Mas, por educação, omiti.

— Flora. Quem ela é?

Voltou a empregada com uma bandeja. Nela, jarra com suco de laranja, bananas secas, biscoitos, queijo branco e uma fatia de um bolo antigo, já seco.

VÉRTICE 2

Tomei um pouco do suco, comi uma banana seca, experimentei o bolo e respirei fundo. Me encostei na poltrona, olhei o rio e me abri. Dei, então, um pedaço do passado, como Mauro deve ter feito, como outros fizeram, os empregados, os eldoradenses, para que ela completasse, com cada frase, toda a história que não viveu, mas cujos fantasmas rondam e instigam.

— Flora, espécie de talismã, infeliz defeituosa linda com quem me envolvi quando fui o líder major do bando daqui, bando que no começo lutava contra o desrespeito velado que alguns eldoradenses tinham por nós e nossos empregados, tratados como seres inferiores, caipiras, porque eles, de Eldorado, eles se achavam instruídos, gente da cidade, imagine só...

— Era uma namoradinha?

— Não sei explicar. Depois de certo período, nos víamos diariamente como num vício, horas na beira do rio, banhos no lago, o sol a se pôr no Chapéu de Sol e os cafés na casa de sua mãe. Ela falava, falava, e quando não falava, eu imaginava, e era tanta alegria nela, apesar do defeito, tudo era lindo, bom, nenhuma maldade do mundo. Eu, major, e comando? Ações contra um suposto inimigo? Guerras são vencidas graças à loucura de um líder. Bombardeamento constante atordoa o inimigo, sugere correlação de força desigual, que uma das partes, nós, era superior, e fôlego para investir uma atrás da outra sem recuar. Mas na pura bondade de Flora, me certifiquei, combatíamos o errado, e pensei no diferente, num acordo com aqueles que foram por anos nossos inimigos. Me perguntava qual era afinal o motivo, que interesse estava em jogo, que tal discutirmos o que cada um quer, por que rancor, tem alternativa? Eu major, legitimidade para propor negociação, que tipo de relação queríamos e oferecíamos. Numa guerra, como em qualquer, os dois lados pensam que são superiores, que detêm a verdade, e que todos deveriam compartilhar as mesmas opiniões, que se existia o outro lado, porque não nos conhecia direito, nem informações, ou que talvez preguiçosos, irracionais, e não concordavam conosco pois eram reféns de preconceitos. Pensava, tinha certeza, que esse outro lado não tão longe, não tão diferente, e que talvez dispostos a conversar. Nós achamos: foram eles que começaram. Acham que fomos nós. Vinganças, retaliações, e esse círculo é sem fim. Pensei, talvez uma terceira parte ajudasse num acordo, talvez os da cidade que não se envolviam, talvez meu avô que nada sabia, talvez alguém de outro lugar, ou um padre, ou um delegado. Bolei o processo:

Primeiro, se engajar na procura da paz.

Depois, procurar um relacionamento possível, experimentar esse relacionamento, atuar juntos numa grande obra, um campeonato de futebol de times misturados.

Difícil o começo, pois se eu demonstrasse ambivalência poderiam interpretar como fraqueza, insegurança. Não existe o medo de se parecer fraco ao inimigo? Nossa tendência, lembrar do tempo em que tínhamos rivais, nunca de quando nos dávamos bem com eles, nem dos momentos de história em comum. Eu major queria esse momento: os inimigos aliados, parte de nós. Perdoar é o segredo. Para nós, a palavra às vezes basta, e tem poder de romper intransigência: perdão, me perdoe, me desculpe, sinto muito, errei, não vou fazer mais. Para os árabes, a palavra pouco significa, uma carta não tem valor, é no olhar que procuram o perdão. Flora... Flora me deu certezas sem nunca falar delas. Passei a pensar em paz, acordo, perdoar, amizade, amor, e desmobilizei a força do nosso pequeno exército, me concentrei no desafio: viver um pedaço da paz, estar dentro dela. Era Flora responsável. Ela em tudo o que eu via. Era Flora o sentido daquela minha vida, paz. Flora era de paz. Meus primos se apavoraram: meu comportamento. Me alertavam, o que quer da vida?! No dia que um primo, Élvio, me alertou para o risco de engravidá-la, dizendo que já tinha tido um caso na família, perdi a confiança: de que lado está? Com minha prima Nelena já não tinha assunto. Os filhos dos colonos se dispersaram. Quem disse que o caminho da sonhada paz é sem turbulências? Eu não tinha essa ilusão, sabia que precisaria sacrificar amizades. As férias iriam se acabar, e eu preso a grandes ideais, sem precisar por onde começar, sem conseguir dar um sentido ao dia-a-dia de meus primos.

— Eu ia para todos os cantos com meu talismã Flora. Me contou que não ia muito a Eldorado, que quando ia, as pessoas de lá gritavam, ratazana!, ela passava e, ratazana!, ratazana!, e foi deixando de ir. Injusto, não? Logo com ela. Comecei a levá-la para a cidade, tomar sorvete, andar pela praça, e ninguém ousou, e ah!, se falassem... Freqüentava sua casa ganhando a confiança dos irmãos, não da mãe que passou a controlar, talvez medo de perdê-la, ou de criar alguma encrenca, sua filha envolvida com o neto do patrão. A mãe não se iludia; se houvesse um prejudicado, sabia, não seria eu. O tempo passando e mais difícil encontrá-la. Seus irmãos até que tentavam, mandavam mensagens, entretinham a mãe, e Flora escapulia só para me ver e dizia seu danado! Eu me arrepiava quando escutava seu danado!, e ela a sorrir, me sentia um danado, diabo no corpo, agarrando, beijando e tudo o mais, que danado...

Um dia a mãe adoeceu. Internada em Eldorado. Teríamos todo o tempo do mundo. Mas Flora se fechou, tensa, achou: as preocupações abaixaram a resistência da mãe, era sua, nossa, culpa. Veja só... Noite especial, a que decidi levar Flora ao cinema de Eldorado, e iríamos, depois, visitar a mãe. O cinema não existe mais, você sabe, antes o grande programa da região, alto-falantes por toda a praça anunciando a próxima sessão, a pipoca e a infinidade de balas, os bancos de madeira, ala de fumantes, camarote das autoridades, maioria de filmes épicos, coisas como *Ulisses, Sansão e Dalila, Ben-Hur, Cleópatra, Os Dez Mandamentos.* Por vezes, Mazzaropi, Oscarito e Grande Otelo. Faroestes a dar com pau. Chanchadas da Vera Cruz. E surpresas baratas, Pasolini, Eisenstein, Visconti, que lotavam, porque tudo lotava. Nos intervalos, abastecíamos de doces e fofocas e olhávamos o movimento. O povo se perfumava, e sempre que me lembro do cinema, o odor de misturas. Era lá, toda a cidade se encontrava, o amigo do amigo, minha nova namorada, meu novo inimigo, meu afeto e desafeto, único lugar em que os astros não eram os Da Cunha mas os da tela, e me importava? Não, já que estava para começar a sessão.

Flora de vestido azul todo rendado, fomos a pé para Eldorado. Como sempre, o menor problema em exibir que ela estava comigo, e eu com ela, a ratazana! Fim do filme, fomos visitar a mãe. Flora entrou. Eu esperando na calçada. Filei um cigarro de um pedestre, me encostei num poste e me senti o homem mais completo.

Voltamos tarde, agarrados, nos beijando, entrávamos no mato, nos amávamos, voltávamos para a estrada, e o que era para ser feito em vinte minutos se alongava. Perto daqui, logo ali naquela curva, faróis de carro na nossa direção, daqui da fazenda para a cidade a toda, e pensei na Rural que uma vez furou o pneu logo ali. Tivemos de nos jogar contra a cerca para não sermos atropelados. Reconheci, nem Rural, nem Karmann Ghia, mas a camionete da fazenda do seu Pinheiro, que vinha daqui da Apassou. O inimigo tinha dado sinal de vida. Olhei pra cá, soltei a mão da menina e corri feito um louco, sem tirar os olhos daqui. Pulei aquele muro, dei a volta no jardim procurando o estrago. Debaixo daquela árvore, aquela ali, um choro forte, como se quisesse chamar minha atenção. Assim que me aproximei, o choro parou. Nelena, minha prima, encostada na árvore. Acendeu um cigarro. Não deixei apagar o fósforo: segurei sua mão, iluminei o rosto, vi a testa ensangüentada e os hematomas. Abracei-a forte. Quieta, a cabeça no meu ombro, o cigarro se apagando nos dedos. Depois contou, dormia quando ouviu um barulho na piscina, desceu achando que éramos nós e deu de cara com Josimar que, surpreendido, enfiou um murro no seu rosto, jogou-a no chão e passou a chutar, e só parou quando foi seguro pelos outros seus colegas. Eu tonto, sem acreditar. Ficamos mudos, abraçados. Amanhecia. Renasce-se às manhãs. Renasci um monstro. O sol se levantava, levava meus músculos, ossos e veias, meu sangue mais denso, meus dentes cresciam. Abracei Nelena e vi, na piscina, a mancha vermelha, sangue. Ratos. Ratazanas decapitadas boiando. O estrago. Depois, desmaiei.

Acordei na cama, ainda vestido. Não conseguia me levantar. Com ajuda de alguém, arrastado até o banheiro: um mijo escuro. Pensei no meu talismã, Flora, minha sorte perdida: ratazana! A piscina interditada para horror das Da Cunha que, a contragosto, passaram para o lago, todo ele barrento e boatos de residência fixa de um jacaré. Semana dura, me arrastando sem forças, cagando claro e mijando escuro, semana de inquéritos e suspeitas: o sangue na piscina, os hematomas em Nelena. Meu avô, diziam, andava em círculos, reclamando de dores no coração, se perguntando o que estava acontecendo. A guerra invisível que voltava, e permaneceria oculta. O mundo que se achatava.

Depoimento atrás do outro. Meu avô da sua poltrona, meus primos em pé no centro da sala respondiam sem responder, Nelena a dizer o que sempre dizíamos, que caiu do cavalo. Nestor, o primo mais velho, o primeiro líder do pequeno exército, me perguntou se não estávamos passando dos limites. Mal respondi, fraco, sem sair da cama, triste que estava, infeliz. Élvio não falou mais comigo. Nem Rodrigo. E fiz a promessa, nunca mais ver Flora! Dr. Jaques, médico da cidade, foi chamado. Examinou minha barriga, deu uns cutucões e diagnosticou: Este rapaz está com hepatite.

A primeira vez, em muitos anos, que minha mãe me beijou a testa e dormiu a meu lado, abandonando temporariamente o andamento dos best-sellers. Me levaram para o quarto de meus avós, o maior quarto da casa, este aqui de cima. Você dorme nele, não? Março, enfim, fim de férias. Os inquéritos não chegaram a parte alguma, e meu avô com os cachorros por dois dias seguidos e depois lendo Camões. As atenções se voltaram para o quê? Fim das férias, tormento para os pais, infelicidade geral. O acampamento de bandeirantes na margem do rio levantou lona, levando junto meus primos Sérgio e Celso. E mais, começou a chover pencas. Sem sair da cama, acompanhei o aguaceiro, o recolhimento das tranqueiras, malas fechadas, brinquedos guardados. Não vieram se despedir, eu que ficaria na fazenda só com minha avó e empregados sabe lá até quando. Quando melhorasse.

Por que minha avó e não minha mãe? Só quem não conhece os Da Cunha faria esta. Minha mãe, minhas tias, todas estavam sempre muito ocupadas, nada de perder tempo com a doença de um filho, nem de levar para um primeiro dia de aula, nem freqüentar reuniões de pais e mestres, festas, primeira comunhão, peças infantis, desenhos do Walt Disney. Nunca culpei minha mãe pois fui ensinado que cuidar de um filho é secundário. Até me surpreendia nas raras vezes em que me beijava a testa. Me sentia culpado por estar fazendo ela perder tempo valioso. As histórias que lia, eu pensava, eram tão mais que as que vivia com os filhos. Ciúmes de personagens de best-sellers? Não. Eram, sim, mais interessantes que os filhos. E vá lá, me sentia culpado por ficar doente, por sofrer algum acidente, por adiar sua leitura. Era o mesmo com os outros primos: quando Rodrigo quebrou o braço ao cair do cavalo, faz tempo isso, a primeira coisa que disse a sua mãe foi desculpe. Sempre desconfiei, os quatro casais nunca quiseram filhos, e se tiveram foi para agradar as convenções e os pais. Não tiveram filhos, deram netos. No mais, por se sentirem inferiores, preferiam que meus avós nos educassem, escolhessem os colégios, determinassem nossas profissões e, se bobear, nossas mulheres.

Estou te contando coisas já silenciadas pelo tempo. Estou te contando tantos segredos...

Minha avó tinha ficado para salvar minha vida, assim acreditei. Só ela conseguiria, tinha tempo, talento e disposição. E nesse fim de férias, março de 1970, a única a se despedir foi Nelena. Não consegui me erguer. Ergui apenas a mão, que passei em seus hematomas. Beijou minha mão, me desejou melhoras. Minha intenção: pular da cama, abraçá-la, pedir desculpe, desculpe e desculpe, mas mal conseguia ver, me mexer, falar. E tentava, a todo custo, que lesse meus pensamentos, que visse nos meus olhos sofrimento, preocupação, arrependimento, desilusão. Eu a vi sorrir. Vi saindo do quarto. Não vestida como um garoto, como sempre, mas saia colorida, não botas enlameadas, mas sandálias, não um chapéu na cabeça, e seus cabelos soltos, não a cara amarrada de sempre, me olhou da porta, sorriu e me jogou um beijo. Foi essa Nelena que povoou dias e noites doentes em claro, semi-acordado, semidelírios, semitriste.

Minha avó trouxe doces, carinhos, paz imensa e vitrola portátil. Tardes ouvindo Roberto Carlos, Erasmo, Chico Buarque, Nara Leão, Os Golden Boys, Trio Ternura, MPB-4, Elis, Martinha, Celly Campello, Jair Rodrigues, Simonal, Wanderley Cardoso, Jerry Adriani, Vanderléia, Jorge Ben. E o que não parou de tocar foi Dorival Caymmi:

```
Eu vou pra Maracangalha, eu vou, eu vou de
chapéu de palha, eu vou, eu vou de liforme
branco, eu vou, eu vou convidar Anália, eu
vou, se Anália não quiser ir, eu vou só...
```

Perguntei muitas vezes o que era liforme e achei uniforme. Me perguntei onde era Maracangalha e não achei no Atlas. Desejei, e muito, chapéu de palha, e sair pela fazenda com minha Anália, e se ela não quisesse ir, ah...

Minha avó tinha tanto talento para entreter netos doentes. Mostrou fotos de viagens, China, Índia e África. Dormi e acordei rodeado de fotos, pensei e sonhei com leões, templos chineses e tempestades tropicais. Contou histórias do meu avô. Contou histórias dos filhos. Descreveu casamentos, nascimentos, o início de tudo. Contou como ganhou o broche de diamantes que formavam a palavra LIFE. Limpamos coleção de moedas. Passei mais tempo dormindo que acordado, sonhei mais que nada, e quando nascia um pensamento ruim, ou queria um bom, mudava o disco e pensava nela, Nelena. O que me fazia perder a cabeça: as imagens que não testemunhei, um Josimar contra Nelena, um soco, uma hora de sono a menos. O que me fazia relaxar: Nelena de saia, cabelo solto, sandália, mandando um beijo. O que me preocupava: isso não poderia render, minha prima, que idéia sem nexo, só podia ser a hepatite...

Maracangalha não saiu do lugar. Vez ou outra, a visita do dr. Jaques quebrando a rotina, tirando meu sangue, cutucando barriga e partindo sem esclarecer quando seria minha alta. Uma carta de Mauro para variar, o próprio, que apesar de louco de pedra escrevia cartas:

Salve grandíssimo filho-da-mãe. E essa doença? Não está perdendo nada por aqui. Algumas aulas continuam enfadonhas, com discussões do outro mundo e declarações sem sentido. E o novo professor de moral e cívica, de terno e gravata e cabelo gumex, muito elegante, impõe respeito. Declarou que o Brasil é o maior país do mundo em terras contínuas. Estamos todos orgulhosos disso. O túnel Rebouças e a ponte Rio-Niterói vão ser, por algum motivo, e em alguma coisa, os maiores do mundo. O Maracanã você já sabe. O país acorda para viver.
Agora, temos que levantar e bater palmas quando os professores entram. Agora, cantamos o Hino Nacional todos os dias. Ninguém sabe a letra. Antes das aulas das sextas, temos que ficar em posição de sentido e cantar o Hino da Bandeira, enquanto hasteiam a própria. Agora, somos todos patriotas.
O Brasil é magnífico. Tenho aprendido que a índole do brasileiro não é a preguiça, mas uma força de vontade sem tamanho, capaz de vencer grandes desafios. Você está aí sozinho no fim do mundo, e nós nos esforçando para sermos bons brasileiros.
Achei por bem te escrever, e te dar alguns conselhos, ou melhor, dizer o que tenho pensado sobre o que fizeram com Nelena, o que fizeram na piscina. Posso nunca ter sido um bom irmão, mas ela é a caçula, frá-

```
gil, e confesso que cheguei a dar murros na
parede quando soube. Merecem uma lição como
nunca tiveram. Esse Josimar é de índole
ruim. Se eu estivesse aí, como você, eu não
pensaria duas vezes...
```

Parei de ler neste ponto e não escutei nenhum disco.

Uma visita de Batico, meu fiel escudeiro. Levei para uma conversa na varanda, esta aqui de cima. Olhamos um para o outro. Ele disse que tinha conseguido as informações que eu tinha pedido; investigar tia Luiza e os três sujeitos suspeitos com Maneco de Lima numa Rural. Olhou para trás para se certificar de que estávamos a sós, arrumou o cabelo e começou, que tia Luiza saía às noites, passava por Eldorado e ia ao posto da BR em Jacupiranga, único que não fechava, e que os homens da Rural ninguém conhece, mas também aparecem no posto da BR, sempre com Maneco de Lima, que se dizem caçadores, e que parece que são mesmo, que eles, lá de Jacupiranga, falam que são os homens caçadores, mas mais que isso não sabia, se tia Luiza tinha relação com os caçadores, e pediu desculpas pela informação incompleta. Tudo bem, eu disse. Ficou em silêncio. Meus olhos perdidos na vista, nesta vista da baixada, o rio, morro coberto por... que linda a floresta, vista que desconcentra, não? Eu não reagira às novidades, impassível, à procura de outras novas. Olhou para trás novamente, arrumou o cabelo e esperou o pronunciamento de seu líder. Não sei o que dizer, foi minha culpa, eu sei, me empolguei, a garota defeituosa, nunca deveria ter sido o major, e não sei por que me candidatei, pelo jeito não sou bom para liderar coisa alguma, eu disse a ele. Parei e pensei muito antes de perguntar: Você já matou alguém?

Que morte que não se esconde com o cuidado devido, próxima e, o que é pior, seduz. Batico se encostou na poltrona, novamente a mão na cabeça, juntou as mãos e olhou o chão. Continuei, sem pronunciar o nome: Eu queria matá-lo, mas que ele sofresse, como sofrem os bois aos sábados, amarrados no mourão e arrastados, mugem, e quem pára de rir?, nem esperamos o golpe de misericórdia, facas nas mãos, retalhamos, arrancamos pedaços, disputamos o rabo e os olhos sem pedir licença à vida, já que nem sabemos se estão mortos, e quanto mais alto mugem, mais apunhaladas recebem, quantos rabos não cortei com o bicho ainda respirando?, e vai um e arranca os olhos, e ficamos passando de mão em mão as bolotas escorregadias, que pouco antes viam a morte chegar. Batico, do seu feitio, e a ousadia de me perguntar não quer dizer matar alguém, quer? Censurei a interrupção, procurando nos seus olhos algum covarde. Desviou o olhar para o chão. Esperei Batico respirar e se recompor do susto. Perguntei do que tem medo? Ele disse não tenho medo, você sabe que não sofro de medo. Perguntei viu os ferimentos na minha prima? Ele disse mas Josimar fez que se atrapalhou, achou que era nós, com todo respeito, que você sabe que tenho, mas sua prima atrapalha a gente, que a gente se confunde, ela se veste como a gente, estava escuro... Ela é um de nós!, eu quase gritei. O sangue me faltou à cabeça. Tive de abaixá-la. Batico se levantou, não sabia o que fazer. Respirei fundo, e ele pousou a mão na minha nuca, chamou minha avó. Voltei pra cama. Consegui ouvir ele dizer desculpe, pede desculpas pra ele. Um dia acordei cedo, fui para mesa e escrevi uma carta:

```
Querida Nelena

Estou aqui sozinho, melhorando, já, já,
saindo do quarto e tudo o mais. Minha cabeça
anda pra lá de confusa, e não sei por que te
escolhi para desabafar. Hoje é meu aniver-
```

sário. Ninguém aqui sabe disso. Vovó não se
lembrou, nem vai se lembrar, nem eu vou
lembrá-la. Vai ser um dia comum, melhor do
que ontem porque agora não me canso mais,
estou curado, e penso em dar uma volta por
aí com os cachorros. Sei que você se desligou daqui, está em
aula, com mil problemas, decorando hinos,
mas era como se você estivesse aqui comigo,
conversando, passeando, e eu teria tanta
coisa pra te mostrar. Quem me ajuda? Que me
salva desta raiva? Penso muito em você,
aqui comigo, e às vezes até penso em você de
outra maneira, será que me entende? Eu queria que você estivesse aqui, para te pedir
desculpas, te fazer carinhos. Minha cabeça
está confusa. Um beijo grande.

Nelena nunca respondeu.

Nem sei se recebeu.

Eu precisava acertar contas com o que deixei pra trás, continuar o ciclo, vingança interrompida, meu ódio tinha de me
deixar, e se não saísse eu morreria aos poucos, imobilidade
não. Eu já com mil motivos, já com a vítima escolhida, era só
começar a me mexer. Foi para acertar que levantei da cama e
andei pelo quarto. Um dia depois, saí do quarto e andei pela
casa. Depois, saí da casa e visitei os cachorros. Depois, andei
em volta do lago. Joguei sinuca sozinho no terraço. Não fui à
vila dos colonos para evitar Flora, a ratazana, meu azar. Por
sinal, nunca mais nos vimos. Até que tentou, através de Batico,
um encontro. Não aconteceu. Me mandou um bilhete. Nem
abri. Me mandou uma carta. Não abri. Mandou uma garrafa de seu café. Nem toquei. Me mandou, também, um chumaço de flores me desejando melhoras. Joguei fora. Não ousou aparecer aqui na sede; os empregados não ultrapassavam

aquele muro sem um convite. Parou de me mandar coisas. E foi nosso fim. Assim, acabou, e posso falar: sinto sua falta... Fui algumas vezes ao barraco do jardineiro Okultz inspecionar sua coleção de armas. E me convidar para a próxima caçada, meu primeiro e único presente de 15 anos.

Começo de neblina densa insistente, noites de frio. Mais uns dias, choveria diariamente, chuvas que enchem os rios, rios que transbordam e alagam tudo, até hoje é assim, não? Madruguei e esperei por Okultz envolto por frio e sapos do terraço. Pensei em desistir, lembrando a caminhada pesada, se conseguiria subir um morro, entrar numa mata, atravessar um igarapé, fraco que estava. Vi um jipe cruzando o portão. Estacionou na minha frente. Seus faróis me cegaram. A voz de Okultz, vamos de jipe, ele disse, atrás de um casal de veados das terras de Izair Lobo, que vão virar assado. E riu, jeito destrambelhado de todo alemão rir.

Fomos por aqui à esquerda, em direção à Caverna do Diabo. Onze quilômetros até Itapeúna. Sete até Bananal. Naquela época, tudo de terra, e o jipe voando. Antes de cruzarmos o Ribeira, pegamos a esquerda, uma picada horrível. Passando por bananais, pastos e montanhas de pedras. Okultz dirigia como um idiota, atropelando pedras, acelerando nas valetas e atropelando arbustos. O carro pulava, e eu tinha de me segurar para não voar longe. Ele me olhava e ria como se estivéssemos num parque de diversões. Eu há dias doente preso num quarto. Ah, sair, a vida... Seis quilômetros, alcançamos Barra do Braço, aquele povoado construído em torno do campo de futebol, quatrocentas pessoas viviam, igreja, escola, açougue, não sei se conhece. Deixamos o carro na jaqueira. Okultz acenou para três conhecidos que madrugaram.

Num fôlego sem tamanho, saltou do carro, me jogou uma carabina, carregou a outra e foi entrando na trilha. Fui atrás sem pensar muito, me desligando das dores do corpo, sentindo viver, enfim. Cruzamos o casebre de Izair Lobo, que nem tinha acordado. Subimos por uma trilha de caçadores a Serra do Itatá em direção a Ateado. Amoras, insetos, espinhos e buracos. Uma hora de caminhada pela mata bastou. Okultz procurou me reanimar: Estamos perto, sinto cheiro. Okultz começou a se culpar: Ai, ai, ai, sua avó vai me matar, te trazer doente assim. Estávamos próximos da clareira dos bambuzais. Foi lá que desisti. Me sentei numa pedra logo na entrada da gruta e empaquei. Okultz disse que iria emprestar mula para me levar de volta. Eu disse não, vá em frente, dê uns tiros por mim, estou bem aqui...

E estava mesmo. Dias a fio num quarto com cheiro de remédios, cama nunca arrumada, banheiro de muitas toalhas, pijama para cada dia, comida sem tempero. Agora, a vista para o vale, o cheiro da manhã, mata, guaricema, samambaias e amora. Eu estava bem, com uma carabina à mão e alvos ao redor. Quem sabe um veado não passa por aqui para me dar um alô e levar um tiro na testa, eu disse. Riu desembestado e foi, prometendo voltar logo.

Fiquei sentado, a arma no colo. Mirava uma árvore e fingia atirar, como se nela um Josimar. Suplica, filho de uma égua! Se eu atirasse, afugentaria as caças. Só mirando. Matei todas as árvores, me encantou a vista. Passei a inspecionar a gruta, seguindo trilhas de formigas. Num canto, a ponta de um caixote mal camuflado. Afastei a folhagem, puxei o caixote. Nele espingardas, uma metralhadora, dois fuzis, serpentes com balas e dinamite. Meus olhos brilharam. Armamento novo em folha. Meu coração disparou. Aquilo não era munição de caçador. Movimentação perto, e não parei para esperar: fechei o caixote, cobri com a folhagem e me afastei da gruta, me abrigando atrás do bambuzal. Eram uns seis sujeitos chegando. Falavam alto. Riam. Um deles no *walkie-talkie*. Alguns, farda amarelo-esverdeada; outros, calças jeans e camiseta. Na cabeça, bonés bico-de-pato, alguns verdes, outros amarelos. Carregavam bolsas. Todos armados. O primeiro a entrar na gruta voltou e falou um palavrão. Pararam de falar. Sinais com as mãos e olharam ao redor. Alguns se agacharam. Procuraram rastros no chão. Virei as costas e sem me desesperar ou fazer qualquer ruído caminhei com cuidado, atento ao que pisava, até encontrar a trilha. Só então apertei o passo, peguei o embalo e desci correndo. Não achei por bem parar no casebre de Izair. Continuei no mesmo ritmo.

No embalo da descida, chegando em Barra do Braço, minhas pernas trançaram. Terminei a corrida me apoiando na jaqueira, me sentando no chão, e fiquei sem mover um músculo, olhando o sol atravessar a neblina, nuvens correrem, cheiro de jacas maduras e o calor chegando.

Apareceu Okultz, bochechas vermelhas e olhar preocupado. Me pegou no colo, me carregou até o jipe e não disse "a". Alívio sentir o carro em movimento a caminho de casa. Respirei fundo e contei o que vi. Okultz, não, não tinha visto nada de anormal, nem caçadores nem caça. Ele não me diria a verdade, estrangeiro, temia se envolver, nada de seu passado obscuro nem de problemas presentes, incógnita que via tudo mas fingia que não. O silêncio, seu aliado, sua sobrevivência, e ninguém nunca soube se foi o quê, soldado alemão, se fugiu antes ou depois da guerra, se tinha família, filhos, nem de onde apareceu com esse apelido idiota e, acima de tudo, uma coleção ilegal de armas.

Lá pelo dia 18 de abril, para meu azar, dr. Jaques me deu alta. No dia 20, eu, banho tomado, sentado com minha bagagem aqui atrás no terraço da entrada, despedindo-me mentalmente das férias forçosamente prolongadas, discos, vista, delírios, doces da avó, mas, lá vou, Maracangalha, sem fazer qualquer balanço, já que, por experiência, balanços se faziam nas quatro horas de viagem até São Paulo.

Entrou pelo portão o Mercedes preto do tio Zé Carlos e saltou dele o seu Oscar, um dos motoristas que serviam a família, que só víamos na hora da chegada e partida, e que, como todos os empregados da família, era nativo daqui. Seu Oscar sentou no capô e acendeu um cigarro. Cara amarrada, ar preocupado, suando muito, ao contrário do seu Oscar falante, brincalhão, inventor de apelidos. Quieto um bom tempo. Hematomas no rosto, um corte no braço e olhar assustado. Sua avó está?, perguntou. Encontramos ela na cozinha. Dona Vitória, melhor não viajarmos hoje, estão acontecendo coisas em Jacupiranga... ele disse.

Seu Oscar de folga, tinha vindo antes, para passar o fim de semana com a família em Eldorado, e me levaria na segunda. Deixou o Mercedes na garagem da casa dos pais, e saiu pela cidade na Rural que tinha acabado de comprar. Em Jacupiranga, foi para o restaurante do posto da BR, dar uma checada na Rural. Almoçavam, numa outra mesa, Maneco de Lima e mais três desconhecidos. Percebeu, seu Oscar, que tinham assunto importante, e só acenou de longe. Maneco foi embora. Os outros três saíram, foram prum jipe, e partiram logo depois de estacionar uma veraneio com vários agentes à paisana, que entraram calmamente e perguntaram por um ex-prefeito que vendia terras. O povo perguntou: Maneco de Lima? Os agentes ainda perguntaram de quem é aquela Rural. Um morador da cidade, Tônico Duarte, apontou para seu Oscar, é daquele ali.

Conhece bem Eldorado, Jacupiranga, esse povo do temor por sacis, mulas-sem-cabeça, bois-da-cara-preta, essas coisas.

A partir desse dia, conheceram o lado mais triste da vida e perderam para sempre a maior qualidade, a pureza.

Seu Oscar levado para fora do restaurante. Revistado. Viu alguém suspeito, viu algum bandido, onde conseguiu a Rural, o que levava dentro dela, fala logo?! Na opinião dos agentes, não estava colaborando. Levou safanões e chutes, empurrado e derrubado. Ninguém do posto abriu o bico, protestou ou tentou impedir. Tônico Duarte foi levado pra fora. Mais perguntas, falou-se em Maneco de Lima e a equipe se foi, com Tônico Duarte, pra casa de Maneco, deixando seu Oscar pra trás.

Seu Oscar ficou até o dia 20 em Jacupiranga sem sair de casa. Viu da janela a cidade ser ocupada pelo Exército. Não ousou sair mais com sua Rural. E veio me buscar no Mercedes.

Acabou de nos contar, outro carro entrando. Fomos ver. O Fusca vermelho, sempre encerado, calotas e frisos dourados do sargento Martinzinho daqui de Eldorado. Trazia papéis. Contou que a Polícia do Exército estivera na cidade. Seu Oscar e minha avó quietos. Fizemos ele entrar. Acelerado, tomou três copos de água seguidos e fez perguntas. Mostrou recortes de jornal com fotos: TERRORISTAS PROCURADOS. Olhei minha avó, seu Oscar, o cartaz, e apontei para a foto de Lamarca. Eu vi este cara, disse. O sargento quase caiu pra trás. Pigarreou em vão; não recuperou a voz. Continuei: Não tenho certeza absoluta, mas que parece, parece, com o cara que passou no começo do ano numa Rural, que furou o pneu aqui em frente, mas ele não estava entre os caçadores que vi em Barra do Braço, acho que não.

A mão do sargento contraiu. Sem querer, amassou o cartaz. E foi saindo de costas, pálido, e se foi sem falar tchau. Não falei que estavam na Rural com Maneco de Lima. No cartaz, tinha também um japonês. Não existiam muitos japoneses por aqui. Se bem que tinha muitos em Registro. Um japonês chamava a atenção quando viajava por esses lugares. Em Eldorado, todo mundo se lembra de Fujimori. Era Lamarca e Fujimori, o comandante e o samurai. Tem gente daqui de Eldorado que jura que Fujimori atravessou a praça no dia do tiroteio com duas metralhadoras, aqui, ó, uma em cada braço, calmo, tomou a cidade, zen, desafiando a Força Pública. Te parece o quê?, cena daqueles filmes de Hong Kong que eram exibidos. Nada disso; eu estava lá, nenhum guerrilheiro atravessou a praça. Ou tudo isso é verdade, não interessa. É a verdade daqui, não dos anais. São as testemunhas silenciadas pela História. Fujimori, para muitos, deu show em praça pública. E Lamarca, para alguns, tinha pacto com o demônio. E todos os outros garotos, Ariston Lucena, 17 anos, Gilberto Faria Lima, novinho também, Edmauro Gopfert, 18 anos, romperam o cerco, deram um baile no Exército, são admirados, o povo enche os olhos...

Outro japonês, Mário Japa; Chizuo Osava, o nome verdadeiro. Da Coordenação Regional da VPR. Foi preso em São Paulo no começo do ano. Preocupou a VPR, já que podia falar sob tortura do campo de treinamento que conhecia bem; ele e Monteiro é que escolheram a área.

É, eu sei de tudo, quer dizer, de quase tudo. Ninguém sabe de tudo.

Percebeu? Lamarca minha obsessão, pequena, mas virou, a minha e a de todo mundo daqui, por ter cruzado, mudado Eldorado por, talvez, nunca vou saber, a fuga ou sumiço de tia Luiza, que mudou a família, mudou tudo. Fui atrás de informações. Li de tudo, entrevistas, biografias, conversei com ex-guerrilheiros, li matérias nos arquivos dos jornais que, censura, desinformavam mais que informavam, você se lembra disso, das receitas de bolo, poemas de Camões, tarjas pretas, filmes, livros, teatros, tudo o que poderia corromper nossa boa formação, conspirar contra os bons costumes e a paz da nação. Nos jornais, muitas das matérias sobre terroristas eram plantadas pela repressão. Outras, eram plantadas pelos jornalistas simpatizantes. Tive uma pasta, coleção de artigos. Lia as entrelinhas. Ouvia as rádios ondas curtas, rádios de Havana, de Pequim, de Moscou, da Albânia. Sei de tudo. De quase...

Lamarca, carioca, filho de sapateiro, na Escola de Cadetes de Porto Alegre desde os 17 anos. Antes, tinha sido recusado pelas de São Paulo e Fortaleza. Teve contato com a célula do PC em Agulhas Negras; tinha, surpresa, comunistas no Exército. O partido recusou sua inscrição. Lamarca fez parte, em 62, da força de paz da ONU no canal de Suez. Lamarca para promover a paz no Oriente Médio, um capacete azul. Foi para acabar com uma guerra e voltou para começar outra.

Montou um grupo de estudos lá no 4º Regimento de Infantaria, oficiais e soldados mergulhados no marxismo. Em 67, capitão, jovem, bem jovem. Contatou as organizações, a luta armada. Chegou a se reunir com Marighella e Câmara Ferreira para conhecer a estrutura da ALN; foi seu único encontro com o líder da resistência brasileira, Marighella, que preferia que Lamarca continuasse no quartel como agente infiltrado. Mas o capitão precisava de ação. Contatou a VPR, fusão do MNR, Polop e operários de uma greve de Osasco, organização liderada por um antigo companheiro de farda, Onofre Pinto. Brilharam seus olhos quando a VPR passou a mão em 11 fuzis FAL do Hospital Militar do Cambuci e, depois, mandou para os ares um carro-bomba no quartel do II Exército, matando uma sentinela. Onofre ofereceu a Lamarca o comando de um campo de guerrilha de Goiás. Planejou a fuga de Lamarca, que sairia do quartel com um caminhão abarrotado de armas roubadas, as armas da revolução. Depois, o AI-5. 1969.

Lamarca embarcou mulher e dois filhos para Cuba e entrou para a clandestinidade, levando junto alguns oficiais, soldados e munições numa Kombi, entrando para uma VPR comprometida. Na verdade, a VPR não tinha campo de guerrilha; sua cooptação foi um blefe.

Lamarca mais um escondido em aparelhos, refém da segurança, a clandestinidade, esperando, sempre esperando o momento da ação e partir para o campo. Primeiro, onde deixar as armas roubadas. Encontrou guarida na ALN. Depois, reorganizar a VPR. Precisavam de fundos. Uma organização, na cidade, assaltos a bancos, lojas de câmbio e trens pagadores, dinheiro para a guerrilha. As primeiras ações de Lamarca, um assalto ao Banco Mercantil, no Brás, em março de 69, e o roubo do cofre do Adhemar de Barros, em julho, que arrecadou dois milhões e meio de dólares para a guerrilha. Sua foto começava a se espalhar, cartazes: TERRORISTAS PROCURADOS. Em agosto, uma operação plástica no rosto: arrancar os dentes e colocar uma prótese. Mudar de cara. Foi internado numa clínica em Santa Teresa, no Rio, com o nome falso de Paulo de Castro, cabeleireiro. E o risco de ficar com o rosto desfigurado, pois operação rápida de duas horas às escondidas, escoltado por seguranças, com o médico Afrânio Azevedo de menos de 30 anos, que nem sabia que estava operando Lamarca, mas alguém importante da VPR, e não tinha qualquer participação, nem era adepto da luta armada, mas ficou feliz por fazer algo pelos jovens que lutavam. Conversou com o operado sobre a validade da luta. Alguém tem de começar, Lamarca disse a ele.

Mais e mais cartazes espalhados, mas Lamarca de outra cara; não muito diferente da original, resultado de uma operação feita às pressas. A VPR se funde com a COLINA dando na VAR-Palmares, maior organização de guerrilha, mais de quinhentos guerrilheiros prontos e milhares de simpatizantes. Um grande congresso em Teresópolis definiria os rumos da nova VAR-Palmares. Trinta dias de discussão. O grupo de Lamarca queria prioridade na guerrilha rural. A liderança da nova organização titubeava: ações na cidade, trabalho de massa... O capitão da paz e a guerra no país. A organização, fazer política. Quebrou o pau. Um grupo acusando o outro. Grupos. Um tiro no teto para acalmar os ânimos. Escondido em aparelhos, sem poder se expor, o inimigo público número um Lamarca queria ação no campo, um novo rosto, fazer, ensinar, comandar. Estava, estavam todos convencidos de que a massa seguiria, a revolução, questão de meses; prometeu à mulher revê-la em quatro anos num Brasil socialista. Racharam com a nova organização. Lamarca e seu grupo saíram do congresso levando grande parte do dinheiro e armas, refundaram a VPR e começaram imediatamente a procurar um campo de treinamento. Chegaram a comprar um terreno em Goiás, mas o responsável tinha saído do Brasil em pânico, largado a luta, e só ele sabia da localização da área. Monteiro se lembrou de Jacupiranga, por onde andou muitas vezes com seu amigo Onofre Pinto, que nasceu aqui. Lamarca se lembrou das montanhas e matas do Vale. Decidiram pelo Vale do Ribeira. Temporariamente. Só para treinamentos e esconder os mais queimados. A guerrilha mesmo começaria sabe lá onde, no Sul, no Nordeste, na fronteira; um passo de cada vez.

Em novembro, já estava aqui. Lamarca feliz, um novo rosto, podia aparecer em público. Era simpático, fazia amizades. É o que todo mundo diz. Apresentava-se como Cid. Você não imagina o que o campo representava para estes guerrilheiros procurados, o anonimato obrigatório e o perigo constante das cidades, o estresse da revolução, pontos, quedas, aparelhos abandonados no meio da madrugada, reconhecido por amigos nas ruas, a surpresa escondida nas esquinas, as tensões dos assaltos, ações, a sirene passando, o pipoqueiro suspeito, a vizinha suspeita, a família sob suspeita, o telefone vigiado, sempre mentindo, estou de passagem, você não me viu. Aqui, a mata, a selva, as montanhas, a neblina, a gruta.

Primeiro, a área-1, do outro lado da BR, em Capelinha. Monteiro, Mário Japa, Lungaretti, Massafumi, Fujimori e Lavechia, os primeiros a chegar. O acampamento no topo de uma montanha, terra de Maneco de Lima. Nem os camponeses acreditavam que alguém iria fazer garimpagem por lá, que é como Monteiro, ou melhor, doutor Antônio, justificava a ida e vinda de estranhos. Mal a Rural conseguia subir; chegou a derrapar numa curva e só por uma árvore não caiu no precipício. Nos treinamentos, os tiros ecoavam por toda a montanha. Muito vulnerável, presa fácil num cerco estratégico. E era próxima da BR. Lamarca chegou, decidiu procurar outras terras. Saía de manhã com Monteiro e só voltava à noite. Massafumi e Lungaretti deixaram o Vale, garotos que vieram do movimento dos secundaristas de São Paulo. Tinham pedido para ir embora.

Depois, a área-2, no Sítio Salmora, ou Bananal, do lado de cá da BR, mais afastada, 80 alqueires de pirambeira, mata, riachos e ninguém, exceto caçadores de fins de semana. Mudaram-se para lá. Em janeiro de 70, já estavam treinando uns vinte guerrilheiros, muitos garotos, selecionados a dedo, alguns de outras organizações, a maioria da VPR, respirando o alívio do fim do estresse, embarcando, enfim, na luta. Aulas de topografia e cartografia com bússolas. Armadilhas e tiro ao alvo. Vinham de todo o Brasil. Primeiro, um exame médico, como na Aeronáutica, o inimigo. Monteiro os apanhava em São Paulo, às vezes no Rio, em pontos previamente marcados. Dita a senha, entravam na Rural, óculos escuros que vedavam, para não reconhecerem o caminho, e pé na estrada. Registro, Jacupiranga, continuavam pela BR em direção a Curitiba, Cajati, e mais 20 quilômetros, a serra, curvas fechadas, Mata Atlântica. Saíam do asfalto logo depois de uma ponte e a estradinha de 4 quilômetros de terra até Capelinha. Só sobe Fusca, caminhão, camionete, Rural ou jipe. Tentei há alguns anos alcançar o sítio; de passagem, indo para o Sul, cruzei Cajati, me deu os cinco minutos e entrei na estradinha, atolei duas vezes e voltei para o asfalto.

O sítio, uma pequena casa que servia de fachada; costuravam uniformes nela. Num barracão ao lado, o depósito de armas, uniformes e apetrechos novos em folha, redes, bússolas, relógios recém-roubados da Casa Diana. Pro meio do mato, as bases. Os guerrilheiros das duas bases se comunicavam por rádio com a sede do sítio. Quase sempre o próprio Lamarca recepcionava os recém-chegados. Abraços apertados, as novidades em dia, mais abraços, afetivos, todos os guerrilheiros, é o que contam, muito afetivos, por estarem ainda vivos? Não ainda. As mortes eram poucas. O saldo ainda positivo. A guerrilha ainda ganhando. Gente em Cuba treinando. Gente assaltando bancos com sucesso. Armas à vontade, dinheiro não era problema, simpatizantes, redes de apoio, intelectuais aliados, e um país cenário perfeito para a revolução, não? Bem. A ALN estava à beira da extinção, e a morte de Marighella, um fardo pesado. Abraços apertados, pois membros de uma mesma aventura, romântica revolução, aliados, amigos, companheiros! O recém-chegado escolhia seu equipamento, dormia na sede, e só ao amanhecer seguia a pé com um guia: dois dias mata adentro até as bases do Campo Marighella.

Oscar Pedrero trabalhava na pedreira ao lado do sítio. Me contou uma vez que sempre via os tais por lá: "Nunca ofenderam a gente, andavam por aí tudo, vinham de Rural, um barulhão, trabalhávamos na roça, me embargaram de passar por lá, Maneco de Lima disse olhe, não passem mais aqui que tem novos donos, e não sei se eles querem vocês; antes, encontrava com eles, conversávamos, mas chegou o Exército, num tava sabendo de nada, achava que eram caçador, e foi aquele bafafá, pensava que era uns caras que iam tocar fazenda, trabalhar, os soldados prenderam gente, inclusive Vicente Carvalho, dentro da casa, não deixavam ninguém sair, as bombas queimou, espantou bichos, desceram pelo rio Capelinha, o Exército, ficaram vinte dias acampado na cachoeira, não davam muito confiança, não negociava com ninguém, não batiam muito papo com a gente, algemaram Antônio André, que cuidava de uma fazenda, algemaram Benjamim, Claudinho, prenderam também uns caçadores que vinha armado."

Monteiro era o único que circulava por toda a área, que tinha permissão de dormir fora, o contato com o mundo, às vezes com Maneco, mapeando as estradas. Vinha quase duas vezes por semana. Trazia cartas. Trazia guerrilheiros. Levava os que não se adaptavam; Lungaretti, Massafumi e Iara. Levou Ariston Lucena, que havia cortado a perna com um facão afiado, para a Santa Casa de Pariqüera.

Monteiro chegava na casinha do sítio e, quando Lamarca não estava, passava um rádio. Os documentos, muitos em código, eram entregues para Lamarca, que lia e apenas dizia volto com você pra São Paulo. Monteiro levou e trouxe Lamarca pra São Paulo e Rio; chegaram a cruzar, na Dutra, com um comboio de caminhões do Exército, e Lamarca não disse um pio, calmo, sangue-frio, com seu Colt 38 cano longo debaixo da camisa.

Muitas vezes Monteiro trazia pessoas para o campo, pessoas que queriam falar com Lamarca; Câmara Ferreira, que herdou a ALN de Marighella, foi um que veio, procurando unir forças e planejar o seqüestro do embaixador alemão, para mais uma troca de presos políticos.

Domingo, dia em que a região se enchia de caçadores, os guerrilheiros não treinavam. Ouviam rádio, liam, discutiam, e alguns caçavam, sem os uniformes desenhados por Lamarca (uniforme com bolsos com esparadrapo, gaze, água oxigenada, comprimidos contra febre e conservas). Aos domingos, nada dos bonés bico-de-pato. Mas durante a semana, trabalho duro. Alvorada às seis. A comida mais pesada logo de manhã; guerrilheiro tem de se habituar a comer de manhã para combater de dia. Caminhadas, aulas, tiros. Ao escurecer, janta e todos na rede.

Cagavam em buraco de gato, um de cada vez, técnica dos vietcongues que despistava o inimigo, que nunca saberia quantos andaram por lá. Cozinhavam no oco de uma árvore, para espalhar a fumaça, ou na neblina. Revólver 22 para não fazer barulho ou espingarda de caça. Só no meião da mata atiravam com os FAL. Caçavam urus, macucos, inhambus e serelepes. Banhos nos muitos riachos de águas transparentes e geladas. Meses de treinamento. Poucos desistiram, pouquíssimos eram mandados embora por inadaptação. No comando, o ex-capitão. Até o dia que desabou o Exército.

Mário Japa, o dirigente da VPR, passou poucos dias no Ribeira. Em 27 de fevereiro de 1970, voltando de um aparelho no ABC, capotou na estrada das Lágrimas num acidente besta; um tremendo problema os carros em péssimo estado, nada de tempo e dinheiro para revisões. Desmaiado, hospital, o carro abarrotado, cartuchos de espingarda 12, documentos e mapas. A polícia de trânsito, com aquilo nas mãos, contatou a repressão. Estava lá o endereço de uma sapataria de Itapetininga, onde Japa tinha, a pedido de Lamarca, encomendado coturnos. Japa nas mãos de Fleury, Sérgio Paranhos Fleury, lembra dele? Depois, foi entregue à OBAN. Para a VPR, prioridade soltar o Japa. Conhecia a área. Conhecia muito, e o diabo à mercê da tortura. Não tinham outra saída: um seqüestro rápido. Jamil, em São Paulo, planejou o seqüestro. Jamil era Ladislau Dowbor, um dos teóricos da VPR, que achou o endereço do cônsul japonês na lista telefônica. A idéia foi do Liszt Vieira. A fórmula imaginada por Liszt:

$$1 \text{ JP} + 1 \text{ JS} = 2 \text{ JL}$$
(um japonês preso mais um japonês
seqüestrado igual a dois japoneses liberados)

Lamarca e Fujimori, com Monteiro, despencaram para São Paulo na Rural; apressarem o seqüestro. As entradas da cidade tomadas por soldados. Alguma coisa no ar. Pararam numa banca de jornal e leram a notícia. Onze de março. Foi seqüestrado em São Paulo o cônsul-geral do Japão, Nobuo Okuchi. A embaixada soltou a nota, que o governo brasileiro jamais deixará que algo aconteça a nosso cônsul. Uma ação conjunta da VPR, REDE e MRT, rápida e sem vítimas, que não precisou da ajuda de Lamarca e Fujimori. Três Fuscas, na rua Alagoas, contra o Oldsmobile do consulado. Jamil, com a metralhadora, alertou o motorista para não reagir, e tirou o diplomata do carro, que teve tempo de pegar sua pasta. Entraram num Fusca vermelho o cônsul, Jamil, Liszt e Bacuri. Havia mais um entre eles, o "Fanta", que saltou no meio do caminho. O primeiro seqüestro da história da diplomacia japonesa. O cativeiro era o aparelho de Denise Crispim. Nele, o cônsul, Liszt Vieira, Jamil, Bacuri e Denise. Jamil no comando. Redigia os manifestos na máquina de escrever. No primeiro, meio vago, não citava os presos que seriam pedidos em troca;

o Exército podia dar o fim neles. Jamil morou na Suíça, estudou economia, muitas línguas. Sabia como ninguém roubar carros para a organização. Foi preso depois, dia 21 de abril, torturado coisa e tal, e trocado pelo embaixador alemão em junho.

```
            COMUNICADO 1
            VPR

Seqüestramos o cônsul-geral do Japão para
obter a liberação de alguns presos políti-
cos que estão detidos nos presídios de São
Paulo. Não temos intenção de tomar atitudes
hostis contra o povo japonês ou mesmo con-
tra a sociedade nikkei. Estamos dispostos a
libertar imediatamente o cônsul-geral se
forem tomadas as seguintes providências:
1. O governo deverá se comprometer a liber-
   tar cinco presos políticos.
2. O governo deverá responsabilizar-se pelo
   cumprimento fiel da legislação em vigor
   e não tomar medidas de represália contra
   os outros presos políticos.
3. Os presos que forem liberados deverão
   exilar-se no México ou em outros países.

Se as investigações que o governo ora rea-
liza não forem paralisadas, não devem se
esquecer de que estamos decididos a esco-
lher a morte juntamente com o cônsul-geral,
mesmo que nos localizem.
```

Em troca pelo cônsul: cinco presos e três crianças, filhos de uma prisioneira, que estavam sob custódia do Estado. Pouco, considerando o valor do cônsul, mas suficiente para acelerar as negociações. No segundo comunicado, a lista, os nomes, o nome de Mário, só Mário, um japonês. Na imprensa, ironia: o Exército tem dificuldades para identificar um tal Mário japonês. Reclamam da desorganização das organizações que conhecem os codinomes, não os nomes. Guerra de nervos. Os militares ganhando tempo. Os guerrilheiros confundindo, listas de nomes incompletos, comunicados meio amadores e inseguros, para que pensassem que era a ação de uma nova pequena organização. Funcionou. Chegou-se a dizer que o seqüestro era coisa de bandidos comuns. Chegou-se a dizer que era obra de remanescentes do Shindo Renmei, grupo radical japonês. Os militares reclamavam do comunicado mal escrito, que nos telefonemas o porta-voz dos guerrilheiros dava informações contraditórias, voz nervosa e titubeante, desespero e falta de liderança. Quem ajudou a redigir o comunicado? O próprio cônsul. Deu um toque mais diplomático no sem papas na língua dos guerrilheiros. No cativeiro, disse que conhecia a cabeça de funcionário público, sabia como negociar. E quando os militares não responderam a uma das exigências, parar as torturas nas prisões, o cônsul, didático, disse aos guerrilheiros que o governo jamais responderia àquela exigência, pois seria como admitir em público que havia tortura, sentou-se à máquina de escrever e escreveu um novo manifesto, trocando "parar as torturas" por "que o governo se comprometa a tratar os demais presos políticos de acordo com a lei e justiça". Acataram a exigência. No consulado, trotes despistavam a autoria: pediam dinheiro em troca, outros, piadas sobre japoneses. A mulher do cônsul se apavorou. Só quando se confirmou que era uma organização, respirou aliviada. Ainda bem que é um seqüestro político, disse para a imprensa.

Eduardo Leite, o Bacuri, fazia os contatos com a polícia. Bacuri, dos mais preparados, estrategista dos poucos, pensando com a cabeça do inimigo, guerra de informações, contra-inteligência, costumava congestionar as linhas telefônicas da polícia em dia de assalto, denunciando outros assaltos inexistentes; ligava para a Polícia Civil, denúncia anônima de que terroristas com fardas da PM iriam assaltar o banco tal, e ligava para a PM para avisar que guerrilheiros disfarçados da Polícia Civil iriam assaltar o mesmo banco, na mesma hora. O resultado: duas polícias em tiroteio num banco da cidade. Foi preso em dezembro, torturado e morto aos 25 anos. Liszt Vieira também foi preso e, como Jamil, foi trocado pelo embaixador alemão.

O governo comunica ter tomado todas as providências relacionadas à liberação dos presos políticos, seu transporte para o México e os procedimentos concernentes ao asilo, bem como a reafirmar as diretrizes acerca da integridade física dos outros presos políticos que se encontram sob custódia do Poder Judiciário, de acordo com a Constituição e demais leis internas do país. As condições para a libertação do cônsul-geral foram preenchidas. Assim, a responsabilidade sobre a vida e a integridade física do mesmo passa a ser dos seqüestradores.

Assinado:
Ministro da Justiça, Alfredo Buzaid
Ministro das Relações Exteriores, Gibson Barbosa

Quatro dias de seqüestro. Até que foi rápido. Japa liberado junto com os outros quatro presos e três crianças, tudo transmitido ao vivo pela TV, a camionete do DOPS chegando na pista do aeroporto, os presos embarcando, Japa chegando numa ambulância, o locutor anunciando sua chegada, Japa mal conseguindo andar, torturado, sendo carregado até o avião, que decolou para o México. O cônsul foi solto no dia seguinte. Uma multidão se acotovelou na praça Buenos Aires, sua residência. Pais levaram crianças. Pais colocavam filhos nos ombros para que pudessem ver a movimentação. O cônsul desceu de um táxi. Foi aplaudido. Elogiou o tratamento recebido no cárcere. Na polícia, álbum de fotografia, reconheceu um subversivo, só um; tinha prometido aos guerrilheiros, que não usaram capuzes. Dezoito de março, recebeu a visita de Gentaro Osava, pai de Mário Japa, que se desculpou pelo transtorno que seu filho havia causado indiretamente.

Japa enviou mensagens tranqüilizando a VPR: não entregara a existência do campo do Ribeira. Conseguiu enrolar a OBAN. Não foi difícil: os agentes não queriam saber apenas dos pontos, aparelhos e origem dos cartuchos calibre 12, mas dos dois milhões e meio de dólares roubados do cofre do Adhemar; grande parte do dinheiro estava na embaixada da Argélia, país aliado da guerrilha. Na maior parte do período em que esteve preso, Mário Japa ficou no Hospital Militar do Cambuci, tratando as feridas da tortura. E foi assim sempre, com todos os presos da VPR, a porrada em dobro, as perguntas onde está o dinheiro, terrorista filho-da-puta?! Na ânsia de pôr a mão na grana, a repressão torturava sem descanso, por vezes ignorando informações valiosas passadas pelos presos. Fleury chegou a comunicar a seus superiores que provavelmente existia uma área de treinamento de guerrilha no Brasil. Mas não foi levado a sério. Se levassem a sério todos os informes que chegavam, a repressão não fazia outra coisa além de invadir fazendas em Goiás, Mato Grosso, Pará, fronteira com a Argentina, Bolívia etc.

Lamarca e Fujimori voltaram para o Vale, não mais na Rural, mas num jipe marrom; Monteiro, desconfiado que a Rural tinha caído, trocou de carro.

A nova prioridade da VPR, o seqüestro do embaixador alemão para, agora sim, lista maior de presos; foram criticados por terem liberado apenas cinco. Um problema quem incluir na lista. Alguns preteridos em nome de outros. Os preteridos, deixados pra trás nas mãos dos torturadores: ressentimento. A norma: o torturado que falava demais não era libertado. Cruel. Como saber quem falava ou não, como escolher entre o de uma ou de outra organização? A expectativa de um preso esperando seu nome ser incluído. A lista. E se tivesse se mantido fiel até o fim e seu nome não fosse lembrado? Mas que jeito.

No Rio, caiu Lungaretti, do setor de inteligência, responsável pelos documentos falsos. Lungaretti tinha treinado no Vale. Depois, Massafumi; também esteve no Vale. Sabiam demais? Sabiam, mas não a localização exata da área, já que vieram vendados pra cá; só Lamarca, Mário Japa, Maneco de Lima, Lavechia e Fujimori reconheceriam a área, e Monteiro, é claro.

Tortura, o que se agüenta nela? Existiam aqueles que não abriam a boca, alguns morriam, heróis do silêncio, existiam aqueles que reagiam, também morriam, heróis da resistência, e aqueles que negociavam, ganhavam tempo, informações erradas, despistar, entregar pontos e aparelhos já queimados, heróis da paciência; a tortura contra esses era mais longa. Existiam aqueles que falavam o que sabiam e o que não sabiam, e aqueles que até mudavam de lado. Só na boca de cena o guerrilheiro saberia que tipo de herói era. Só quem viveu, pode. O tipo mais complexo, o durão, fiel aos ideais e companheiros, que surpreendentemente entregava tudo, apanhando, falando, apanhando, entregando, choques, lembrando-se do herói destemido que pensava que era, falando, a culpa, não resistindo, esquece as regras do bom revolucionário, destroçado, pensa nos companheiros presos em conseqüência de seu depoimento, procura se concentrar, calcula quem entrega, quem não entrega, bola de neve, se confunde, já entreguei este, disse a hora certa ou errada, que endereço inventar, não sou o herói que imaginava. A violência nivela por baixo, eu no chão, sem valor, e eles torturam, têm o poder, mais organizados, têm o Estado, mil aliados. Eu que me joguei na luta em benefício do povo, eu destruído. Suicídio acabaria com o dilema. E se sobreviver, encontrando amigos que foram denunciados. Mas nem tempo para análises, passos no corredor, é a minha vez. Espero que não. Mas se não é a minha, será de outro. O entra-e-sai não pára. Trazem um para levar um novo em folha. E não há tratamento ou descanso. Apanha, dorme no sangue, cura as feridas do jeito que dá e apanha.

A tortura, instituição, regras, manuais, profissionalizavam-se. Equipes se dividiam. Terceirização: a de busca e apreensão e a dos interrogatórios. O preso logo levado a um órgão especializado, quase sempre o DOI-Codi, "Federação", para os policiais. A primeira coisa que tiravam: o relógio. Tiravam as roupas. Nu, esperando em pé, sala vazia, os braços pra cima. A equipe entrava em ação, espancar desorganizadamente perguntando: contatos, pontos, aparelhos, nomes, datas, endereços, seu comunista filho-da-puta! Sabiam que tinham pontos. Sabiam muito, a estrutura e os esquemas de segurança, sabiam que só se comunicavam com a organização em pontos; um militante podia ter dez pontos num mesmo dia. Sem relógio, precisava resistir, não entregar o ponto das seis, e se conseguisse resistir, seus companheiros iriam notar sua ausência e desmobilizar, assim ditava a regra, desmobilizar aparelhos conhecidos, e a vida do torturado facilitada, podia começar a falar sem prejudicar, mas como se não sabia as horas, já deram as seis horas? Ganhar tempo, as horas, mas jogados em salas sem janelas, luz artificial, desnorteados, nem horas nem quantos dias se passaram. E sim, onde está o dinheiro, seu comunista babaca?! Um preso a ponta de uma rede. Através dele, poderiam chegar em toda a organização. Tortura não descansa. É guerra, pressa sem trégua. O primeiro espancamento desorganizado, atordoar o preso, aquecer, suspense, o tipo que tinham nas mãos, qual herói? Nos interrogatórios, um, o bom, que pedia para os colegas maneirarem, solidário ao preso, conta, por favor, acaba com isso logo, eles são impiedosos. Se falasse, descanso, a equipe de apreensão se encarregava de checar a veracidade, e o dinheiro encontrado seria repartido pelos agentes. Se não fosse verdade, o preso ia pro eletrochoque. Pontas dos fios nos pés e nas mãos. Segurar o fôlego para amainar a dor. Não quer colaborar, viado?! Pontas dos fios para o saco, a vagina, as orelhas. O corpo vai abrir de dentro pra fora. Não quer falar, escroto?! O pau-de-arara e os cassetetes enfiados no cu. Médicos avaliam as condições dos presos, pode mais, resiste, podemos continuar? Não fala, ira dos agentes; ninguém desafia o poder supremo da dor. Dias apanhando, nada de comer nem beber, queimado por pontas de cigarro, afogado em barris de água, come sal (Darcy Rodrigues), três dias pendurado de cabeça pra baixo (o irmão de Zequinha, que acompanhou Lamarca até o fim), enterrado só com a cabeça pra fora (Genoíno, que virou deputado), arrastado por jipe e cegado por espetos (Bacuri). Sem contar a pimentinha, máquina de dar choque, o afogamento no pau-de-arara, mangueira no nariz, a cadeira de dragão, de zinco, choques elétricos mais eficientes, a geladeira, sala minúscula gelada, e o preso ficava nu. Na Barão de Mesquita, a "Federação", uma jibóia de

2 metros de nome Míriam; jogavam nas celas dos que não queriam colaborar. As mulheres sofriam em dobro: estupro, claro. Os que não abriam, você sabe, morre, filho-da-puta! Tortura, incomunicabilidade, nada oficial. Só depois as prisões eram anunciadas. Processados e condenados. Alguns negociaram, show de TV campeão de audiência. Seu começo: 21 de maio de 70, Operação Registro em andamento. Cinco presos tirados das celas do Presídio Tiradentes. Chamadas na TV anunciando a entrevista com presos políticos. As emissoras em rede. Apareceram cabisbaixos, crianças arrependidas pegas no pulo. Nem entrevista era. Críticas aos ex-companheiros, elogios ao governo, Médici, o patriota. Esses cinco arrependidos negociaram a liberdade e foram soltos em dezembro.

Massafumi, me lembro bem. Se entregou para a repressão. Depois, guerrilheiro arrependido na televisão, elogiando o governo democrático, com seus 20 anos aconselhando os jovens a desistir. Lamarca é um doido, temperamental, violento e sem cultura, a serviço de terceiros, só sabe dar tiros e venerar líderes estrangeiros, no Ribeira, corríamos risco de vida, enquanto ele desfrutava com suas amantes os dólares roubados, enquanto isso, os líderes da tal revolução a veranear no exterior... disse para as câmeras.

André Massafumi, o mais famoso arrependido. Sua presença na TV, em pé, mal encarava a câmera, timidez? TV ainda em preto-e-branco, o clima dramático, o enquadramento, o cenário cru, a sombra ao fundo, como a de um duplo, o que é e o que foi. Chegou a ser visto casualmente por Monteiro, dentro de uma Veraneio da OBAN, escoltado por vários agentes, numa rua de São Paulo. Massafumi conhecia Monteiro, viu Monteiro, mas não o delatou. Massafumi foi solto um tempo depois. Dava palestras aos militares contando intimidades da guerrilha. Massafumi não agüentou. Escreveu o bilhete: Os meus amigos não me querem, meus novos amigos me usam, a direita vem como o mar tentando me afogar, a esquerda como a areia a me sugar, não tem como continuar, não tem saída... E se matou logo depois.

Não sei se tudo isso, a contrapropaganda, que efeito tinha? Estranho para nós, reles, assistir àqueles depoimentos nos intervalos da programação. Era um Brasil que não existia oficialmente, de que não tínhamos idéia, um país que procurávamos evitar, um Brasil que, entre outras mil, não era, só a programação interrompida por um desabafo confuso, em linguagem cifrada, de um sujeito que dava pena, o arrependido, errei, mudei. Mudou, e daí?

Lamarca foi chamado para uma reunião urgente num aparelho em Peruíbe. Despencou para lá com Fujimori e Monteiro. Lá, o comando da VPR, Jamil, Maria do Carmo e sua companheira Iara. Em pauta, o seqüestro do embaixador alemão e as quedas de Wellington, Lungaretti e Massafumi. Dia 18 de abril de madrugada, decide voltar com Fujimori e Monteiro para o Vale. Os outros voltam para São Paulo; no dia seguinte, o aparelho de Peruíbe é ocupado pela repressão (DOPS). Voltando pra cá, cruzaram com caminhões do Exército na estrada. Nada de pânico, podiam estar em exercício militar. Decidiram parar em Jacupiranga, no posto da BR. Almoçaram com Maneco de Lima. Até que ponto Maneco estava envolvido? Maneco era cunhado do fundador da VPR, Onofre Pinto. Não era assim politizado, mas sabia que Lamarca era Lamarca, pensava que Monteiro se chamava doutor Antônio; sabia o que faziam por lá e nunca negou uma mãozinha. Enquanto almoçavam, o motorista da família, seu Oscar, almoçava na mesa vizinha. Lamarca pediu toda a atenção a Maneco, falou que provavelmente o campo tinha caído.

Acabaram de almoçar, Maneco saiu. Os guerrilheiros saíram logo depois. Entraram no jipe. Assim que deu a partida, uma Veraneio parou logo atrás, impedindo a passagem; estava abarrotada de gente. Monteiro fez sinal para Lamarca, que reconheceu, pelo espelho retrovisor, um ex-colega de farda na Veraneio; um capitão do Exército que tinha servido com Lamarca no Oriente Médio; em segundos, Lamarca se lembrou que tal capitão havia sido repreendido pelo próprio Lamarca; odiava Lamarca por isso; que a repreensão era por uma falta grave, o que comprometia a carreira no Exército do tal capitão, e por isso, então, está na repressão! Concluiu, a Veraneio é da OBAN. Lamarca disse para Fujimori: Vou jogar uma granada neles. Fuji estava para passar a granada quando Monteiro abriu a porta do carro e, na maior naturalidade, caprichando no sotaque da região, disse para o motorista da Veraneio: Dá pra dar uma rezinha, por favor?

Claro, disse o motorista. Deu uma ré, e o jipe se foi. Agora sim, a certeza que faltava, o campo tinha caído.

Vou recapitular. Não temos pressa, temos? O CIEx tinha informações de presos no Rio de que existia uma área de treinamento de guerrilheiros perto de Jacupiranga, comprada de um ex-prefeito por um tal Monteiro. Não era a primeira vez que ouviam falar desta área. Diariamente, notícias e denúncias de guerrilheiros treinando. Para certificar o informe, duas equipes, uma da OBAN, outra do 2º Batalhão da PE, a Jacupiranga. Voltaram de mãos abanando.

Maneco de Lima, depois de receber a visita dos agentes, esperou o dia seguinte e foi de carro a Peruíbe, onde acreditava que seu amigo doutor Antônio (Monteiro) estivesse. Maneco conhecia o aparelho de Peruíbe. Queria avisar que o campo tinha caído; não iria até Capelinha. Só que Maneco não sabia que o aparelho também tinha caído. Bateu na porta. Disse, sou eu, Maneco. Os agentes do DOPS deixaram entrar. Maneco não os conhecia, acreditou serem da VPR e foi logo dizendo sou um companheiro lá de Jacupiranga e vim avisar que o campo caiu. Na verdade, era Maneco que estava caindo. O DOPS avisou a OBAN. Levaram Maneco preso para Jacupiranga. A fúria caiu sobre ele, nos enganando, terrorista filho-da-puta! Apertam os presos do Rio, comunista escroto, não está falando a verdade! Maneco apanhando, Lungaretti trazido para Jacupiranga num helicóptero, a estrada sendo ocupada. A área de treinamento foi localizada, mas havia sido abandonada há meses. Na verdade, entregavam a área-1, antiga, que sabiam que estava abandonada, aliviando a pressão, como sempre, pontos ou aparelhos ou áreas já abandonadas, procedimento comum, tudo bem, seguindo as regras. Mas a guerra é sem regras.

Lamarca em Capelinha, na área-2, para desmobilizar a base. Esvaziam a casinha do sítio, fachada, e Monteiro e Tia partem no jipe marrom. Barreiras nas estradas, todas as Rurais sendo paradas, o jipe passou sem problemas. Lamarca dividiu os guerrilheiros em dois grupos. Oito, do primeiro grupo, viajariam para São Paulo. Depois, iriam mais quatro. Ficariam quatro para, olha só, defender o patrimônio; isso mesmo. As bases, a dois dias de caminhada pela mata. Uma estrutura cara, armas, munições. Talvez o Exército não a encontrasse. Talvez fosse investigar e logo iriam. Tinham chances, valia o risco: guerrilheiros treinados, equipamento ideal para o combate, a serra, difícil acesso, os viveiros, as trilhas, bananais e palmitais, mapas, conhecimento da região e até uma geladeira de querosene com soro antiofídico, coturnos e os uniformes testados, um amarelo-esverdeado, outro à paisana, jeans americanos e camisetas brancas, preferidos pela maioria.

Os oito primeiros conseguiram partir anônimos pela BR. Só os queimados receberam permissão para carregar arma leve. Os que ficaram desmontaram a base, se espalharam pela mata, em postos de observação. Alguns ex-militares. Muitos garotos. Todos prontos: Darcy Rodrigues, Fujimori, José Lavechia, José Araújo Nóbrega, Edmauro Gopfert, Ariston Lucena, Diógenes Sobroza e Gilberto Faria Lima. No comando: Lamarca. É a guerrilha do Vale do Ribeira.

O esperado: a área antiga, já abandonada, tinha caído. Dos postos de observação, os guerrilheiros viram helicópteros sobrevoarem o outro lado da estrada. Ponto para a VPR. Maneco conhece bem o sítio, a segunda área, suas terras. Maneco resistiu o quanto pôde. Não se sabe se falou. Mas todos em Jacupiranga sabiam que Maneco tinha terras também em Capelinha. Todos sabiam que Maneco tinha vendido recentemente. Elpídio Pinto, corretor de terras, tinha ajudado Maneco nos papéis de transmissão de posse. Elpídio vai pro pau. Detalhes aparecem. Ah, então são duas áreas, a primeira desativada, e onde é a segunda, corno?!

Do posto de observação, Gopfert viu a patrulha aerotransportada entrar na mata, dessa vez na mata certa, com o apoio de quatro helicópteros e caças. Caímos. Ligou o rádio, uma zoeira no ar, ordens, pilotos, alô, câmbio. Mesmo assim, Gopfert passa a informação pelo rádio: caímos. Lamarca decide. Ficam os oito. Lamarca comanda. Não estamos em guerra. Eles não vão nos achar.

A operação militar, segundo relatório sigiloso do II Exército: Dia 20 de abril. Operação Registro; na sua chefia, tenente-coronel Mero Ferreira. Helicópteros sobrevoam a área de treinamento. Uma equipe do II Exército localiza a segunda área. Com apoio de helicópteros e aviões, o sítio é invadido. Ninguém é encontrado.

Dia 21. Aviões no campo de pouso, em Registro, um pelotão de pára-quedistas. Nada dos guerrilheiros.

Dia 22. O comando da operação passa para o general Paulo Carneiro Alves, de Santos. O coronel Erasmo Dias na chefia do Estado-Maior.

Em Jacupiranga, o circo pega fogo. As saídas da cidade fechadas. Helicópteros dando rasantes e pousando no campo de futebol. Os moradores começam a ser presos. A cidade, uma praça de guerra. Tônico Duarte e mais outros informantes acompanham as patrulhas de casa em casa. Prendem: o professor Bonadia, o advogado Ribas, o farmacêutico Guerra, o administrador de fazendas Frauzino. Interrogatórios, mais detalhes, então tem gente da cidade mancomunada com os comunas filhos-da-puta?!

Jacupiranga marcada para sempre. Terra natal de Onofre Pinto. Jacupiranga predestinada. Quem tinha o que dizer, amarrado e vendado no helicóptero, que levantava vôo, uma volta pela cidade, e parava no ar, a uma altura de 2 metros. Vai contar ou vai morrer, filho-da-puta?! Então não falava, jogavam, e o sujeito voava não para a morte, mas para uma queda de 2 metros. Elpídio foi o primeiro a experimentar. Voou para encontrar a morte, mas caiu no chão. A cidade assistia ou se escondia?

Em pouco tempo, vinte da cidade foram presos. Alguns eram afogados em barris, outros ameaçados de fuzilamento: descarregavam a arma rente à cabeça do suspeito.

Reconhecimento no álbum de fotografias. Reconheceram Lamarca entre os fanáticos. Ânimo na tropa, ele, o traidor, nosso inimigo número um, está aqui, nestas matas, vamos ensinar-lhe a lição. Mais soldados no aeroporto de Registro, não bem um aeroporto, um campo de pouso asfaltado, o único asfaltado, na margem da BR, cercado por uma mata daquelas, nem barracão para abrigar os aviões.

Foi nesse campo de pouso de Registro que, em abril e maio de 70, parte das tropas e aviões. Pára-quedistas da Força Aerotransportada, homens do Comando de Artilharia de Caça Antiaérea e do 2º Regimento de Obuses de 150 mm, 6º Grupo de Artilharia Costeira, 4º Regimento de Infantaria, 1º Batalhão do 6º Regimento de Infantaria, Grupo de Canhões Antiaéreos de 90 mm, 2º Batalhão de Polícia do Exército, 2º Batalhão de Engenharia de Combate, Quinta Região Militar, Polícia Militar de São Paulo e Paraná, Segunda Companhia de Comunicações, Centro de Informação do Exército, Marinha e Aeronáutica. Em uma semana, no Vale, mais de 1.500 homens, e oito guerrilheiros comandados por Lamarca. Cada unidade do Exército enviou homens. A Marinha montou uma base naval em Iguape. A Aeronáutica montou uma base no campo de pouso. Caças e bombardeiros T-6 e B-26, aviões para transporte de tropas C-47 e de observação L-19, além de helicópteros. Ocultando o espetáculo, barreiras impediam o acesso. A própria BR chegou a ser interditada. Dois meses de Vale tomado; mobiliado, no jargão do Exército. E eu, uma hepatite fora de hora, testemunhando a operação, nenhum sacrifício para um garoto curioso de 15 anos. Na verdade, fui mais que uma testemunha casual.

Morro, Mooorro??, eram os gritos de Safira, telefonista de Eldorado, em sua salinha sempre aberta à praça, eco por toda a cidade. Mooorro??, é Eldorado querendo contato, alô?!, gritava. Nada de telefones por lá, nem DDD. Era só o posto. Eldorado se comunicava com o mundo por Safira, funcionária da prefeitura. De sua salinha, anos a fio procurou fazer contato, um telefone ligado a um rádio. Na maioria das vezes malsucedida. Por isso, para nós, para a cidade, Eldorado não tinha telefone, e o mundo não sabia de nossa existência. Safira, insistente:

chegávamos em sua janela, o número e a cidade que queríamos falar num pedaço de papel, e não perdíamos tempo, não éramos pagos para esperar, íamos dar uma volta, a praça, sorvetes, os conhecidos, sermos apresentados para os desconhecidos e, na volta, ela na mesma, no mesmo lugar, um fone no ouvido, berrando insistentemente pelo microfone: Mooorro??, Eldorado quer contato!!

Não havia concessão nem a nós, os poderosos Da Cunha, senhores do mundo. Morro não queria o contato e ponto final. E onde fica Morro? Uma torre de microondas em cima de um morro? Uma cidade chamada Morro? Um sujeito chamado Morro? Safira sabia. Já morreu e levou com ela esse segredo. Morreu depois da chegada do telefone de verdade, DDD, satélite. Morreu de desocupação.

Depois do que nos disse seu Oscar, depois do que nos disse o sargento Martinzinho e depois do diz-que-diz que agitou o povo, eu e minha avó fomos a Eldorado tentar um contato com meu avô, uma orientação; seu Oscar numa espécie de surto, mudo, calado e surdo, dias sentado em frente ao fogão de lenha aquecendo a alma. Safira, nossa única chance. E Morro ignorou como sempre, apesar dos apelos. Rasantes de alguns caças e helicópteros sobre Eldorado, bombardeiros riscando o céu e boatos terríveis, mas Eldorado ainda estava tranqüila. Juro, torci para Morro nos ignorar para ver no que tudo aquilo ia dar. Tinha gente não calma. A Força Pública de Eldorado, quase dez soldados, teve suas armas pesadas recolhidas pelo comando militar; roubar armas de soldados desatentos em guaritas, hospitais e delegacias já tinha rendido muitos frutos para a guerrilha. Na Força Pública de Eldorado, só ficaram os 38.

O sargento Martinzinho, comandante dessa Força Pública, apareceu um dia aqui na fazenda no Fusca vermelho de calotas e frisos dourados. Agitado, fazer parte dos acontecimentos, teatro de operações, mostrar serviço, chamou minha avó num canto e, encarecidamente:

— A senhora Dona sabe dos acontecimentos dos que está acontecendo por aqui em Jacupiranga, sabe?

— Ouvi falar, e estamos todos muito preocupados, estou sozinha com meu neto e os empregados.

— A senhora fique tranqüila que já existem aparato dos grande para caçar esses bandidos fanatizados e garantir a segurança da população daqui que é inocente, e nós estamos com a cobertura até do Exército e da Aeronáutica e da Marinha e do DOPS que a senhora sabe bem não brincam em serviço. Mas as condição de uma operação bem-sucedida é ajuda de toda a cidade, e seu marido sempre colaborou para a manutenção da ordem e o cumprimento da lei e é por isso que estou aqui. Estou aqui para lhe pedir um pedido. Seu neto identificou um dos elementos procurados o ex-capitão Carlos Lamarca, vulgo Cid, e esteve próximo de manter contato com os bandidos em Barra do Braço se não me engano, e comuniquei a meus superiores que me pediram a confirmação dessa história, e pensei bem cá comigo e achei por bem levar seu neto em pessoa para uma prosa com o senhor comandante das operações.

Olhei com o maior charme para minha avó: implorando ir. Mas a velha, você sabe, cabeça-dura.

— O senhor me perdoe, não posso tomar uma decisão dessa na ausência de meu marido.

— Entendo a senhora e a preocupação da senhora, mas o tempo, nesses casos de operação, é precioso, lutemos contra o tempo, bandidos são perigosos, ciscam e se espreitam, podem estar pelas redondeza, ai, ai, precisão nossa de agir rápido, e seu neto é a única pista que temos de garantir uma boa cobertura aqui do outro lado de cá da serra, desde que ele confirme que viu os bandidos na localidade de Barra do Braço, porque precisamos interceder pelo lado de cá, enquanto as tropas só estão pra lá, com mais preocupação pelo lado de lá de Jacupiranga.

Acabei intercedendo em favor do sargento. Minha avó, surpresa, concordou desde que fosse junto, e tudo concordado, saiu para se vestir, demorando um belo tempo, apareceu a caráter, um uniforme calças safári e botas, um chapéu caçador na cabeça, até um chicote de equitação, roupa engomada que, se não me engano, não saía do armário há décadas.

O motorista seu Oscar em surto. Ela mesma, em seus mais de 60 anos, dirigindo a quase nada por hora o Mercedes preto do tio Zé Carlos, eu a seu lado, o sargento Martinzinho, escolta, em seu Fusca vermelho que, com o ritmo lento da velha, diminuiu a velocidade e nem levantou poeira. Ela, com seu famoso talismã, o broche LIFE das ocasiões especiais; quando o usava, ganhava autoridade.

Foi um tanto para vencermos os 2 quilômetros até Eldorado, e outro tanto maior para alcançarmos a entrada de Jacupiranga. Logo na entrada, na ponte que cruza o quê, o Jacupiranguinha? E uma barreira do Exército. O sargento Martinzinho, nossa escolta, parlamentou, e nos deixaram passar. As ruas, apinhadas, soldados em vários tipos de uniforme, jipes, camionetes e caminhões do Exército, eles sim, levantando poeira. Guardas montadas atrás de sacos de areia, metralhadoras em punho. Helicópteros estacionados e barracas de campanha no campo de futebol. A delegacia cercada. Casas com portas e janelas fechadas. Nada de moradores por perto. Um helicóptero, do nada, rente a nossas cabeças, um susto tremendo; olhei minha avó, nem se abalou, concentrada na missão: levar aquele carro até Registro são e salvo. Procurei não olhar a movimentação, caras, rostos, olhares não bons amigos. Passei a querer sair daquele inferno o mais rápido, mas nada da motorista colaborar. Cruzar os dedos e não olhar para os lados; muitas armas apontadas para muitos lugares, e se alguém ralasse o gatilho, não sobraria alma viva para contar.

Na saída, mais uma barreira, ultrapassada sem problemas, o posto da BR ocupado, carros e caminhões com as insígnias do Exército eram abastecidos não por frentistas, pelos próprios soldados. O asfalto, e passar por outras duas barreiras. Numa delas, que sargento Martinzinho que nada: nos obrigaram a abrir o porta-malas e revistaram o carro.

Meio-dia quando chegamos à base da Aeronáutica, o campo de pouso de Registro. Aviões, helicópteros, barracas, carros, caminhões e poeira. E de cinco em cinco minutos, um avião decolava ou pousava.

A barraca do posto de comando. O sargento entrou antes, voltou e nos fez entrar. Um capitão da Aeronáutica fardado e óculos escuros tipo aviador na testa nos recebeu.

O sol e a lona, a barraca abafada. Sujeitos, alguns à paisana, debruçados numa mesa repleta: mapas. Apertou a mão da velha, a minha, ofereceu água gelada. Exausta, realizada por ter me trazido, sentou-se na primeira cadeira que viu, ficou se abanando com o chapéu de caçador, e de lá não saiu. O capitão não apresentou seus comandados, nenhum discurso, e foi direto ao ponto apontando o cartaz, fotos dos procurados, pedindo para identificar quem vi, e não tive dúvidas e apontei Lamarca, e um silêncio mortal entre os presentes. Passaram, então, a acompanhar meus passos, sim, uma testemunha. Fui levado à mesa dos mapas. Me pediu que apontasse os lugares em que vi os fanáticos. Tinham pressa. Eu, nenhuma. Bati os olhos ao redor, curtir os poucos minutos no quartel-general de uma operação de grandes proporções.

Na parede, cartazes do Centro de Informações da Aeronáutica, organogramas: PC, AP, MNR, ALN, VPR, VAR-Palmares, REDE. Fotos dos membros, nomes, codinomes, datas de nascimento. Quando não fotos, uma interrogação em vermelho, riscada sob interferência do ódio; um fanático desconhecido! Conheciam, não muito, o inimigo. Um agente à paisana percebeu minhas intenções, se postou a meu lado para cobrir o organograma, passou a mão no meu ombro para levar minha atenção ao mapa em questão. Mas eu? Noutra parede, bandeira do Brasil e brasão da Aeronáutica. Na mesa, está bem, mapas sobrepostos, anotados, rabiscados, flechas em várias cores, croquis. Em silêncio, eles, aguardando meu informe. Esperavam, sim, um informe precioso. Eu o homem certo; estavam com sorte. O mapa: Município de Jacupiranga — 1:1.000.000. Nele, riscos da localização da área-1 e área-2. Um bom tempo olhando e conhecendo onde, então, os fanáticos operavam.

— Não é este mapa — disse, e eu mesmo meti a mão na pilha procurando outros, município de Guapiara, Iporanga, até encontrar. Um frisson: não esperavam os comunas facínoras tão longe do cerco. Na carta, o leito do Ribeira, Eldorado, Bananal e Barra do Braço, fui apontando:

— Nosso primeiro encontro se deu aqui, nesta estrada, em frente à nossa fazenda, quatro deles, incluindo esse tal Lamarca, numa Rural que furou o pneu logo aqui, na véspera ou durante o carnaval. Nunca contei a ninguém pois achava que eram caçadores. Pelo menos, foi assim que se apresentaram. Omiti o nome de Maneco de Lima.

— Falaram com você? — o agente perguntou.

— Conversamos. Não longamente.

— E o que falaram? — agora, o capitão perguntou.

— Perguntaram onde tinha caça, a direção da BR, futilidades — e pisquei o olho para o capitão, me sentindo um membro daquela operação. — Desconfiei das intenções. Portavam revólveres sob a camisa, e caçadores não usam revólveres.

— Que tipo de revólver? — perguntou o agente à paisana.

— Acho que ou Taurus ou uma Schmidt-Wesson 38 ou um Colt. Revólveres... — respondi, com familiaridade no assunto. — Mas não liguei muito. Tinha meus afazeres. Nos despedimos, e nunca mais ouvi falar deles, até o segundo contato.

— Que foi... — perguntou o capitão.

Olhamos todos para a carta. Fiz um pequeno suspense.

— Aqui — apontei —, numa trilha de caça perto de Barra do Braço, na gruta do terreno do Izair Lobo. Uns seis elementos. Dessa vez, contato apenas visual — disse, imaginando estar usando um jargão conhecido por eles. — Eu estava descansando na gruta...

— Como foi parar lá? — o agente perguntou.

— Com... um amigo. Fomos caçar.

Omiti o nome do Okultz da coleção irregular de armas. Um erro, outra omissão. Um bom investigador notaria a diferença de tom, antes sincero, colaboracionista, depois... Meus erros ficaram rondando na cabeça. Como um foguete, passei a falar uma coisa, pensar noutra, e escutavam uma coisa, mas eu desconfiava que o à paisana entendia outra. Não parei de falar: para evitar o que amigo?, coisa que eu não saberia, melhor, não poderia esclarecer.

Falava:

— Estava sentado na entrada da gruta para tomar um fôlego, enquanto meu amigo foi examinar o terreno, quando ouvi vozes, e me escondi atrás de um bambuzal, e vi oito deles se aproximarem, falavam alto, descontraídos, carregando mochilas tipo Alpina, cantis, bolsas de pano e armas: espingarda CBC calibre 12, espingarda MUSCVARNE calibre 22, facões, metralhadoras INA, fuzil Légere, o FAL, Schmidt-Wesson e Taurus 38...

Pensava:

— Amigo, que amigo, Batico, Pneu? Falei amigo de novo, e se eu entregasse Okultz? Okultz não estava envolvido em nada. Era apenas um jardineiro que imigrou da Alemanha em guerra, mas de uma Alemanha nazista, e estes são simpáticos ao nazismo? Mas, afinal, por que Okultz tinha aquelas armas, e o que tia Luiza fazia às noites quando saía da fazenda no seu Karmann Ghia vermelho? E continuo sem falar nada do Maneco de Lima.

— Quando foi isso? — perguntou o capitão.

— Há uns 15, vinte dias.

— Não poderia ser mais preciso?

— Meu neto andou muito doente — interrompeu minha avó.

— Mas já estou curado.

— Os senhores não exijam muito dele — continuou minha avó.

— Agora estou novo em folha e posso colaborar — voltei.

— Teve uma febre alta e, no começo, nada parava no estômago. Não sabíamos o que era, até chamarmos o dr. Jaques, amigo da família, médico em Eldorado que...

Minha avó passou a falar do dr. Jaques, da minha doença, detalhes do meu prognóstico, do que foi prescrito, e eu procurava, sorrindo, exibir uma disposição incomum. Procurei mostrar mais detalhes da carta. Disputávamos a atenção, uma competição, ela ganhou: ouviram atentos falar de minha doença, das comidinhas que preparou, da coleção de moedas que limpamos, das músicas que escutamos, das minhas preferidas, e desenhou um perfil preciso de minha personalidade. Uma guerra teve alguns minutos de trégua para ouvirmos o testemunho de minha avó. Acabou de falar, tomou um pouco de água e voltamos aos mapas.

— Como é o acesso a esta região? — o capitão perguntou ao sargento Martinzinho que, nervoso ou emocionado por estar onde estava, não soube descrever, se perdeu com as palavras, e fui eu, mais uma vez, quem salvou a pátria:

— Só tração traseira ou nas quatro rodas sobem esta estrada entre Bananal e Braço. Até Areado, acho que só tração nas quatro. A região é costurada por trilhas de caçadores. Talvez cavalos ou mulas conseguem penetrar na mata. Ou podemos ir a pé...

Podemos, pois já me incluía no grupo, e pisquei para quem quisesse, íntimos, afinal, conheciam minhas preferências musicais e as comidinhas que apreciei nas últimas semanas. Dei mais detalhes, a topografia, falei e falei, ganhando a atenção, embaraçando sem querer o sargento Martinzinho. O capitão, atento, depois comandou, acho que com estas palavras: Dois pelotões se dirigem para Barra do Braço, vocês, helicóptero, e lá, peçam alguns cavalos se necessário para uma missão de reconhecimento, repito, uma missão de reconhecimento, vasculhem a mata; se houver contato, o que duvido, abram fogo, estamos não mais numa operação de informação, mas numa operação militar.

Agradeceu a minha avó e me apertou a mão. Ficou um menos graduado que ouviu uma segunda ordem, que ouvi bem claro do lado de fora da tenda, coisas como vamos mobiliar a área, depois de varrê-la, inicie a retirada, abrir o caminho para os T-6 e os B-26. Foi em seguida que desceu o helicóptero que mudou tudo. Logo, a guarda se formou. Enquanto os soldados em fila, tensos, procuravam organizar o equipamento, abotoar o uniforme, arrumar o quepe, abriu-se a porta do aparelho e desceu dele a figura mais que magistral do chefe do Estado-Maior das Operações, coronel Dias, ele mesmo, Erasmo Dias, que bateu continência, deu duas ordens de comando num volume de voz de apagar incêndio. Não falava, fazia um pronunciamento, não andava, marchava, não respirava, consumia o ar, era o modelo de homem dedicado à sua profissão, que contaminou o ambiente, abaixou a poeira e, como num passe de mágica, parou o mundo. Pele áspera, cabelo reto quadrado, e o falar duro quase urrando, foi construído, não nascido, amedrontava, impunha respeito. Tinha convicção ideológica, por que, por quem e contra quem estava lutando, e enorme desprezo pelo inimigo, traidores, covardes, comunas, canalhas, vermelhos, terroristas, bandidos, fanáticos, facínoras, viciados, escória, nunca os guerrilheiros ou militantes ou revolucionários. Medir palavras? Saíam prontas apropriadas, préselecionadas, pela intuição; e aos berros. Como num palanque, fez para todos ouvirem: Esta operação não pertence mais ao CIEx, mas a nós!, há aqui uma guerra, e as informações não são obtidas através de um procedimento normal, é o terror contra o país!, quem estiver mancomunado com os fanáticos, falta com a honestidade e deve ser preso e interrogado, entendido?!

Entendido.

No comando da operação, diariamente as mais diferentes informações, boatos, um deslocamento constante de tropas, esforço inútil. O meu, mais um informe a ser confirmado. Lamarca fugiu de um cerco no Vale do Ribeira num helicóptero marrom, chegou a sair no *JT*, sem especificar exatamente o que estava ocorrendo. Lamarca foi visto com duas guerrilheiras num Karmann Ghia vermelho, fugindo do Vale, corrigiu o *JT* depois. O grupo cruzou a Serra do Mar, não, foi visto a caminho de Curitiba.

E você não vai acreditar, nada de rádios portáteis nem, você já sabe, telefones. Comunicação beirando o impossível entre pelotões, entre comando e comandados. E boatos brotando. Era o caos.

A repressão no Vale, que uns diziam ter mais de 20 mil homens (Lamarca escreveu), na verdade, está no relatório final do Exército, assinado pelo general Canavarro, comandante do II Exército, mais de 1.500 homens contra nove guerrilheiros; no auge da operação, 1.732 homens, entre oficiais e praças. E, até hoje, muitos segredos cercam a operação. Com os militares só problemas, com a ração, uniformes que se rasgavam, coturnos que se abriam, gasolina faltou, despreparo da tropa e falta de sigilo.

Vou contando se você tiver paciência e o tempo...

Havia ciumeira entre patentes, tropas, pelotões, comandos, armas, quem manda aqui sou eu, quem chegar primeiro leva os prêmios, é uma operação do DOPS, não, do Exército, não, da Aeronáutica, está sob minha jurisdição! Aquilo não ia dar certo...

E não deu.

Ganhamos, e ganhamos inclui minha avó, uma carona de helicóptero até a fazenda; a PE devolveu o Mercedes do tio Zé Carlos na mesma noite. Carona, não gentileza ou presente ou gratificação a nossa colaboração para derrota do terror. Queriam a localidade da gruta em Barra do Braço. E tiveram.

Dois helicópteros. Minha avó foi porque iria aonde seu neto fosse, não confiando em viva alma. Foi também porque não conseguiria dirigir, repetir o procedimento da volta. Se comportou direitinho dentro do helicóptero, no cantinho sem perder a pose nobre, que medo que nada. Ficou um pouco estranha com o capacete maior que a cabeça, capacete que nos obrigaram a usar durante o vôo.

No ar, eu indicava o caminho, e, minha tara por armas e novidades, a metralhadora fixa na janela; pagaria o mundo para vê-la em ação. E tive azar; em muitos vôos, soldados atiravam a esmo para a mata, procurando guerrilheiros, acertando, ouvi dizer, palmiteiros desavisados. O agente à paisana não tirava os olhos de mim, um detalhe que tirava minha concentração.

Sobrevoamos a praça de Barra do Braço, talvez o primeiro helicóptero que viam. O povo lotou a praça. Do outro aparelho, mãos para fora para evacuarem. A negociação demorou. Nós em cima gritávamos, acenávamos, eles embaixo acenavam, se acumulavam, velhos, crianças, cabras e mulas correndo, e vento das hélices levantando poeira. O outro helicóptero desceu e foi logo cercado. Nós permanecemos no ar. Dia inesquecível do povoado entre montanhas e floresta, longe da estrada que ligava Eldorado à Caverna do Diabo, longe dos turistas, das novidades, da civilização, com sua madeira, palmitos, pedras, bananas, búfalos, roças e mais nada.

Os pilotos se comunicaram. Um ficaria no chão, arrumar cavalos, uma patrulha. Nós, à gruta. Dada a ordem, fomos. Me sentaram ao lado do piloto. Fui indicando, lá, ali, por ali, muito alto, dá para abaixar? O piloto fingia não me escutar. Mais baixo, mais baixo! Dizia que não era seguro, vôo de observação, não de combate. Era medo; estavam todos. Um tiro de FAL seria nosso fim. Só copas das árvores, Mata Atlântica, mata fechada, mas lá, a clareira morro adiante, um bambuzal e a pedra de granito, era lá!, gritei, é ali!

Piloto se assustou, paramos no ar, grande distância, nada de se aproximar. Aquela pedra, o sinal da gruta. Um oficial colocou a cabeça entre nós, observou, desenhou croquis às pressas, perguntou tem certeza, foi ali que encontrou os comunistas? Sim, sim, balancei a cabeça. Olhei pra trás e vi todos tensos, cabeças encolhidas entre os ombros e minha avó curtindo a paisagem. Um toque no manche virou o aparelho, deixando-o de lado, evitando um tiro de frente, tirando a gruta de nossa visão. É isso aí, foi a senha do oficial para darmos o fora.

Uma manobra brusca e o estômago subiu na garganta. Demos o fora, e respiraram aliviados, o quê, medo dos comunistas?, pensei, mas são só alguns comunistas!

De lá até a fazenda, cinco minutos com minha indicação. Pousamos aqui atrás, no campo de futebol. Minha avó encontrou tempo para agradecer a carona e elogiar o piloto. Bateram continência. Minha avó respondeu, e saiu sem devolver o capacete, guardado até hoje num dos baús de relíquias. Mas não parou aí. As hélices do helicóptero cortavam o ar, pronto para decolar. O piloto aguardando ordens pelo rádio. O agente à paisana veio atrás de mim. E o diálogo sob hélices:

— Queria mais uma perguntinha — gritou, enquanto os outros continuavam em posição no aparelho.

— Não estou te ouvindo... — tentei.

— Quem era seu amigo, o que foi caçar com você no dia que encontrou os suspeitos?

— Ah, claro... o jardineiro daqui. Chamamos ele de Okultz.

— O jardineiro?

— O considero meu amigo...

O piloto tirou o fone de ouvido. Pegaram dois!, gritou de dentro do helicóptero. Deram vivas. Pegaram dois dos vermelhos na BR!, gritou para o agente, que fechou a cara, voltou para o aparelho, e alçaram vôo de volta à guerra sem refresco. Dia 27 de abril, segunda-feira. Prisão de dois guerrilheiros na BR acaba o efeito surpresa. Operação ampliada. Coronel Erasmo Dias no Estado-Maior das Operações. Quartel-general instalado em Jacupiranga para caça direta e combate ao inimigo. Vigilância da Serra do Mar à fronteira com o Paraná. Cerco nas estradas, da BR-116 à estrada de São Miguel. Dia 30, aviões da FAB bombardeiam área da Capelinha e da gruta do Areado, para forçar os guerrilheiros a sair da mata.

```
            ENTREVISTA INTERNACIONAL
         concedida por Carlos Lamarca
                junho de 1970

   A área de treinamento de guerrilha sofreu o
   ataque das Forças Armadas a partir do dia
   20 de abril, enquanto agentes do DOPS e da
   OBAN estavam em Jacupiranga desde o dia 18.
   Dividimo-nos em dois grupos para a evacua-
   ção da área; um dos grupos acompanhou o
   movimento das tropas de 14h45 do dia 21 até
   as 17h do dia 22, quando iniciou a marcha
   para o Vale do Ribeira. Antes de iniciarmos
   a marcha, perdemos dois companheiros que
   caíram numa emboscada quando iam ocupar um
   posto de observação...
```

O quanto a repressão sabia? Toda uma estrutura montada, armamento, bases a dois dias de caminhada pela mata, caindo nas mãos do inimigo, valia a pena correr o risco e esperar. Eu correria. Eles correram. Alguns nas bases, outros, postos de observação, de olho na movimentação. Contatos pelo rádio. Helicópteros bombardeando a área antiga, mas tropas subindo a área-2. Darcy e Lavechia, num posto, camuflados, assistindo às manobras, comendo o que tinham, há meses treinando, treinados, chuva e frio, tudo bem, até as amoras silvestres caírem no estômago e o rádio quebrar. Deveriam voltar à base, passar o informe, mas tiveram febre e vômitos. Dormiram por lá. Lamarca se precipitou. Achou que tinham caído e bateu em retirada, como planejado, em direção ao Vale. Não. Melhor esperar. Acamparam no hotel, ponto alternativo no alto da colina. Amanheceu. Darcy e Lavechia prontos para regressar. Foram descobertos por soldados do 4º RI. Voaram balas. Correram. Os soldados atiravam, mas não ousavam entrar na mata. Os dois não estavam sendo seguidos e, de uma vez, partiram em direção ao ponto alternativo. Mas o grupo já tinha se mandado, alertado pelos disparos; Lamarca pensou que os dois tinham caído. Darcy e Lavechia se perderam. Cansados, vagaram comendo palmito cru. Cercados, se escondiam de dia e caminhavam à noite. Febre e vômitos. Pediram ajuda a um camponês, que ensinou o caminho e foi para o outro lado para provavelmente delatá-los. Voltaram para as montanhas; lá, os soldados não subiam. Dia 27, alcançaram a BR. As armas na mata, escondidas, e seguiram a pé, dois simples inocentes moradores quaisquer. Um caminhão civil sem as insígnias do Exército passou por eles e parou. A lona se abriu. Metralhadoras apontadas, rendam-se, filhos-da-puta!

Presos, o diabo, espancamento, fuzilamentos simulados e tal. Foram levados para um depósito do DNER, na BR-116, logo ali onde a serra começa. Amarrados nus, sempre nus. Interrogados por oficiais do Exército e da Marinha. Onde está Lamarca, quantos são, que tipo de arma?! Mais porrada. Depois, os dois presos para Jacupiranga. Desfilaram pela cidade como troféus de guerra. Quebrados, imundos, se arrastando seminus pelas ruas de Jacupiranga, e o povo fechando janelas e portas. Mais tortura na delegacia, ocupada por agentes de todos os cantos: onde estão os dólares, fala, porra?! Amarrados com pernas e braços abertos no chão, três dias sob sol e chuva. Enfiaram eles num helicóptero para reconhecimento. As bases já desmobilizadas. Dormiram amarrados em bombas não detonadas, chuva e frio; Darcy ainda com esperanças de que fosse resgatado. Eram levados em patrulhas como escudos. Dez dias em que comeram apenas duas vezes. Depois, São Paulo, para o centro de tortura da OBAN, na rua Tutóia. Depois, Galeão, Rio. Depois, trocados com outros 38 presos pelo embaixador alemão Von Holleben seqüestrado em junho. Darcy foi para Cuba e só voltou do exílio depois da anistia. Lavechia voltou antes e está na lista dos desaparecidos.

```
Brasil, outubro de 1970.

Querido Darcy, tenho certeza de que você
está atuando junto às crianças, aí em Cuba;
imagino o papo com o amigo César. Escreva
sobre meus sobrinhos com aquela sensibili-
dade que possui. Sobre a perda do contato
no campo, ficamos muito abalados. Foi uma
situação de combate que pode acontecer mui-
to. Esperamos na "Z Rev", pensamos em vol-
tar, mas acarretaria marcar muito a trilha
e isto denunciaria a direção geral do gru-
po. Acho que você está magoado e por isso
não me escreveu. Gostaria que você abrisse
o que você pensa para discutirmos.
Vou reabordar o problema. Sei que você não
se abalará pela injustiça que sofreu.
Na importante missão que você desempenha
agora, peço aquela dedicação, pela impor-
tância histórica dela — restaurar a efi-
ciência do movimento. Tenho como objetivo a
formação de comandantes, e não de simples
combatentes. O treinamento aí ensina a com-
```

```
bater, mas não ensina a preparar a área
(redes) nem a organizar a guerrilha. Mude
isso...
Estamos enfrentando uma série de problemas,
mas serenamente vamos superando aos poucos.
A qualidade da ORG mudou a partir das que-
das, em virtude de termos de formar os qua-
dros paulatinamente. Aguardo notícias suas
e fotografias das crianças. Lembranças a
todos.
OUSAR LUTAR, OUSAR VENCER
Carlos Lamarca — VPR
```

Mooorro?! Morro nos ignorando, Eldorado ilhada, mas saíram coisas desencontradas nos jornais. Eu, minha avó e um motorista em surto, e a família em São Paulo acompanhando à distância. Meu avô e tio Zé Carlos vieram; apareceram de surpresa. BR interditada, vieram por Sete Barras, estrada de lama. Doze horas para chegar. Chegaram, e não tinham o que fazer. Como nós, daqui, ficaram mais desinformados, procurando filtrar boatos. Não tinham medo. Aliás, ninguém tinha medo. Sabíamos mais ou menos que era uma guerra particular, eles e o Exército. Receio da repressão, sim, depois do que aconteceu em Jacupiranga, onde os eldoradenses tinham muitos amigos e parentes. Talvez alguém tivesse medo de ambos os lados, talvez não tivesse medo de nenhum. Generalizo, pra você ter uma idéia.

No comando da operação, a comemoração pela prisão dos dois durou pouco: e os outros, que não eram vistos, pressentidos, nada, nenhuma pegada, rastro, como se não existissem? Está lá, no relatório do II Exército:

Dia 1º de maio. Publicamos nos jornais o comunicado oficial anunciando que a BR-116 é interditada, e o tráfego São Paulo-Curitiba desvia-se para a BR-373.

Dia 2. Soldados retiram material e coleção de mapas apreendidos nas duas bases abandonadas pelos guerrilheiros.

Material e equipamento:
Um rádio Transglobo, cinco rolos de esparadrapo, três mochilas, sete cobertores de lã, 10 metros de fio duplo paralelo, 10 metros de cabo condutor, cinco toalhas, três blusas de lã, seis camisas de malha, quatro bolsas de pano, quatro bolsas de plástico, dois jornais, quatro cintos de lona, cinco pares de coturnos, seis pratos de alumínio, um caldeirão com tampa, nove canecas de cantil, cinco porta-cantis, medicamentos diversos e material para cozinha.

Gêneros alimentícios:
Trinta e cinco latas de leite Ninho, sete tabletes de chocolate, uma lata de óleo, 15 quilos de arroz, 3 quilos de feijão, seis pacotes de condimentos (alho, erva-doce, canela).

Armação e munição:
Uma espingarda caça calibre 28 sem marca, 37 carregadores de metal tipo lâmina, uma espingarda CBC calibre 12, uma espingarda MUSCVARNE calibre 22, uma espingarda VRNO calibre 22, cinco facões de mato longos com bainha, um facão de mato curto com bainha, cem cartuchos 7,62 para FAL, 215 cartuchos 44, 312 cartuchos CBC 38, 898 cartuchos CBC calibre 22 *long rifle*, dez parafusos de ferrolho, dez molas de percussores, dez pinos do impulsor do tambor ou alavanca, quatro latas de graxa especial para armamento, 23 escovas para limpeza de revólver, 13 escovas para limpeza de espingardas, tubos de plástico com pólvora, 23 vidros com óleo

para limpeza de armamento, sete revólveres Taurus 38, um revólver Schmidt-Wesson, duas metralhadoras INA, dois fuzis automáticos FAL e uma caneta tipo pistola calibre 22.

Livros:

O Capital de Karl Marx, *Teoria do Desenvolvimento Capitalista* de Paul Sbwezy, *Filosofia da Práxis* de Adolfo Sanches Vasques, *A Guerra Civil Espanhola* de André Mis, *Sete Palmos de Terra* de Josué de Castro, *Trotski, o Profeta Desarmado* de Isaac Deutsches, *A Rodovia Belém-Brasília* de Orlando Vabud, *The Original Mauser Magazine Sporting Rifles, Manual de Sobrevivência, Poemas do Cárcere* de Ho Chi Minh, *Topografia* do coronel Clínio Guardins de Uzeda, *Guia de Pronto-socorro, Polígrafo de Explosivos, Fidelismo à Longa Marcha da América Latina* de Régis Debray, *Vietnã Segundo Giap, O Sol Também se Levanta* de Ernest Hemingway, *Che Guevara* e *Guerrilha e Contraguerrilha* de W. J. Paneroi.

Dia 3. Retiram-se do Vale os pára-quedistas.

Dia 4. Novo bombardeamento. Uma patrulha é lançada no rio Capelinha.

Dia 5. Onze patrulhas são lançadas na serra do Aleixo.

Dia 6. Estabelecido contato com as patrulhas. Nenhum sinal dos guerrilheiros.

Dia 7. Começam os preparativos para a evacuação do grosso das tropas, pois suspeita-se que os guerrilheiros tenham já se evadido. Fica no Vale uma companhia da infantaria, uma brigada de canhões, o destacamento de logística e elementos da Polícia Militar do Estado de São Paulo.

Nada dos sete guerrilheiros.

Nada quase acontecia, nem aqui na fazenda.

A presença de meu avô e tio Zé Carlos mudou a rotina. O motorista, seu Oscar, internado na Santa Casa de Pariqüera Açu. Okultz nada de me convidar para uma caçada, e procurei evitá-lo, um pouco culpado por ter dito seu nome num depoimento às pressas debaixo de hélices girando.

Nos planos de minha mãe, eu deveria estar de volta a São Paulo. Mas não se tocou mais no assunto, ocupados, fui ficando, ficando, fiquei.

Na torre do lago, sozinho, cigarros roubados do tio Zé Carlos, estava acontecendo e pensei em tirar proveito.

O gosto da vingança foi apurado, até mais: achei que poderia me aproveitar da situação. E me vi, dentro do cerco confuso de 1.500 homens, tantas armas apontadas, me preparando para matar Josimar, ou qualquer um que aparecesse na sua frente, e os delírios do alto da torre e a ausência do casal de corujas me deram convicção.

Okultz com as pragas do gramado, seu barraco desprotegido, e a espingarda que ele mesmo me ensinou a montar e desmontar. Passei a mão nela e nos cartuchos. Não tinha mais volta: a morte ao alcance.

Meu quartel-general bunker, a torre do lago. A arma em ordem? Perda de tempo, seu dono era o homem nascido para ela, limpava-a semanalmente, nem precisei checar. Praticar tiro ao alvo em algum canto escondido? Achei por bem não sair atirando dentro de um cerco de mais de 1.500 praças e oficiais. Na torre do lago, carregando e descarregando a espingarda, puxando o gatilho descarregado, mirando o fundo do lago e o invisível, sem pausa para avaliar se o que eu fazia era o certo, que certo?, nem calcular os riscos, certo de que o momento era um presente do acaso, e que o certo por vezes é o errado, e quem não arrisca? Quando Josimar fosse encontrado com um tiro calibre 22 no meio da testa, pensariam no quê? Numa bala perdida de um soldado ou guerrilheiro ou vítima de um fogo cruzado. As cenas: Josimar esmurrando Nelena, Josimar chutando Nelena, Josimar cuspindo em Nelena. E desenhava o rosto da menina de olhos assustados, escutava o eco insistente dos apelos e via escorrer sangue, sangue! Enlouquecia? Uma bomba explodia, um caça raspava a cabeça, helicópteros apareciam do nada, a estrada mobiliada, bombardeiros sobrevoando, mais um caça, ai, rente à cabeça, puxando o estrondo das turbinas, dia e noite, lá e aqui. Enlouquecia.

Noite na torre do lago, mirando o vazio, vi um carro estacionar na estrada, não saberia dizer qual, jipe ou camionete. Um vulto saltar dele, pular aquela cerca e vir rápido, pelo caminho do lago, em minha direção. E não sei o que me deu, não era um delírio nem pensamento, estava mesmo acontecendo. Enfiei um cartucho no impulsor e desci da torre com a arma na mão. Preparei uma emboscada. Ali, no final da escada, em posição de tiro, camuflado atrás da árvore. Ouvi passos; subindo a torre. Não andava. Não corria. O vulto apareceu na minha frente, na minha mira. Engatilhei o negócio. O vulto parou.

Fique onde está!, eu disse... O vulto ficou. Eu, em transe. Jogue a sacola no chão! Obedeceu. Ponha as mãos na cabeça! Pôs as mãos na cabeça. Agora venha com calma, andando com calma... Veio, passo a passo, e apoiei os pés no chão, segurei firme a espingarda, mirando o seu peito. O vulto foi deixando de ser. Uma mulher. Cabelos compridos. Parou na minha frente. Não era mais vulto, mas tia Luiza, ela mesma, uma peruca, as mãos na cabeça, lúcida, obediente. O vulto era ela, e ela não me via, a árvore me encobria, eu, vulto, era ela lá e eu cá, a arma na mão, tudo sob controle do todo-poderoso, e foi a primeira vez que tive alguém sob controle, e esse alguém era logo ela, tia Luiza incontrolável. Me deu prazer. Inexplicável. Vê-la obediente. Só mandei tirar a peruca. Estranhou, como sabe da peruca?, me conhece, um conhecido que me aponta uma arma? Obedeceu. Elegante, o gesto: ergueu a cabeça, olhou o céu, tirou a peruca com uma mão, balançou a cabeça pra ajeitar os cabelos e me encarou. Uma encarada daquelas. Nesse impasse, alguns segundos. Ela procurava, acho, desvendar aquele vulto, franzia a testa, encarava, se perguntava quem é? Abaixando a arma, saí da sombra, e o vulto era eu. A dois passos um do outro. Viu seu sobrinho. Pôs as mãos na cintura, não falou, e não abri a boca. Olhou para o chão, olhei para o chão. Respirou fundo, imitei. Deu as costas, pegou a sacola, enfiou a peruca dentro e saiu sem dizer meu nome, nada, veio pra cá, e não sei se entrou aqui em casa ou o quê; não saí do lugar por tanto tempo. Ri sozinho, então, tia, quem diria, e continuei rindo. Gargalhei uma hora, ela sob meu domínio. A atitude normal, dela, um esporro ou um bofetão na cara, sai pra lá, moleque!, seguindo a hierarquia familiar, uma tia e um porrinha. Mas não, você viu, não fez nada, seu caminho, ignorou. Fiquei por lá, rindo.

A luz nos meus olhos, amanhecendo, acordei na torre. Primeira coisa, ver se ainda havia um Karmann Ghia estacionado na estrada. Nada. E não vi seu carro em canto algum. Vim tomar um café. Meus avós e tio Zé Carlos tomando café, ela não. Bom-dia, me puxaram a cadeira, não me fizeram perguntas, e falaram de tudo, menos comigo, menos da presença na fazenda de tia Luiza. Ninguém a viu, e o que fazia ela num meio de semana, nem férias nem nada, peruca loira? E eu? Não disse nada. Saboreei o café e a cena inesquecível, a tia sob meu controle. Lamarca e seis guerrilheiros procurados por mais de 1.500, operação que fechou as estradas, evacuou a mata, aterrorizou Jacupiranga, e tia Luiza tranqüila no talvez seu Karmann Ghia vermelho, peruca e uma sacola na mão, fazendo o quê?

Meu avô, você sabe, prestígio na região, bom trânsito, população, fazendeiros, industriais, políticos da área, Igreja, comerciantes e, então, graduados das três armas. Um líder. Carisma. Pânico em Jacupiranga, procurou acalmar os ânimos de sua amada Eldorado. Discursou no Clube Apassou. Calma, pediu. Pediu que colaborassem com a polícia, o que agradou a parte de lá. Contatos com o comando para que não acontecesse aqui em Eldorado o que aconteceu por lá. Compromissos: todos dispostos a contribuir com o sucesso da caça aos fanáticos. Desse contato, amizades, nosso visitante que, tarde bonita do dia 6 ou 7 de maio, chegou de surpresa num jipe com dois praças e sentou-se aqui, neste terraço, entre meu avô e tio Zé Carlos. Farda impecável, um café após o outro, fumando sem parar, bolos de banana, abriu seu coração. Tarde dos lamentos. Fui testemunha sentadinho ali, na grade, como quem não quer nada, a cara inocente de um moleque de 15 anos.

— A verdade é uma só, e isto é unânime entre os mais graduados: a Segunda Região Militar não está aparelhada para desempenhar funções de apoio logístico. Está transparecendo para a tropa, que anda com o moral em baixa, têm notado?

— Não temos notado nada — respondeu meu avô, dando a tônica de sua participação: não notei, não escutei, não disse, não sei de nada.

— Nossos órgãos são fixos. Tivemos de improvisar estabelecimento de depósitos e parques. Os soldados não sabem operar a ração R2, ração operacional. Consumiram a R2 sem autorização. Algumas tinham o prazo de validade vencido. As cozinhas das unidades são insuficientes. Nos falta viatura para carnes e temos dificuldades em suprir gêneros perecíveis.

— Não é que estejamos plenamente organizados, mas também não é que não estejamos à inteira disposição para oferecer gêneros alimentícios, caso necessitem — comentou meu avô.

O comentário caiu no vazio. Na verdade, o oficial não pedia ajuda. Queria desabafar, e continuou no mesmo ritmo, no mesmo tom, fumando sem parar:

— A tropa sentiu falta de cigarros na R2. O tecido dos uniformes não tem resistido às ações na mata. Os coturnos também não resistem às caminhadas. O DRMM/2 empenhou seus meios para compor o Destacamento Logístico, mas ficou sem flexibilidade para atender a outras áreas. Não dialogava. Um discurso, ou defendia uma tese, que só um colega de patente entenderia. Era seu desabafo, sua tarde, e meu avô não o interrompeu mais, provavelmente com Camões em mente ("... triste ventura e negro fado os chama, neste terreno meu que duro e irado, os deixará dum cru naufrágio vivos, para verem trabalhos excessivos...").

— Deixamos de conduzir a totalidade de camburões para combustíveis. Nosso reabastecimento está crítico. O sistema de suprimento da Classe II está na dependência dos postos civis daqui da área. Tivemos dificuldade na organização inicial do Destacamento Logístico, pois não sabíamos do efetivo existente operando: DOPS, Exército, Marinha, Aeronáutica, Polícia Militar, Civil e outras. Materiais foram pedidos diretamente aos superiores, fora da cadeia de suprimentos. Algumas unidades estão sem cisternas. Tentamos usar até cães, mas sem êxito, já que os guerrilheiros usam rotas de água para fugir. Fomos precipitados. Não é o caso de uma operação militar, nem é necessário o emprego de aviões ou helicópteros, já que não sabemos onde está o inimigo. Na guerrilha, o inimigo dificilmente aceita o combate. Somente o faz quando é sur-

preendido. O elemento surpresa deveria ser nossa maior preocupação. Eles souberam de nossa presença depois de tanto
estardalhaço. Já devem ter fugido. Continuam chegando boatos de testemunhas que viram Lamarca fugindo num Karmann
Ghia vermelho, junto com duas guerrilheiras...

Esse comentário me tirou o fôlego.

— Estamos no escuro. Reduzir o movimento do pessoal, viaturas e aeronaves, usar disfarces em trajes civis, barba e cabelos crescidos. É a luta dos mais vivos e inteligentes. Deveria
ser obrigatório o uso de senhas e sinais para não se cair em
emboscadas. O cerco em linha tênue, com homens muito distantes, é precário e perigoso. Já que não se pode fazer o cerco,
deveríamos ocupar pontos específicos, particularmente em locais de alimentação, armazéns, roças, já que um guerrilheiro
não carrega consigo os alimentos. Deveríamos ter estudado a
área em mais detalhes antes do emprego da tropa. A pressa
em capturar o inimigo acabou nos atrapalhando.

Quase se queimou com a bituca de cigarro presa nos dedos.
Parou para se livrar do velho e acender outro.

— Não se deve permitir o deslocamento de viaturas sob qualquer pretexto. Deveríamos ter uma central de informações para
não pulverizar os informes e dispersar esforços. As barreiras
deveriam ter obstáculos em profundidade, contendo armas
automáticas devidamente escalonadas e disfarçadas em condições de abrir fogo. Algumas unidades estão equipadas com
mosquetões, o que não coaduna com este tipo de operação.
Deveríamos adotar um bornal, mochila para cama-rolo, ra-
ções, curativos, repelentes. E o mais grave...

Meu avô parou a xícara no ar, meu tio Zé Carlos descruzou as
pernas, e parei de pensar em tia Luiza, a postos para o mais grave.

— Tornou-se um lugar-comum falar da deficiência de nossas
comunicações...

Concordamos com a cabeça, aliados ao senso comum.

— A inexistência de um Batalhão de Comunicações na área do II Exército fez com que a operação fosse feita improvisadamente pela Polícia Civil. Com isso, não estamos podendo empregar um sistema de códigos e estamos transmitindo informações importantes pelo rádio, vocês podem acreditar? Esperou nossa reação. Meu avô largou a xícara, meu tio cruzou as pernas, e fiquei na mesma. Silêncio, cada qual com seu pensamento. Sem resposta, ele olhou o relógio, se levantou, mil desculpas mas tinha de partir, agradeceu a hospitalidade, arrumou a farda, continência para meu avô, meu tio e para mim e saiu apressado. Nunca mais o vimos, profeta, já que 100% de suas previsões se confirmaram.

ENTREVISTA INTERNACIONAL
concedida por Carlos Lamarca
junho de 1970

As Forças Armadas atuaram com helicópteros, aviões caças e bombardeiros, tropas a pé e motorizadas, patrulhas fluviais, além de agentes à paisana. Os aviões passavam por cima de nós e ouvíamos quando bombardeavam a área que havíamos abandonado. Não tivemos dificuldade alguma para nos esconder da observação de helicópteros.

Diante da incapacidade das Forças Armadas, lenta e tranqüilamente atravessamos a serra e atingimos o Vale do Ribeira, na localidade de nome Barra do Areado, onde o rio desse nome encontra o rio Batatais, que é afluente do Ribeira. Era 8 de maio quando chegamos, ali deixamos os equipamentos e vestimos roupas comuns — conservamos apenas o armamento e a munição.

Fizemos de conta que éramos caçadores inexperientes e perdidos. Obtivemos as seguintes informações: oito dias antes descera ali um helicóptero transportando um grupo que patrulhou a área a cavalo sob proteção do helicóptero, e que o Exército já abandonara a região. Alugamos um caminhão para nos transportar a Eldorado Paulista.

Os guerrilheiros desde o dia 21 marchando em direção oposta à prevista, pra cá, alcançaram este lado da serra em poucos dias. Nada fácil. Marcha tríplice para carregar víveres: marchavam até um ponto, voltavam para pegar os mantimentos e retornavam. As bombas, nenhum incômodo; helicópteros, bobagem: bastava se esconderem nas sombras das árvores. Dezoito dias na mata, bem armados, treinados, não deixavam pistas, e com suprimentos, o que evitava o contato com mateiros e camponeses. Atravessaram a serra que tem o quê, 20, 30 quilômetros? Fichinha, perto do que o mesmo Lamarca teve de marchar para fugir do cerco na Bahia no outro ano; andaram ele e Zequinha mais de 200 quilômetros na caatinga.

Dezenove dias, só o cerco tático, não o estratégico, o campo livre. Dia 7, você sabe, o Exército começou a evacuação. Mandaram mensagens sem código pelo rádio. Carros, caminhões, aviões, helicópteros, retirada. Lamarca sentiu que era o momento. Era o momento? O grupo se reuniu. Alguns acharam que não, melhor esperar, poderiam até continuar na mata, incógnitos, livres. Mas o comando era de Lamarca.

Dia 8, uma sexta-feira, as tropas longe, o caminho livre.

Barra do Areado é logo aqui, povoado encostado na serra do Itatá, estrada terrível, quase intransitável nas chuvas, pra lá de Barra do Braço. Areado é o quê?, uma fazenda num vale, as montanhas Mata Atlântica, bananais, roças, feijão e pastos, que passava a maior parte dentro do nevoeiro, boa de caça, o ar úmido. Areado tem o quê?, algumas casas, cocheiras, a ximboca que vendia de tudo, de roupa a remédio, de cachaça a comida. Seu Dario Pedroso era o homem lá. Já morreu. Fazendeiro pioneiro, chegou junto com meu avô. Conta a lenda que veio num lombo de burro. Muitos vieram em lombo de burro ou cavalo. Por isso, a primeira coisa que meu avô fez ao chegar foi abrir uma transportadora fluvial, barcos que subiam o Ribeira. Só depois vieram as estradas.

Seu Dario criou sete filhos. Conviveram conosco nos domingos agitados de Eldorado, a maioria caiu na vida e deixou Areado para tentar a sorte em outras bandas. Poucos, Miguel Pedroso é um, que eu saiba, ainda estão tocando as plantações de banana e feijão de lá, pondo pra correr os ladrões de palmito dali da serra do Sapatu. Encontrei ele, Miguel Pedroso, há um tempo em Registro. Envelhecido pelo trabalho no mato, mas o jeitão de garoto, sua marca registrada. Ficamos horas, e me contou do dia que Lamarca chegou. Antes do almoço, estava fazendo horinha na varanda da ximboca, que eles chamam de armazém, e chegaram cavaleiros, moradores da área, dizendo que vinham vindo da serra do Itatá caçadores com mochilas e facões na cinta balançando. O pai Dario chegou na mesma hora e abriu a ximboca. A Aeronáutica e agentes à paisana já tinham andado por lá, helicóptero, perguntas, avisaram da presença de ladrões perigosos, vasculharam a fazenda, as casas e foram embora. Ninguém estava por dentro das notícias, nem ouvia rádio, me disse Miguel.

Os guerrilheiros saíram da mata, não falaram nada com ninguém, ninguém perguntou nada, todo mundo calmo, ficaram por lá na encosta, e o povo daqui desconfiado. O rapaz Rafael, morador de Barra do Braço, mais viajado, mais instruído, chamou seu Dario para o canto e perguntou, estes homens são os homens perigosos, o senhor concorda?, não é precavimento eu sair na frente e avisar Barra do Braço? Dario não disse sim nem não. Se você acha que deve avisar, avise lá, disse.

Rafael não esperou o minuto. Montou num cavalo e voou pra estrada. Os guerrilheiros viram o cavalo em disparada. Estava ainda na área de tiro, poderia levar um. Naquela pressa, discutiram, uns queriam derrubar o homem, outros não, vai logo; o cavalo corre! Na indecisão, deixaram o rapaz partir. Era duro matar um camponês, por quem eles lutavam. No mais, um tiro denunciaria, e só queriam passar por caçadores perdidos. Ou quem sabe foi coincidência, e assim que chegaram, aquele rapaz no cavalo se foi.

Os guerrilheiros decidiram se aproximar. Aos poucos. Pararam debaixo da árvore em frente ao armazém, árvore com corda e pneu, balanço para a criançada. Finalmente, dois deles fizeram contato. Fujimori falava. Puxaram conversa e pediram almoço. Seu Dario convidou para almoçarem em casa, e todos que apareciam naquelas bandas eram convidados para almoçar, mas estes estranhos, caçadores perdidos, preferiam não incomodar e almoçar debaixo da árvore. Seu Dario levou duas tigelas grandes de arroz e feijão dali mesmo. Cinco almoçavam, dois tomavam conta das mochilas. Cinco novos e dois mais velhos. Acabaram e lamberam os pratos, hábito do treinamento na mata. O povo riu. Ficamos todos cismados, mas tratamos eles bem, me disse Miguel.

Começou a juntar gente. Mais conversa. A criançada lá. Eram caçadores, apesar das botas parecidas com as do Exército, luxo para caçadores de lá; já tinham visto os tipos mais estranhos, mas não tão estranhos. Os guerrilheiros beberam muitos refrigerantes.

Fujimori, no armazém, comprou camisas e calças para o grupo. Onde podiam tomar banho? Seu Dario para um menino indicar o caminho. Desceram para tomar banho na barra onde cruzam os dois rios, e logo depois o menino voltou correndo morrendo de medo. Voltaram já com as roupas novas. E aquela conversa toda. Estava para escurecer. Fujimori, sempre ele, pediu um caminhão emprestado para levá-los a São Miguel do Arcanjo. Até lá não vai dá, negociou seu Dario, mas até Eldorado dá, e de lá podem pegar um táxi com o Zeca França, que faz umas corridas.

Ficaram combinados: pagariam por uma carona até Eldorado. Lamarca queria pagar a comida, mas seu Dario só aceitou a despesa da loja; davam comida de graça ao povo que aparecia naquele encosto de mundo. Lamarca não aceitou troco.

DEPOIMENTO À *FOLHA DE S. PAULO*
concedida por guerrilheiro não
identificado
agosto de 1977

Quando chegamos a Barra do Areado, pareceu-nos que havia um certo clima de descontração. Empenhamo-nos seriamente em ser vistos como caçadores perdidos que por mera coincidência surgiriam ali logo depois que o Exército havia efetuado buscas. Cometemos algumas gafes como a de permitir que o pessoal do povoado visse uma de nossas armas, um fuzil FAL, de uso restrito às Forças Armadas, arma excessivamente pesada para a caça na região.

Por algum motivo, não só não nos delataram como nos prestaram ajuda. O dono da única mercearia do povoado, uma espécie de tiranete local, vendeu-nos algumas roupas, por sinal

de péssima qualidade, e comida, prontifi-
cando-se a nos levar até Eldorado Paulista,
desde que pagássemos.
Desvencilhamo-nos de todos os objetos que
pudessem restringir nossa mobilidade, ficando apenas com as armas, para garantir
nossa segurança. Deixamos com o dono da
mercearia nossas mochilas, redes, cantis
etc., com promessa de voltar depois para
reavê-los. Ele colocou à nossa disposição
um caminhão em bom estado e ordenou ao filho que nos levasse a Eldorado. Um amigo do
rapaz ofereceu-se para ir junto.

Rafael, a cavalo, já tinha chegado em Barra do Braço muito antes de escurecer. Avisou João Leite, antigo fiscal da prefeitura: estranhos rondavam Areado. Pegaram a camionete do Durval Ferreira e vieram correndo avisar Eldorado.

Os guerrilheiros alugaram o caminhão bege Ford 350. Antes de saírem, deixaram as mochilas com sacos de arroz não burilados na máquina e latas de leite em pó. Presentearam os empregados da fazenda com os facões. Deixaram também de presente apitos assovios de macaco, pio de macuco e inhambu.

Lamarca se despediu de seu Dario, dizendo o senhor está me tratando como uma pessoa da família e eu volto para pagar o senhor, gratificar-lhe.

Dario queria encurtar aquela história, que partissem logo, e perguntou o nome. Ele só disse Cid.

Cinco horas. Os sete guerrilheiros na caçamba com vinte sacos de arroz, tempo de colheita, colocados como lastro para impedir o balanço e o encalhe. Na cabine, foram Mário e Miguel Pedroso, filhos de Dario, e o cunhado Honório. Nove quilômetros infernais descendo as montanhas.

Chegaram a uma Barra do Braço deserta, fechada de medo, trancados em casa, alertados pelo rapaz Rafael. Na saída do povoado, parados por Tal Albino, única alma viva, jagunço metido a pistoleiro, açougueiro que, todos sabiam, porque vivia se vangloriando, já tinha enfrentado bocas quentes. Ah, eu vou com vocês, disse, e entrou na cabine; tiveram de se apertar. Na viagem, Tal Albino avisou que João Leite já devia ter alcançado Eldorado. Ficou instruindo os filhos de Dario: se acontecer alguma coisa, cai no chão e sai rolando que é mais difícil pras balas.

Mais 6,5 quilômetros, Bananal e a estrada que liga Eldorado à Caverna do Diabo, esta aqui da frente. Pararam perto da Cerâmica Queiroz Menino para um xixi. Miguel espirrando gripado, e os guerrilheiros deram comprimidos e conselhos de como tratar.

João Leite já tinha avisado aqui o sargento Martinzinho, da Força Pública, que tentou um contato telefônico com o Exército em retirada. Mas Morro não atendeu aos apelos de Safira. O sargento no seu Fusca vermelho tomou a direção de Jacupiranga. Isto é polêmico por aqui. Alguns dizem que o sargento tremeu nas bases e, com a desculpa de chamar o Exército, se mandou de Eldorado, fugindo do confronto, deixando os policiais sem comando. E o Exército nem estava em Jacupiranga, mas em Registro.

João Leite e Durval Pereira apareceram por aqui. Fim de tarde. Afobados, ao meu avô, da presença de estranhos em Areado, ou os tais bandidos que o Exército caçava? De Areado, teriam de passar por aqui. Estavam vindo para Eldorado! Falavam os dois ao mesmo tempo. Pediram duas carretas emprestadas. O plano bolado às pressas pelo fiscal da prefeitura: uma carreta ficaria atravessada na estrada e uma outra escondida no mato. Quando os suspeitos passassem, a carreta escondida seria empurrada, encurralando! Meu avô acalmou os ânimos, fez se calarem e fez mais um discurso, discurso que não escutei, por quê? Tinha minhas urgências.

Eles, nos 7 quilômetros entre Bananal e Itapeúna.

Eu, na torre do lago, o rifle.

Itapeúna a 18 quilômetros de Eldorado.

Eles, a caminho.

Voei para Eldorado. Escurecia. Diferente de Braço, onde o povo se escondeu, a praça daqui lotada, dá pra crer? A notícia da vinda dos procurados agitou: alguns se esconderam, outros correram para a praça. Feliciadade na aula de corte e costura, quando alguém apareceu correndo: O Lamarca tá vindo!, o Lamarca tá vindo!!

Feliciadade fez o que todos fizeram: largou o que tinha nas mãos e correu para ver. Alguns sentados nos bancos das praças. Bartira encontrou o namorado, ficaram os dois num banco esperando namorando. Tinha os que ficaram apoiados no muro do coreto. Lotou o bar do Zeca França. E eles lá, os PMs da Força Pública, três-oitão e sem comando. Montaram uma barreira em frente ao posto do Antenor Teixeira, entrada da cidade; idéia do PM João Cândido.

Cheguei a esse circo armado, o rifle enrolado num pano. Os tais da turma da cidade baixa, num dos pilares do posto; entre eles, Josimar. Quando um caminho desses está iluminado e sinalizado, quem não segue por ele? Meu coração parou, e com a calma aparente dos mares entrei na venda da família ainda aberta, ali ao lado do posto, não dei boas-tardes nem nada, subi pela escada dos fundos e, no telhado, agachado, me arrastei até o parapeito. Ergui e vi que tinha um Josimar na mira, e que mesmo que ele saísse, eu o teria no fogo; tinha a praça na mira, Eldorado nas mãos. Sentei, armei a espingarda e, como todos, esperei.

Sete horas. Escuro.

O caminhão bege dos Pedroso aparece na ladeira da entrada da cidade. João Cândido, por ser o mais velho, no comando na barreira. Os outros PMs, Antônio Alves, Evandro Lins, Setembrino, Laudico, Ezequiel Doenha e o Borges, amigos da família de todos de longa data, espalhados; o PM Zé Arantes ficou de piquete na cadeia, vigiar os 17 presos.

João Cândido fez sinal para o caminhão parar. O 38 em punho. Reconheceu na cabine os irmãos Pedroso. Subiu na caçamba. A voz, poder de um comando, perguntou:

— Quem são vocês?!

— Somos caçadores — Nóbrega, em pé, respondeu.

— Então desçam para se identificar.

— Pois não... — Nóbrega sacou o revólver.

Desceram atirando, pistolas e revólveres. O primeiro tiro, no braço de João Cândido que, ferido, correu e se escondeu. O segundo foi do Lamarca, estraçalhou a perna de Ezequiel, que se jogou no chão e se fingiu de morto. O garoto guerrilheiro Gopfert ouve a explosão. Olha pra trás, pedindo prudência aos companheiros. Escorre um filete de sangue no rosto. Nada disso, foi ele que levou um tiro da PM. Põe a mão na cabeça. O tiro furou o couro cabeludo, bateu no osso do crânio e saiu. Por enquanto, só um susto. Os PMs se espalharam. Tal Albino, tal qual tinha ensinado, saiu rolando pelo chão. Os que estavam na cabine imitaram; só Miguel Pedroso continuou pedra em pânico. Quem podia correr, correu. A maioria para o bar do Zeca França.

Na valeta aberta dias antes, pularam uns 15; Feliciadade pulou. Josimar agachado na coluna do posto. PM Evandro Lins se escondeu na casa do dr. Jaques, e de lá não saiu. Zeferino, porteiro do hotel, paralisado, tremendo; seu Avelino o levou para dentro. E Bartira namorando no banco.

O fogo parou. João Cândido fora de combate, sangrando; ficou dias repetindo precisávamos reconhecer, depois atirar, só que eles atiraram primeiro, atiraram primeiro, cês viram só, precisava reconhecer...

Zé Arantes, na cadeia, mandou os presos se trancarem e veio correndo. Miguel Pedroso aproveitou-se do intervalo, saltou e correu do caminhão. Zé Arantes chegando atirando em Miguel, achando que fosse um. Não acertou. Levanta a mão pra cima!, deu a ordem. Miguel levantou e se escondeu. Fujimori, por baixo do caminhão, atirou no pé de Zé Arantes, que se abaixou. Quando levantou, levou outro na orelha; tem chumbo no corpo até hoje. Fora de combate; mais um. Rendam-se, seus polícias!, Lamarca gritou.

PMs com três-oitão de balas velhas estragadas por tanta umidade, que o PM Laudico me disse depois: Atirava e a bala caía meio metro, eram os pra quê, apertava o gatilho, e só fazia assim, praque, praque, praque, aí o apelido pegou, pra quê?, pra correr, ói...

Lamarca, na varanda de Maneco Barbeiro, bem na minha frente. Um tiro passou a um palmo da sua cabeça. Nosso negócio é com o Exército, não com a PM!, gritou.

Jovita, mulher de Barbeiro, na varanda, uma criança no colo, o caos. Meu bom Jesus de Iguape, meus filho estão pra rua!, disse para Lamarca. Não maltratamos mulher de ninguém, nem trabalhador, somos gente boa, é que o Exército nos persegue e somos obrigados a agir...

Quantas vezes não ouvi Jovita, rodeada de filhos, descrever seu encontro: Era bom de conversa este tal Lamarca, até disse pra eu dar uma água pra criança que está assustada, e eu disse que daqui a pouco eu vou dar água, tava escuro, sabem?, nem sei que cor tinha, se era branco, se era preto, mas só era um, esse tal de Lamarca, fiquei assim meio com medo, né?, mas logo ele saiu e pegaram a condução.

O medo de João Cândido, que soubessem que só havia aquilo de polícia, podiam dominar a cidade batida.

E eu já perdendo um tempo precioso naquele telhado, e chances assim só aparecem uma, respirei fundo, pensei em Nelena, me levantei, apontei minha espingarda e, o olho na mira, procurei Josimar, e parece que o olho cresce quando está numa mira, e parece que o mundo fica pequeno e silencioso quando se encontra o alvo.

Os guerrilheiros recuaram. Se armaram de FAL e INA. Tiros pro ar assustando o mundo; um tiro de FAL ensurdece os vivos e acorda os mortos. Desceram a ladeira da estrada. Confabularam. Lá embaixo, pararam o jipe de um Antônio de Souza assustado que chegava na hora errada. Fujimori voltou para o caminhão, deu a partida e começou a dar ré. Ezequiel, se fingindo de morto, rolou para não ser atropelado. Fujimori parou, abriu a porta do caminhão. Ezequiel gritou pelo amor de Deus, tô fora de combate! Levou um tiro no peito.

DEPOIMENTO À *FOLHA DE S. PAULO*
concedida por guerrilheiro não identificado
agosto de 1977

Chegando a Eldorado Paulista, deparamo-nos com uma barreira policial composta de mais de dez PMs, localizada na entrada da praça principal da cidade. Naquele momento, sexta-feira, sete horas da noite, o lugar estava repleto.
Imediatamente cercaram o caminhão e que descêssemos com os documentos.
O comandante Carlos Lamarca ordenou em voz baixa que nos preparássemos para iniciar

uma reação. Imediatamente, tiramos pistolas e revólveres que trazíamos em pequenas
bolsas e iniciou-se um violento tiroteio.
Como resultado desse tiroteio, tivemos uma
baixa: o companheiro Edmauro Gopfert tomou
um tiro de raspão que lhe rasgou o couro
cabeludo, deixando-o totalmente grogue.
Ainda assim, conseguimos descer da viatura
e adquirir algum domínio da situação.
Afastamo-nos pelo caminho por onde viemos e
aproveitamos para montar nossas armas lon-
gas. Tentaríamos retomar o caminhão para ir
a Sete Barras, onde havia possibilidades
reais de sair da região. Um PM já fora baleado no instante em que descíamos do caminhão, e estava deitado no chão.

Atravessaram o jipe de Antônio de Souza na estrada. Pegaram a chave. Avisaram que iriam jogar naquele campo de
futebol. Entraram no caminhão, Fujimori ao volante. Entraram à direita na estradinha que passa ao lado do campo
de futebol. Jogaram a chave do jipe, seguiram pela cidade
baixa, atravessaram a ponte que cruza o Ribeira, e lá foram,
Sete Barras.

Para trás, balas que pareciam garrafinhas, sacos de leite em
pó, açúcar, barras de chocolate e muitas fachadas crivadas. E
feridos. E como Lamarca conhecia o caminho do campo de
futebol, que liga as duas estradas sem cruzar Eldorado? Poucos conheciam. E por que não voltou pela mesma estrada
por que vieram, estrada sem saída? E por que não seguiram
para Jacupiranga? Sorte? E como saíram da mata um dia
depois da retirada? Perguntas feitas pelo DOPS. E como, num
combate, poucos acasos, quem pagou o pato foi a cidade.
Fomos.

ENTREVISTA INTERNACIONAL
concedida por Carlos Lamarca
junho de 1970

Tomamos rumo de Sete Barras, esperávamos o
encontro com as forças repressoras no caminho. Sabíamos, ali no caminhão, que teríamos um combate de encontro — o combate de
encontro produz-se quando duas forças se
encontram inesperadamente; neste caso, a
tropa mais combativa e com maior potência
de fogo vence. Isto se deu às 21 horas.

A PM sem comando e fora de combate. Foi o povo que começou a se mobilizar. Dr. Olavo ao telefone. Safira, as mãos trêmulas, batia no gancho e gritava: Mooorro??, agora Eldorado precisa de contato com urgência!!
O milagre: Morro atendeu aos apelos e fez contato. Tiroteio?! Custaram a acreditar. Reforço pedido. As testemunhas, pouco a pouco, saindo dos esconderijos. Socorrer os feridos. Evandro Lins, o PM que tinha se escondido na casa do dr. Jaques, apareceu disfarçado todo de branco; a praça inteira caiu na risada. Eu, em cima do telhado, o quê, assustado, envergonhado? A praça mais agitada. Falaram, comentaram, e qualquer farol de carro ou caminhão, saíam correndo, voltaram, voltaram!!
O reforço chegou, comboio do coronel Mero Ferreira. Levantou poeira, jipes, caminhões e camionetes pela praça. Perguntas. Os helicópteros chegaram logo depois. Foi a festa. Pousaram no campo de futebol e levaram os feridos pra Registro.
Os PMs prestando depoimentos, e quem ficou para cuidar da cadeia? Zequinha, que trabalhava no Correio, o Zequinha do Correio. Os feridos receberam condecorações e promoções, uma tremenda ciumeira; Ezequiel chegou a ser aposentado por invalidez.

O Exército se concentrou na ponte, a mesma que, antes, Lamarca, Nóbrega, Fujimori, Gopfert (ferido), Ariston, Diógenes e Gilberto cruzaram. Aí, eu já tinha descido, seguido a multidão que se concentrou em volta dos soldados. O coronel e instruções para a tropa. O rio correndo, e metade da cidade na colina, olhos abertos e ouvidos atentos, não perder um detalhe, noite inesquecível. Um farol em direção contrária. Um caminhão vindo pela estrada. Entrou na ponte. A tropa se agitou, armas destravadas. É o César Leite!, alguém gritou da colina. Não atirem, é o César!, outro alguém.

César Leite, figura conhecida por todos, dono de um armazém na Ilha Rasa, uns 12 quilômetros depois da ponte, bem no meio do caminho de Sete Barras. Veio conferir o que estava acontecendo e avisar que tinha servido uns tipos saídos da guerra. Juntou gente para escutar:

— Carma, vou explicar, vou explicar pra vocês. — Desceu do caminhão com as mãos para cima. — Vim explicar pra vocês que eu tava descendo da nossa fazendinha e chegaram os homens correndo com metralhadora e tudo...

— Quantos homens? — o coronel e o interrogatório.

— Uns quatro e um cinco ferido.

— Eram sete — alguém gritou.

— Eu vi dez, contei que eram dez... — outro alguém.

O coronel pediu silêncio.

— Que horas?

— Agora há pouco, quase oito horas e menos... Nós já sabemos que tinha gente perigosa rondando, pois montão de gente fardada do Exército em Registro e Sete Barras já alertou a gente, e eu tava descarregando um caminhão de banana, e aí entraram no armazém, faz de conta que estavam guerreando. Entraram e perguntaram: "Esses negócio aí é pra vender?" Colocaram dinheiro tudo mofado no balcão e disseram: "Isso aqui é pra pagar mercadoria." Bastante dinheiro, um pacotão de notas de cem. Pularam por cima do balcão e começaram a pegar coisa: leite, óleo, bolacha, coisarada, só não pegaram cigarro e bebida. Pegaram, pegaram e falaram: "Faz a conta." Fiz a conta e deu oitenta e dois. Pagaram uma vez e pagaram outra vez. Pagaram duas vez; fiquei bobo. Távamos eu e meu irmão Ivo e mais umas quatro, cinco pessoas. Depois sossegamos. Deixaram as armas em cima do balcão. Lamarca puxou a lata de bolacha e sentou em cima.

— Como o senhor sabe que era o Lamarca? — perguntou o coronel.

— Já tinha chegado o comentário que tava vindo. E aí eu perguntei: é o bando do Lamarca? E ele disse: "Samo sim..." Ficamos todos de boca aberta.

— Aí eu disse: "Vou avisar a polícia de Eldorado, não vai ficar bem este negócio." Aí ele disse: "Nessa cidade quase não compensa o senhor ir que lá a coisa tá feia." E contou do ocorrido. Sentou e começou a conversar, conversar, conversou e me disse: "Você não tem problema, pra mim não são nada, eu tô revortado contra o país." E não sei o quê, e começou a meter o pau. E dizia assim: "Vocês são nossa gente, precisamos de vocês, vocês são nossos amigos."

— Tá, tá, tá — impaciente, o coronel. — E depois?

— Ficou e ficou. Tinha deixado o caminhão a uns 100 metros. "O senhor podia levar um pouco d'água que tamo com um cara baleado", ele pediu. Levei, junto com eles. "Não tem uma lanterna, um farolzinho?", perguntou. "Tenho." "Então pega pra mim." Fui na venda, pus três pilha nova. "Cobra?" "Não paga nada", eu disse, mas ele já me deu todo o dinheiro. O homem baleado tava saindo sangue daqui da nuca. Tinha saco cheio de bala de fuzil. "Onde que tem uma serra, uma mata virgem mais perto?", perguntou. Acho que não devia falar, mas eu falei: "Tem a serra da Macaca que vai pra São Miguel." Depois, eu achei que não tava certo, na minha consciência parecia que eu tava protegendo aqueles homens. Quando foram embora, vim pra cá. Ficaram mais de meia hora. Tinha um morenão alto, conversador, contador de piada. Disse que tinha gostado de um chapéu. Demo pra ele. O sufoco que tavam passando, a polícia atrás deles, mas eles tudo bem, sem nenhum nervoso, nada, nada, nada. Esse morenão contava piada, pôs o chapéu, a turma lá dava risada... E todo mundo deu risada. Não o coronel, cheio daquela lengalenga. Passou a dar ordens. Pediu carona ao César Leite, pois assim eles, os fugitivos, não irão desconfiar do caminhão civil.

César Leite sim, claro, concordou, e assim foi, parte da tropa na retaguarda (montaram acampamento do lado de cá da ponte, bem na beira do rio), e parte seguiu caminho no caminhão do César Leite, que foi dirigindo, o coronel ao lado e 17 soldados na caçamba. Foram, e nós ali, eu ali, na beira da ponte.

Demorou um tanto e chegou o jipe do Setembrino, PM que tinha ido pegar as mochilas deixadas pelos guerrilheiros em Barra do Areado. Ficou todo mundo olhando praquelas mochilas, jogadas na beira da ponte, até que João Cuba falou cuidado, pode ter bomba nas mochilas!

E todo mundo correu. Ficaram lá, as mochilas, até amanhecer, e ninguém ousou.

E amanhecemos lá mesmo. Não todos. Alguns se retirado, outros adormeceram e outros acordados naquela colina, de cócoras ou em pé, o acampamento dos soldados sendo erguido. Fiquei sentadinho na grama, esperando novidade, observando. Uma fogueira foi acesa sob a árvore. Rodinhas de gente repassando os detalhes, os feitos, onde estavam, o que viram, e quando aparecia um estranho, contavam tudo de novo. Praças e oficiais a se enturmarem, curiosos, o que tinha acontecido, e de vez em quando, uma gargalhada ou uma tosse, noite incrivelmente calma, comparando-se com seu começo. E fria. De vez em quando, todos em silêncio, olhando em direção a Sete Barras, imaginando o que poderia estar acontecendo, procurando barulhos, tiros, bombas, granadas, explosões, e uma ansiedade tremenda, imóveis, com o circo pegando fogo quilômetros pra lá. Injusto, depois de tudo, sermos privados da conclusão. E nada, nada, nem carro, nem notícias, o silêncio aumentando, a ansiedade, a paciência sendo levada pelo rio. Começou a chover pesado, e posso te falar: ninguém arredou pé. Lonas armadas dos soldados, e nós debaixo de árvores, de barcos, de canoas viradas, das marquises das poucas casas à beira.

ENTREVISTA INTERNACIONAL
concedida por Carlos Lamarca
junho de 1970

A repressão deslocou-se de Registro, bloqueou Sete Barras e enviou um pelotão incompleto para nos deter, composto de 17 homens: 12 soldados, um tenente, dois sargentos e dois cabos. Estávamos num atoleiro: à direita o Ribeira, à esquerda lodaçais e bananais. Na retaguarda e pela frente, o inimigo. A 4 quilômetros ao sul de Sete Barras, deu-se o encontro. O inimigo vinha com uma camionete C-14 na vanguarda e uma viatura militar. Deu-se um combate de encontro, e não uma emboscada; num rápido envolvimento cercamos o inimigo. Houve um tiroteio intenso, nos seus intervalos os gritos dos inimigos feridos pronunciavam a derrota iminente. Após cinco minutos exigi-

mos a rendição, que foi aceita incontinenti,
por estarem em inferioridade tática e porque não resistiram à guerra psicológica que
desencadeamos.
Nós, revolucionários, cuidamos dos feridos, explicamos nossa luta. Os prisioneiros mostraram-se espantados com nosso
humanismo.

Amanheceu céu limpo. Um caminhão, longe. Apareceu dobrando a curva da estrada. Os soldados e nós agitados. En-
trou na ponte o caminhão civil do César Leite. Ninguém, só o
César Leite. Foi aplaudido quando parou e desceu da cabine,
caminhão todo furado de bala e o pára-brisa aos cacos, o maior
suspense. Foi rodeado. Olhavam os buracos de bala. Outros
olhavam o próprio César. Nenhum arranhão. Os soldados os
mais curiosos. Todos ao mesmo tempo:
— Mataram os homem?
— Que aconteceu, César?
— Desembucha, homi!
Fez suspense, tomou fôlego.
— Traz uma água pra ele que tá seco...
— Não estou com precisão — disse, estufou o peito, o queixo,
olhou todos e começou: — Ficamos conversando...
— Quem ficamos, César?
Não gostou de ser interrompido e ninguém mais o
interrompeu.
— Conversando, eu e o coronel Mero, tranqüilo, tranqüilo,
me deixou também tranqüilo. Fomos descendo, estrada meio
ruinzinha. Passamos a Ilha Rasa e nada dos homi. Fui indo
então devagar, e bem devagar. Até que vimos os que vieram
andando em nossa direção. De longe, o coronel Mero me falou: "Os homens estão lá. Na hora que você encostar neles,

passa e deixa pra minha turma, que quem está em cima passa ferro neles." Aí me deu medo...

Todo mundo concordou com a cabeça.

— Mas fui indo, e quando cheguemos perto, falou: "Ah, são nossos homens, a nossa farda." Eram mesmo soldados. Tinha gente ferida cortada no braço por causa de arame. Fazia dez minuto que Lamarca tinha passado ali, e trocou tiro com esses tais que vinham lá de Sete Barras, e foi uma sangrera, tava tudo na estrada gemendo. Disseram que Lamarca tinha continuado. O coronel Mero foi pra cima do caminhão pra combinar com os homens. Veio um sargento que disse que agora era ele quem ia dirigir, então tá, saltei. Mas não sabia engatar o caminhão.

E todo mundo deu risada.

— Andaram uns 10 metros, e eu falei "peraí, é melhor eu ir com ocês". Mas ele não deixou. Então saí fora. Aí fiquei na minha, com os feridos, e eles se foram. Lá bem na frente, quase chegando em Sete Barras, gente ouviu um baita dum tiroteio, explosão, gritaria, e nós de cá corremos tudo pro mato e ficamos escondido esperando. E parou o tiroteio depois, e só uma hora atrás apareceram para nos resgatar e levar os feridos, e aí que soube de tudo.

Tomou outro fôlego. Alguém perguntou:

— Tem certeza que não quer uma água? — Não respondeu.

— Pelo que me contaram, uns 200 metros de Sete Barras, ali naquele barranco, cês sabem, né?, Lamarca entrou no mato. O coronel, no meu caminhão, deu de encontro a Força Pública, e foi um banho de sangue. Polícia atirando em soldado, soldado atirando de volta. O coronel ferido com tiro no pé está em Registro. "Peneirou meu caminhão", pensei. E tá aí, cês podem ver. Um sargento me devolveu ele agora há pouco. Me disse que o Exército vai arrumar todo meu caminhão. Mandaram eu ir na Ford e vão me pagar tudo. Um tenente me mostrou as fotos e mandou eu apontar quem era o Lamarca. Apontei certinho. "E o que você fala pra mim sobre o Lamarca?" "O que você acha?, ele tava muito nervoso." E aí perguntou de novo: "O que você acha se nossa turma se encontrar com ele?" Respondi falando a verdade, que nessas horas a gente não pode mentir: "A turma do senhor sofria. Tão muito bem armado."

— Mas onde está o tal Lamarca? — alguém perguntou.

Saem da venda do César Leite, e o encontro. Quem atirou primeiro? Lamarca atirava no nível do chão; quem descesse da camionete ou do caminhão, fora de combate. O FAL acorda os mortos. Uma rajada dele imobilizou os soldados. Quem pôde correr correu pro mato. A negociação tensa; rendam-se! Gopfert ferido gritava de dentro do caminhão posso jogar a granada? Lamarca gritava eles vão se render! Gopfert blefava eu vou jogar, hein?!

Os guerrilheiros estavam sem granadas. Os soldados saíram do mato, pularam a cerca, se entregaram, imploraram pela vida. Um sargento gordo mas ágil pulou a cerca. Pediu pra Gopfert iluminar com a lanterna suas costas atacadas por formigas. O jargão das três armas: Quem está no comando? O domínio da situação. No caminhão do Exército, armas novas, material novo, brilhando, para quem estava há seis meses na mata. Quem quis, pegou. Filaram cigarros dos soldados. Cuidaram dos feridos. Tiraram as gandolas (camisas) de alguns deles para estancar feridas.

O tenente, no comando, se apresentou. Deu bronca nos guerrilheiros, lição de moral. Mandaram se calar. O sargento bonachão era o que mais falava, querendo se livrar logo da situação. Os guerrilheiros varreram com folhas de bananeira os cacos de vidro da camionete para colocarem os feridos.

Colocaram os mais graves nela. Lamarca, Fujimori e Gilberto, afoitos, deram a partida e foram, com o tenente, levando os feridos. Os outros companheiros entraram no caminhão, mas pneus furados. O segundo caminhão não pegava. E a camionete se afastando. O grupo estava dividido, mau sinal. Gopfert, Nóbrega, Diógenes e Ariston ficaram com os soldados prisioneiros. Bom de conversa, Nóbrega, ex-sargento, de chapéu novo, entendia a linguagem, brincava com os prisioneiros, larguem disso, juntem-se a nós, vão fazer outra coisa. Cada soldado disse seu nome. A conversa foi ganhando noite, confissões, ironias. Só estamos tentando sobreviver, diziam os soldados. Gostaram dos quepes dos guerrilheiros. Fizeram a troca. Daqui a pouco, bom sinal, pela estrada, voltando a pé Lamarca e os outros dois companheiros: tinham atolado a camionete, deixaram lá mesmo os feridos e o tenente. O grupo novamente reunido. Canoas ali na margem do rio. Vamos remando, disse Lamarca. Os soldados se despediram, de um em um, aperto de mãos. Lamarca, Fujimori e Gilberto estranharam tamanha intimidade: Vamos logo com isso!

Noite, rio na cheia. Nas canoas, duas, ninguém sabia como manobrar. Anos de aprendizado para tocar aquele tipo de canoa, especialmente num rio como o Ribeira. Numa delas, começa a entrar água. Uma voz do meio do nada:

— Ei. Alô...

Guerrilheiros em silêncio. A voz, da margem:

— Sou eu, o sargento. Não atirem.

Guerrilheiros em silêncio.

— Nós ainda estamos aqui, não atirem hein? — pedia.

O plano das canoas furou. Voltaram para a estrada. Os soldados no mesmo lugar em que foram deixados. Trocaram alôs e tudo bem. Fiquem tranqüilos, não vamos mais atirar. Dessa vez, um dos caminhões pegou.

Toda a lama, as poças, as pontes, esta estrada sempre deu um trabalho desgraçado, sempre fez de Eldorado e Sete Barras, apesar dos poucos 30 quilômetros, duas cidades quase sem contato, comunicação, empurrando Eldorado para Jacupiranga, Sete Barras para Registro.

Foi depois do Exército que um desvio apareceu. Paulo Maluf, prefeito de São Paulo, depois secretário de estado (depois governador), apareceu em Eldorado de helicóptero: o andamento das reformas, arrumando madeira para as pontes.

Maluf queria conhecer, como, durante anos, muitos jornalistas, turistas, curiosos, milicos e militantes saudosistas quiseram conhecer a rota da incrível fuga dos guerrilheiros. Eldorado deveria se aproveitar mais deste casual pedaço da história, trilhas turísticas, guias com história decorada, faixas e cartazes, monumentos e placas comemorativas, e poderia, todos os anos, fazer uma dramatização com personagens que atuaram no tiroteio, ou com os verdadeiros: e Banira, ainda viva, no mesmo banco em que foi alvejada, os policiais, já aposentados, na antiga farda da Força Pública e o capacete azul, reproduzindo os passos e as falas do 8 de maio de 1970.

Foi depois, anos, construíram a nova estrada asfaltada Eldorado-Sete Barras; o general Humberto de Souza Mello inaugurou e, depois da guerrilha, toda obra daqui da região, generais inauguravam, ligada umbilicalmente com o Exército, para o bem e para o mal.

Dia 9, sábado. As tropas procuram infrutiferamente os guerrilheiros. Suspende-se o plano de evacuação, reajusta-se o dispositivo militar no Ribeira, encerra-se a primeira fase das operações.

Segunda fase da operação; muda-se para Sete Barras. O Exército se instalou num barracão alugado, ao lado do Hotel

Tanaka, onde se hospedaram os oficiais. Mais um cerco. Reforços no acampamento militar aqui da ponte de Eldorado. Aviões e helicópteros voltaram. Maior o número de soldados, maior o número de curiosos em vigília na colina da cidade baixa. Testemunhamos a chegada da Polícia Civil, DOPS, CISA, CENIMAR e CIEx. Se hospedaram no Hotel Eldorado, e ninguém mais deu risada por um tempo.

Interrogatórios e prisões aqui em Eldorado, todo mundo visado: como os terroristas saíram da mata justamente um dia depois de efetivada a evacuação? Raciocínio curto, óbvio e às pressas, havia informantes dos bandidos na cidade.

— Uma mulher morou com a freira, tirava fotos de tudo, dizendo que ia escrever um livro sobre Eldorado, cês tão lembrado?

— Depositou uma grana preta no banco, não é, Porfírio?

Porfírio, caixa do banco, foi preso e interrogado. A freira idem.

— E aquele casal que se hospedou no seu hotel, não é, Avelino?

— O sujeito saía de manhãzinha, e a mulher sem sair do quarto. Se hospedaram umas quatro vez.

Avelino chamado para depor. E com a foto de Lamarca percorrendo os becos e bares da cidade, o povo foi se alembrando:

— Esse tal passou o carnaval aqui; até tirei ele para dançar.

— Se hospedou no seu hotel, não é, Avelino?

Avelino não pôde confirmar; viajando durante o carnaval. Aumentou a suspeita. Todo mundo se lembrou dos três estranhos no carnaval do Clube Apassou, do tipo parecido com Lamarca que pagava bebidas, sempre acompanhado do tipo japonês forte não de muita conversa e do terceiro tipo que ficou do lado de fora do salão, ou vice-versa.

Era demais para Avelino. E mesmo hospedando e dando toda a atenção aos homens da repressão, ficou marcado, e marcado por muitos anos. Nunca conseguiu um porte de arma. Sempre que tentava, ora, mas o senhor é de Eldorado... ouvia.

Nesse sábado, trouxeram de volta o caminhão de Dario Pedroso, em que os guerrilheiros romperam o cerco, todo furado de bala, sem a sacaria de arroz da caçamba; o Exército tinha pego para fazer trincheiras.

Aliás, os Pedroso também com seus problemas. Não foram presos nem nada; colaboraram sempre. O DOPS apareceu em Areado depois do tiroteio. De helicóptero, pousaram a metros da árvore onde os guerrilheiros almoçaram. Ver se tinha mais terrorista escondido. Paravam todos os carros. Uma semana acampados dentro do armazém, comeram, beberam e não pagaram. Prenderam a turma do Jafé, que tirava palmito do mato. Mãos e pés amarrados no arame, Jafé implorava: Seu Dario conhece nóis, não sou coisa nenhuma, só trabalhador...

Levaram Jafé para São Paulo. E o DOPS voltou várias vezes para Areado, de carro ou helicóptero, só não arrumaram a estrada, a mesma pirambeira de sempre.

Pessoas novas apareceram, o taxista que em toda corrida puxava assunto, perguntas, se fazendo de íntimo, e o povo, lógico, suspeitando. Em dias, todos suspeitavam de que era agente do DOPS. Mas nem por isso não fazia suas corridas e amizades. Tanto que em pouco tempo era gente da cidade, acabou se apaixonando por Eldorado e pela filha do seu Bimbo. Casaram. Ficou em Eldorado mesmo, não mais como do DOPS, se é que era agente, mas genro do seu Bimbo.

Na colina, esperando os acontecimentos, Cliocelinho, agricultor conhecido por todos, apareceu a cavalo na ponte e foi logo cercado:

— Mas foi uma sangrera danada, lá na estrada, que quando começou os tiro do tal Lamarca e os soldado, eu fui é que me escondi até debaixo da cama e só saí de manhã cedinho.

— Quando foi isso, Cliocelinho?

— Foi agora lá pela sexta noitinha... Amanhecido, saí pra lá espiar, e vi bala, arma, capacete, tudo no chão, e já tinham levado os ferido, mas ouvi um gemido da mata e me tremi todo, e gemia assim "me ajude, pelo amor de Deus, me ajude", e fui ver, era um soldado todo arrebentado, com aqui tudo aberto, que tinha sido deixado pra trás, que nem se erguia, e fiz o que achei de certo, que foi colocar o homem nesse cavalo aqui e levei ele lá pras autoridades de Sete Barras. Não é que tinham esquecido o soldado?

E todo mundo riu.

Puxamos conversa com os soldados. Apavorados. Um deles, evitando os superiores, segredou, tava lá em Guaratinguetá, fazer uma instrução, nem sabia disso aqui, mandaram entrar no caminhão e me trouxeram pra cá, pra combater, que, tão dizendo, atiram com FAL, tamo tudo é fudido e mal pago... Ria, e todo mundo ria junto.

Pediam cigarros e levávamos cigarros. Pediam comida, levávamos. Bebidas, alguns levavam. Domingo, dia 10, dia das mães, levamos pedaços de bolo. Para a procissão da tarde foram convidados. Se desculparam; não podiam arredar pé do acampamento.

Sabe de uma coisa? Foi a primeira procissão que segui, apesar dos tantos anos que convivi com eles de Eldorado, não é incrível? Mas o que quero contar é outra. Deve estar estranhando minha constância em Eldorado nesses dias. Mal saí da colina. Não apareci na fazenda, nem passou pela minha cabeça que meus avós poderiam estar preocupados. Razões de sobra pra ficar naquela colina. Parte íntima da operação, e todos me tratavam como tal, o rapaz filho do Mirston, o primeiro que cruzou com os perseguidos. Depois, eu, como a maioria, tinha testemunhado o tiroteio em praça pública. Terceiro, não havia momento melhor para conhecer aquele nosso povo, sua generosidade, o bom humor e, por que não, coragem, principalmente dos PMs, afinal, ninguém pode negar que o que fizeram na entrada da cidade, só de três-oitão e sem comando, retaguarda e pouco treinamento, muita coragem. Foram os grandes heróis.

E mais.

Na tarde do segundo dia, sábado, na colina, sentadinho na grama, a correnteza do rio a arrastar galhos e troncos, recebi essa visita não tão inesperada. Ele, Josimar, sentou a meu lado. Eu o quê?, confuso, inerte, como os galhos e troncos do rio. Sentou a me lado e só disse isso:

— Que noite, hein?

Só balancei a cabeça concordando.

— Óia que me deu um cagaço danado... — continuou.

Sem qualquer argumento, só balançava a cabeça. Ele não fazia perguntas e disse coisas como:

— As balas dos homi furava tijolo, madeira, ferro, concreto, cimento, poste de luz, sinaleira, caminhão, banco, porta, balcão, cada buraco, ói, cada arrebentação...

O rio, os galhos, os troncos.

Desse dia em diante, ganhei a companhia de Josimar. Na colina comigo, quando eu ia comer ele ia, quando ele ia ouvir os soldados eu ia, quando eu me levantava ele imitava, quando ele se deitava eu dormia. Grudados, pra cima e pra baixo, dormindo na mesma sombra, nos esquentando na mesma fogueira, participando das rodinhas. E se eu não conseguisse dormir, ele me fazia companhia. Juntos, vimos chegar à cidade o coronel Erasmo Dias, que esquentou os ânimos, a cidade e sua tropa. Derrota da primeira fase deve ter abalado. Reergueu-se da derrota. Encontrou forças para elevar o moral. Tornou-se mais ativo, de um lado para o outro, agitando os braços, carregando a Thompson, ordens aos berros, sermão, disciplina, comando, e o pesadelo de mais uma derrota. O medo e o despreparo de seus comandados, procurava reanimá-los com autoridade. Revistou as mochilas dos guerrilheiros trazidas por Setembrino, ergueu as calças trapos de um dos uniformes, e para todos ouvirem: Esse Lamarca é um farrapo humano!, está desesperado!, quero ele morto! Quando prenderam Edmauro Gopfert, no domingo, dia 10, e José Araújo Nóbrega, no dia 11, Erasmo sorriu de ponta a ponta, foi para o front, virando, salve!, a grande estrela da operação.

```
        DEPOIMENTO AO JORNALISTA ANTONIO CASO
                concedido em Cuba
              por Edmauro Gopfert
                agosto de 1971

   Perdi o contato visual com meus companhei-
   ros e não os vi mais. Eu era o último da
   fila. Ao me dar conta de que estava perdi-
   do, avancei, tentando restabelecer conta-
   to. Chamei os companheiros em voz baixa e
   um deles me respondeu que estava ali perto
   e que eu devia me manter calado.
```

Dia 9. Amanheceu, e Gopfert camuflado na mata, perdendo sangue, a metros da estrada, a metros dos soldados, com uma INA debaixo do braço, sem se mexer. Dois helicópteros passaram sobre ele, e uma tropa de infantaria saiu para peneirar a zona. Gopfert, tão perto da barreira que ninguém desconfiou. Esperou escurecer, procurar seguir seus companheiros, mas o número de soldados aumentava, estava cercado. Decidiu caminhar sozinho pelas plantações, entrar em muitas trilhas que desembocavam na estrada mobiliada. Quase ao amanhecer, domingo dia 10, cansado, encontrou a casa de um camponês.

DEPOIMENTO AO JORNALISTA ANTONIO CASO
concedido em Cuba por Edmauro Gopfert
agosto de 1971

Deixei a metralhadora escondida e me aproximei da casa com um revólver oculto debaixo da camisa. Eu estava ferido, muito ensangüentado. Quando cheguei à casa, o camponês me identificou imediatamente como um guerrilheiro. Não pude evitar. Mas senti que aquele homem queria me ajudar e, realmente, não tive problema algum com ele. Entrei na casa e conversamos, mas não tomei todas as precauções necessárias para esse caso. Quero dizer que não me ocorreu que havia outras pessoas na casa. Enquanto conversávamos na sala, alguém saiu pela janela detrás e deve ter me denunciado para alguma patrulha que encontrou no caminho.
Não posso precisar, mas acho que não haviam transcorrido nem vinte minutos da minha chegada quando apareceu uma patrulha.

Gopfert sentado numa trouxa de roupas e panos, o revólver escondido na camisa, a INA fora da casa. Viu os olhos de alguém, do lado de fora, enfiados na fresta de madeira. Deu tempo para esconder o revólver. Arrombaram a porta. Um sargento deu dois tiros. Passaram a milímetros da sua barriga. Não reagiu. Sou trabalhador, o que é isso?! Sotaque perfeito. No militar, dúvidas. Documentos! Gopfert tinha documentos. Não pega o dinheiro que é da firma, disse para o sargento que estava embolsando sua carteira. Se for da firma, devolvemos, respondeu o sargento.
Levanta! Levantou. Revistaram a trouxa. Encontraram o 38. Tá mentindo, comunista! Já levou coronhadas, já foi algemado, já o puseram pra fora, e pau nele.

Em Eldorado, a notícia da prisão animou os soldados, que comemoraram atirando para o alto. Era dia 10, no momento da procissão, e nós, subindo a ladeira da praça, "senhor nos abençoe", alguns fantasiados, viúvas de luto e crianças bem arrumadas. Os tiros e foi um caos: todos em disparada procurando abrigo; até largaram a santa no chão. Senhor nos abençoou, mas não à santa, que caiu e se quebrou.

Teve o dia que os soldados receberam ordem para trocar a munição, atirando a velha no rio. E novamente, o maior corre-corre.

Gopfert amarrado num caminhão. Levaram até a barreira de Sete Barras. Logo veio o coronel Erasmo Dias, onde está Lamarca?!, quantos são?!, que armas?!, e o refém, fala?! Não surtindo efeito, foi para sua encenação preferida: Gopfert, 18 anos, no barranco, Erasmo a dizer que iria matá-lo se não abrisse a boca e disparava a pistola. A arma falhou. É por isso que não uso automáticas, coronel... comentou Gopfert. Ah, é assim?! Uma rajada da Thompson em volta. O senhor não sabe atirar, coronel?, perguntou Gopfert. Petulante. Erasmo respirou fundo e pra não fazer besteira deixou o garoto.

Foi a vez de um capitão entrar em cena. Coronhadas de rifle na cabeça já arrebentada do garoto. Por fim, numa tumba recém-aberta, passaram fogo rente à sua cabeça, interrogatório sem técnica.

Arrastaram-no para um caminhão. Jogaram numa caçamba com lona. Diante dele, duas fileiras de oficiais graduados sentados, Exército, Marinha e Aeronáutica. Ofereceram cigarros. Claro... Nenhum interrogatório, só papo, a conjuntura. Há seis meses na mata, tudo o impressionava, o brilho das botas, os cintos novos, o cheiro de coisa limpa. No mundo, o novo e o limpo se combinam, lembrou. Riu sozinho. Gargalhou da situação. Até chegar a turma do DOPS e o panorama mudou: Por que o terrorista tá rindo?!

O Exército, através do coronel Lepiane, passou o recibo de entrega do preso. O pessoal do DOPS assinou e levou Gopfert. No Exército era assim, tudo com recibo. Isso irritava os que se diziam os profissionais da repressão. Para descontar, eles, do DOPS, passaram também a dar recibos. Do DOPS para a OBAN, depois DOI-Codi, do CENIMAR para o Exército, do Exército para o CISA, uma profusão de carimbos, assinaturas, datas, recibos, contra-recibos, leva e traz, os trâmites da tortura, morte com recibo. O Estado não se livra de seus hábitos... Camionete do DOPS já equipada para tortura; um dínamo para choques. Levar Gopfert para Jacupiranga. Vimos a camionete cruzar lentamente a ponte de Eldorado e seguir caminho, arrogante lentidão, desafiando o tempo. O carro dos verdadeiros profissionais, temidos, os que sabiam o que faziam, como obter. Ninguém de nós deu um pio. Vimos, sabíamos do que se tratava, e contestar o quê?

Gopfert foi sendo torturado até Jacupiranga. Quebrou a agulha do dínamo sem perceberem, nada de choques, e rodavam a manivela, e ele gritando, gritando, mas não os gritos de antes, e desconfiaram, descobriram, e levou porrada. Solitária da delegacia de Jacupiranga. Quinze dias torturado. A roupa seca e a comida quente, únicas alegrias. Um entra-e-sai desgraçado de especialistas da repressão. Inútil. Há seis meses no mato, falar o quê?, dos aparelhos na cidade, dos pontos de meses atrás, dos nomes que provavelmente já tinham caído, dos dólares que provavelmente nem existiam mais?

Um dia foi encapuzado. Está pronto para o fuzilamento?, perguntaram. Foi levado encapuzado para o campo de pouso de Registro, e de lá para a Base Aérea do Galeão. Nenhum comunicado oficial nem nota na imprensa. Nem sequer sabiam o verdadeiro nome, codinome "Jair". Estava com os dias contados. A dúvida: eliminavam o preso ou oficializavam a prisão? Decisão se arrastando, até o seqüestro, em junho, do embaixador alemão.

No dia 11, foi a vez do Nóbrega, com o chapéu de palha que ganhara na vendinha do César Leite. Também havia se perdido do grupo no choque da sexta-feira; adiantado demais, escorregou num barranco, próximo à barreira. Noites sem se mexer. Bateu na porta de um, pedir ajuda. Foi delatado e preso. A mesma cena, o coronel Erasmo e sua pistola.

— Nóbrega, você tem que me dar as informações que preciso.

— Coronel, eu sou um revolucionário.

— Você é um ex-militar traidor. Seus companheiros intelectuais sempre falam. Falam tudo quando são interrogados. Por que você não vai falar?

— Porque sou um revolucionário.

— Então eu vou matá-lo.

— Coronel, eu sou pai de três filhos. O senhor vai matar um pai de família.

— Eu cuido da sua família.

No momento de atirar, o coronel desviou o cano. Nóbrega deu um pulo:

— Viva a revolução!

DEPOIMENTO AO JORNAL
FOLHA DE S.PAULO
concedido pelo coronel Erasmo Dias
agosto de 1979

Eu não minto, e confesso que, depois de tentar arrancar do Gopfert alguma coisa na base da conversa, eu o coloquei encostado no barranco, fiz uma encenação toda e ati-

rei em volta. E não foi só com o Gopfert
não. Fiz isso também com o Nóbrega e com o
Ariston Lucena. Cheguei a me irritar quando interroguei o
Nóbrega, porque ele se negava a fornecer as
informações e ainda se mostrava provocador.
Primeiro, eu tentei usar um daqueles sprays
lacrimogêneos nos olhos dele, e o spray não
funcionou, me deixando desmoralizado. Depois, fiz aquela cena dos tiros em volta
dele, e o canalha ainda gritou "viva a revolução!". Ali, sob aquele clima de guerra,
não se obtêm informações através de uma
conduta normal. O prefeito, o farmacêutico,
toda aquela gente estava de alguma forma
mancomunada com os guerrilheiros, e agiam,
pelo menos, com falta de honestidade. Não
se há de querer que as coisas sejam condu-
zidas a caviar. E todo minuto era precioso.
Mas não encostei a mão em ninguém no Vale do
Ribeira. Nunca, em toda a minha carreira,
encostei!

Vimos a sinistra camionete do DOPS atravessando a ponte
em direção a Sete Barras. Vimos voltar. E assim, soubemos
de mais uma prisão. O destino de Nóbrega foi o mesmo de
Gopfert. Solitária em Jacupiranga. Quinze dias apanhando.
Até enfiarem um capuz nele; Gopfert estava ao lado. Simula-
ram um fuzilamento. Enfiaram os dois num avião. Base Aérea do Galeão. Chegaram a tirar suas medidas para um caixão.
Mas em junho, tarde, foi chamado à sala de um major. Lá,
reencontrou Darcy Rodrigues, Lavechia, presos no começo da
operação, e Gopfert. Os quatro presos no Ribeira. O major fez
suspense:

— Adivinha por que os chamei?

Darcy matou a charada:

— Um seqüestro!

Foram trocados, com mais 36 presos, pelo embaixador alemão. Voaram para a Argélia. Lá, recebidos como heróis da resistência brasileira. Capas dos principais jornais. Entrevistas, fotos. O mundo teve a prova, então, da tortura nas prisões brasileiras, constantemente desmentida pelas autoridades locais. O mundo se chocou. A tortura continuou, sofisticou-se.

Terça-feira, dia 12. Eu, noites acampado de improviso na colina da cidade baixa, a companhia constante de Josimar, novos amigos daqui de Eldorado, oficiais e soldados. Então, vi a figura redonda do meu avô, no alto da colina, ao lado do Mercedes preto, a bengala na mão. Apontou para mim. Mal me despedi dos novos amigos. Me fez entrar no carro e não disse vírgula, nem irritado ou coisa parecida. Me trouxe até aqui, onde duas camionetes da Aeronáutica faziam plantão ali no gramado. Minha avó me abraçou, chorou, me perguntou onde estava, e contou que a fazenda tinha sido cercada pela Aeronáutica à procura de armas. Okultz foi levado preso para Jacupiranga. Só não prenderam meu avô; os contatos que o velho tinha com alguns oficiais. Minha avó me arrastou para o banheiro, me fez tirar as roupas e entrar no chuveiro, e arrumou minhas malas.

Almoçamos em silêncio, eu, assustado, quieto, a prisão de Okultz, minha culpa. O Mercedes preto me levou embora.

Jacupiranga ainda tomada. A BR-116 liberada para o tráfego, mobiliada por carros e caminhões do Exército. São Paulo antes do escurecer.

Em casa, era como se não fosse minha. Fui para meu quarto, me deitei, achei tudo desconfortável, acabei me deitando no chão, olhando no teto o reflexo do Ribeira, sentindo, já, saudades e me culpando, sempre, por Okultz.

Jantar. Discutiam. Minha mãe me perguntava da minha saúde, e minhas irmãs numa fase difícil, 17, 18, 19 anos. Meu pai no trabalho, como sempre no trabalho, e as poucas vezes que estive com ele foram na fazenda; de resto, no trabalho. De madrugada, ouvi seu carro estacionar. Pensei em esbarrar com ele na cozinha. Mas só pensei.

Okultz foi preso, armas recolhidas, e solto. Não mais apareceu, deixando pra trás o resto da sua bugiganga. Ninguém soube dele. Ninguém consegue entender por que nunca voltou. Jamais saberia dizer se sua prisão foi culpa minha, nem se sua prisão se justificava, nem se ele tinha algum envolvimento. Senti saudades de Okultz, como um aluno sem a última lição.

E cinco guerrilheiros na serra da Macaca, 1.700 soldados, duzentos a mais que na primeira fase. Eu em São Paulo, como se estivesse num outro planeta: nenhuma notícia nos jornais, rádio ou TV, e vez ou outra notas confusas e contraditórias, informações de entrelinhas, que eu não conseguia decifrar.

A TV anunciava entrevista com presos políticos, e é evidente que fiz plantão. Um tape. Um take só. Cinco presos, abatidos, que Médici era um democrata, que o brasileiro tinha a índole pacífica, e que a vida revolucionária não levava a nada. Já falei deles. Depoimento não me levou a nada. Noites em claro, radinho de pilha ligado, sintonizava à procura de notícias. Em junho, o seqüestro do alemão. Em julho, as férias na fazenda foram canceladas. Só no outro verão pude saber detalhes. E só no final da década, fim da censura, a história quase completa.

Na segunda fase da operação, incrementaram o setor de comunicação do Exército. Prioridade: busca de informações, transformar informes em informações. Montaram a ACISO (Ação Cívica Social) para cooptar o povo daqui; informantes. Trocam-se informes por suprimentos, deduragem por condecoração, delação por um punhado de tostão. As tropas, nas estradas e barreiras. Um agente à paisana em cada vendinha, armazém e nas famílias dos camponeses, disfarçado de gente da terra. Um guerrilheiro em fuga quase não carrega suprimentos, forçando contato com a população; já disse isso? O Exército, despreparado para aquele tipo de combate, aprendendo aos poucos com a prática; os guerrilheiros foram os instrutores.

Agora, o povo daqui apavorado, diferente de antes; o tiroteio em Eldorado e tudo o mais serviu para criar o mito de invencível de Lamarca. Era o demônio encarnado. Ninguém queria topar com ele numa noite de lua cheia, de chuva, de dia, de manhã, nem depois da morte, por favor. O endiabrado. Se antes o povo tranqüilo colaborava com o Exército, agora, se escondia de medo.

O relatório confidencial do Exército aponta os passos:

Dia 12 de maio. Prosseguem as buscas sem resultados. Várias patrulhas executam missões nas estradas, rios e matos da região próxima de Sete Barras.

Dia 13. Chega ao Vale um pelotão de fuzileiros navais incumbido de vigiar os rios, principalmente o Ribeira, o maior e navegável, para impedir eventuais tentativas de fuga por via fluvial.

Dia 14. As tropas executam a Operação Macuco, para varrer uma região da serra. Nenhum guerrilheiro é encontrado.

Dia 15. Executada a Operação Quilombo, que varre outra região da mata. Resultado negativo.

Dia 16. Inicia-se a Operação Vorupoca, destinada a vasculhar outra região íngreme onde poderiam estar os guerrilheiros.

Dia 17. Conclui-se a Operação Vorupoca sem resultados positivos.

Dia 18. Os guerrilheiros são vistos na região da estrada do Areal, nas proximidades de Sete Barras. Planeja-se um cerco em toda a região.

Dia 19. Tropas militares executam o cerco à região da estrada do Areal sem êxito. Patrulhas bloqueiam toda a região próxima a Sete Barras.

Um mês de Operação Registro. Erasmo, no comando, ordenava o bombardeamento constante do rio Quilombo, para forçar o inimigo a definir a direção; não queria perdê-los. Às vezes, ele mesmo subia num helicóptero, com uma caixa de granadas defensivas, essas que parecem uma lata de alumínio, que faz um barulho incrível. O próprio Erasmo as jogava na mata, junto com bombas de efeito moral. Espalharam vários caminhões civis pela estrada, como se estivessem quebrados, com agentes à paisana e soldados a granel escondidos debaixo da lona. A quantidade de agentes dos serviços de informações atrapalhava; para mostrar serviço, quando não tinham informações inventavam. E em São Miguel do Arcanjo, o 2º RO do coronel Leônidas dava cobertura. Quatro guerrilheiros presos e cinco dentro da mata com um refém, tenente Mendes. As baixas do Exército? Não se toca no assunto. Feridos do combate de encontro na estrada de Sete Barras; Cliocelinho viu o mar de sangue. Feridos do combate entre a PM e o pelotão do coronel Mero, na barreira de Sete Barras. Mortes? Erasmo Dias, o chefe do Estado-Maior, jura de pés juntos: nenhuma!

Dia 22 de maio, eu, sozinho no café-da-manhã; minhas irmãs estudavam de manhã, eu à tarde. Quase caí da cadeira quando li no jornal: o líder do governo na Câmara, Raimundo Padilha, anunciou em discurso que, num tiroteio no Vale do Ribeira, membros da VPR mataram oito soldados e fizeram um tenente prisioneiro. E parou por aí: nada no rádio, na TV, nem nos jornais seguintes. E até hoje, silêncio.

As chuvas no Ribeira não pararam. O rio, cheio. O Etá, seu afluente, transbordou. Tensão entre os soldados. Evitavam o confronto com os terroristas: colocados de vigia em trincheiras cobertas por folhagem, metros umas das outras, disparavam as armas no meio da noite, simulando um tiroteio, denunciando a presença deles; colocados ao longo das estradas de um em um, a noite avançava, o medo crescia, iam se aproximando até se juntarem em pequenos grupos.

O coronel Erasmo, pra cima e pra baixo, aos berros, às vezes calmo, dócil. Um dia desceu em Eldorado de helicóptero, foi até onde o povo se concentrava, subiu num caixote e, para todos ouvirem: Esse Lamarca é um traidor que tem um grupo pequeno e um enorme poder de fogo, como capitão da infantaria se desloca rapidamente e evita o confronto para não ser detectado, mas não tenham medo que as estradas estão mobiliadas, e estamos aqui para tranqüilizar a população e prender esses subversivos, toda a população deve cooperar, vocês são um povo ordeiro, a que sempre apresentamos respeito, pessoal simples e trabalhador.

Foi aplaudido. Agradeceu e voltou para o helicóptero. Erasmo era assim, alternando, aparecendo de surpresa, obstinado por Lamarca, antigo colega de farda que botava medo em seus soldados, e que estava, por enquanto, ganhando a batalha.

Lamarca, Yoshitane Fujimori, Ariston Lucena, Gilberto Faria Lima e Diógenes Sobroza marcharam a noite do fatídico 8 de maio mata adentro; junto, o tenente Mendes. Chuva. Poucos equipamentos e os mantimentos da vendinha do César Leite. Pararam de manhã, comeram e continuaram. Um dia e duas noites de marcha sob chuva, helicópteros, aviões e bombas. O preparo e a disposição do tenente não se comparavam; atrasava a marcha.

Na manhã do dia 10, o que fazer com o refém? Lamarca, Fujimori e Diógenes saíram para discutir o caso, deixando o tenente com os outros dois. A situação, crítica. O tenente rompera um acordo feito na véspera, levando-os direto para a emboscada; lá, perderam dois companheiros. No mais, não podia ser solto: podia denunciar a localização, a velocidade de marcha e o armamento. Votação. Três votos a favor, um contra e uma abstenção. Justiçamento. O tenente se desespera; pressente a morte e tenta se apossar de uma das metralhadoras. Ariston Lucena, 18 anos, chora. Não podiam atirar; denunciaria a localização. Fujimori leva o tenente para o canto, agarra-o por trás e dá as primeiras três coronhadas. Lamarca é o segundo. Todos são obrigados a participar, três coronhadas, um-dois-três. A cabeça aberta do tenente pende pro lado. Não se sabe qual coronhada foi a definitiva. Nem interessa. Foi isso mesmo que aconteceu? As poucas testemunhas dizem que não. Já se disse que quem matou foi Fujimori. Já se disse que foram Fujimori e Lamarca. Na reconstituição do crime, todos mataram. A dúvida existe. A verdade está por aí. A verdade é que o tenente Alberto Mendes Júnior foi morto e enterrado lá mesmo. Morreu um soldado, ressuscitou um herói.

Diferente da serra do Itatá, a da Macaca, mais habitada e cortada por caminhos e trilhas, facilitava o cerco. Para Lamarca, uma das coisas que estava garantindo o sucesso da fuga: o Exército não tinha idéia da velocidade real dos guerrilheiros, três vezes maior. Poderiam seguir com a marcha, mas não com os sapatos e sandálias comprados na ximboca de Dario Pedroso. Resolveram permanecer dentro do cerco tático, coisa que o inimigo não esperava.

ENTREVISTA INTERNACIONAL
concedida por Carlos Lamarca
junho de 1970

Passamos dez dias observando seus movimentos. Uma patrulha chegou a 50 metros de nós e vimos como roubavam abacaxis dos camponeses. No nono dia desta segunda etapa, a repressão lançou por meio de alto-falantes montados em veículos o seguinte ultimato: ELEMENTOS DA VPR: COMPAREÇAM À ESTRADA PRINCIPAL LEVANDO BANDEIRA BRANCA. VENHAM UNIR-SE AOS COMPANHEIROS DAS BASES ZANIRATO E EREMIAS. QUEREMOS EVITAR DERRAMAMENTO DE SANGUE. NÃO ADIEM O INEVITÁVEL. ASSINADO: CHEFE MILITAR DA ÁREA.

Era o desespero de uma repressão que não podia demorar-se mais tempo no campo por estar comprometida com as corrupções diárias dentro dos quartéis, que não teria com que estimular a motivação da tropa. No dia seguinte, assistimos aos preparativos para abandonar a área. Os soldados cantaram até muito tarde e, pela manhã, a gritaria foi grande ao subirem nos veículos. Se retiraram no dia 18; lamentamos nesse momento não termos morteiros, minas ou granadas de mão, pois eram muitas as oportunidades que teríamos de causar grandes baixas e destruição de veículos.

O dia? 23 de maio.

As tropas, 15 dias sem contato com os guerrilheiros; talvez eles nem estivessem mais na área. Lembrando-se de que Lamarca e seu grupo saíram do Itatá, em Areado, um dia depois da retirada, Erasmo Dias simulou uma segunda evacuação para iludir o inimigo. Afastando os soldados, silenciando as bombas, mas mantendo as barreiras alertas e toda a operação montada.

Deu certo.

Numa tática de alto risco, os guerrilheiros dentro do cerco, num refúgio debaixo de uma pedra, no alto de um morro, viam toda a movimentação da estrada. Comiam o que restava da vendinha de César Leite e abacaxis de uma plantação perto. Acabando as provisões e assistindo à nova retirada, Lamarca e Fujimori desceram até uma birosca na estrada do Banco, entre Sete Barras e São Miguel do Arcanjo, estrada de um antigo garimpo. Ficaram de voltar em trinta minutos. Denunciados pelos moradores, voltaram correndo, 15 minutos depois, com os mantimentos. Erasmo Dias ganhou, então, a confirmação de que estavam ainda na área, e o que é melhor, dentro do cerco. Aumentou a movimentação. Soldados a vasculhar aquela parte da mata. Helicópteros a patrulhar a área. E dá-lhe bombas.

Descoberto, o objetivo do grupo mudou. Contornar Sete Barras para atingir a estrada de São Miguel do Arcanjo, romper o cerco, contatando os moradores para comida. Num desses contatos, Fujimori e um morador também descendente de japoneses. O morador foi buscar suprimentos e voltou com os soldados, que atiraram enquanto Fujimori fugia. Outro contato: Lamarca abordou um casal de lavradores que ofereceu pratos de comida. Lamarca deu dinheiro, pedindo pra comprarem mantimentos numa venda qualquer. Ficaram combinados de se encontrarem às sete da manhã do dia seguinte, num local combinado.

Dia 27, terça-feira. Continuam as missões de patrulha e os dispositivos de cerco à região de Sete Barras.

Dia 28. Mantém-se o cerco na região, com missões de vigilância estendendo-se à região de São Miguel do Arcanjo, para evitar a fuga dos guerrilheiros rumo a Capão Bonito, Pilar do Sul ou Itapetininga.

Dia 29. Aviões da FAB bombardeiam áreas situadas entre São Miguel e Sete Barras, onde os guerrilheiros foram vistos.

Dia 30. São lançadas patrulhas disfarçadas de caçadores, pois é temporada de caça na região. Reforçada a vigilância em possíveis centros de suprimentos (fazendas, armazéns, botequins) e nas saídas do Vale do Ribeira.

Dia 31. Notada a presença de Lamarca perto de Abaitinga. Ocupadas as vias de fuga para Capão Bonito. Patrulhas em seus caminhões partem para emboscar os guerrilheiros que porventura apareçam nas estradas pedindo carona.

Havia chegado a hora de romper o cerco. Tudo ou nada, marcharam dias seguidos, desaparecendo na mata, tentando atingir a estrada de São Miguel do Arcanjo. Chegaram à estrada no final do mês. Calma. Observar, calcular, tudo dando certo até então. Decidiram que Gilberto Faria Lima, o mais garoto, o que tinha acabado de chegar ao campo quando estourou a operação, sem ficha na polícia, iria primeiro. Gilberto foi para a estrada. Apareceu o ônibus que fazia a rota Sete Barras-São Miguel. A idéia era ir de carona, mas pensou rápido e fez sinal. O ônibus parou, abriu a porta, caminho livre, entrou e foi embora. Gilberto deveria contatar a organização em São Paulo e voltar no dia seguinte, de carro, retirar seus companheiros; chegaram a marcar um ponto de encontro. Mas que organização? Mal sabiam eles que a VPR de São Paulo quase não existia mais; quedas do comando aos militantes não-queimados, que amargavam uma violenta tortura na rua Turóia, sede da OBAN.

Gilberto não aparecia de volta. Na espera, mortos de fome, os guerrilheiros derrubaram a bala um pássaro; sempre escutavam tiros de caçadores, nada a temer. Será? Abandonar a região. É a hora. Sair para o combate, dominar um carro na estrada, romper o cerco a qualquer custo. Estavam a uns 20 quilômetros de Sete Barras; 60 de São Miguel. Montaram postos de observação. Apareceu um caminhão do Exército com um reboque de cisterna indo buscar água na Fonte Tanaka. Ariston, 17 anos, fez sinal de carona. O motorista Koji Kondo, um sargento nissei, parou. Havia com ele mais quatro soldados; os guerrilheiros dizem que havia sete. Ariston subiu na boléia e apontou a arma. Os outros cercaram o caminhão, FAL e INA, sem tiros, renderam os soldados e desarmaram o sargento, o único armado.

Corrida contra o relógio, vai! Sargento Kondo no volante. A seu lado, Fujimori e Lamarca. Atrás, sob a lona, os soldados na guarda de Diógenes e Ariston. Direção de São Miguel. Minutos depois, pararam. Controle da ansiedade, planejar. O comandante comandou: vestiram as fardas dos soldados, e Lamarca, o mais visado, pulou pra trás. Abandonaram o reboque. Agora sim, Fujimori no volante e o sargento Kondo entre ele e Diógenes.

Taquaral. Uma barreira do Exército. O terceiro-sargento Marcos Fiel, com uma M-2, mandou pararem. Tinha ordens para deter todas as viaturas militares. Mas sargento... Fujimori argumentou que eles também seguiam ordens do coronel responsável. Então, vocês seguram o pepino, respondeu Fiel e levantou a barreira.

São Miguel do Arcanjo. Uma parada. Abasteceram o caminhão, compraram comida e continuaram; ninguém da cidade desconfiou.

Era o fim da guerrilha do Vale do Ribeira.

SEQÜESTRO DO CAMINHÃO MERCEDES
relatório apresentado pelo
comandante do 2º RO 105

Conclusão: O Sargento Kondo não foi o responsável pelo fato de os soldados estarem desarmados, pois havia ordens terminantes a esse respeito; faltou vivacidade ao sargento quando parou para atender a um pedido de carona, pois sabia da possibilidade da existência de elementos suspeitos no local; faltou vivacidade para sinalizar de modo taxativo o perigo em que se encontravam quando falou com o sargento Fiel em Taquaral; foi ardiloso, frio e arguto quando determinou aos recrutas, após se liberarem das amarras, em São Paulo, que dessem uma versão falsa de como os fatos ocorreram.

Ensinamentos: Nas operações de guerrilha não há retaguarda — podem ser esperadas ações em qualquer época e local; em viaturas isoladas, impõe-se guarnição de segurança — a norma é contar sempre com soldados encarregados da segurança; nossos soldados não acreditam na situação de guerra em que vivemos: há que vigiá-las em todos os momentos; o estabelecimento da senha de perigo para ser empregada em variadas circunstâncias faz-se obrigatório; os elementos a serem empregados devem ter não apenas uma boa instrução, mas particularmente aptidão, arrojo, gosto pela ação, iniciativa, rusticidade e coragem para as operações de guerrilha.

Noite do dia 31 de maio. Depois de cruzarem Itapetininga, pegaram a Castelo Branco, chegaram a São Paulo na marginal do Tietê. Abandonaram o caminhão com os soldados perto da ponte da via Anhangüera. Contataram a organização. Que organização? Foram resgatados na marginal por simpatizantes, do grupo de arquitetos (Júlio Barone, Sérgio Ferro e outros), quando souberam das más notícias: as quedas de abril. Em muitos carros e exaustos. Rodaram a noite esperando que alguém os alojasse. Quem se arriscaria? Ficaram provisoriamente com os arquitetos, depois se dividiram. Lamarca para o aparelho de Devanir Ribeiro, do MRT. Uma VPR aos pedaços e sem caixa. Urgente, apressar o seqüestro do alemão para libertar os companheiros presos.

Finalmente, o plano em ação, junto com a ALN. Dia 11 de junho, Bacuri no comando (tinha desmembrado a REDE, sua organização), é a vez do embaixador alemão. Exigem quarenta presos em troca. Nos jornais do dia 12, a manchete: "Terror seqüestra embaixador". E a suspeita de que Lamarca comandara a ação de nove homens e uma loira; suspeitas do inspetor Sena da Polícia Federal.

```
             ESCLARECIMENTO
     assinado pelo Comando Juarez de Brito
               VPR — ALN

Lamentamos que mais uma vez sejamos obriga-
dos a recorrer a métodos que sempre procu-
ramos evitar. No entanto, enquanto patrio-
tas estiverem sendo torturados e mortos nas
prisões, não teremos escolha, mesmo sabendo
que estão em risco a integridade física e a
vida de pessoas não diretamente envolvidas
na luta revolucionária.
Se antes considerávamos diretamente culpados
pelo que ocorre atualmente com o povo bra-
```

sileiro apenas os países representantes dos grandes grupos econômicos internacionais, que participaram do golpe de 64, hoje consideramos também a omissão de todos os países que assistem passivamente ao desrespeito aos mais elementares direitos humanos em nossa pátria. As regras de luta estão sendo impostas pela ditadura. Apesar disso, não recorremos aos métodos desta, pois nossa dignidade moral não o permite: orgulhamonos de morrer em combate. Durante as negociações para a troca de prisioneiros políticos, exigimos:

A. Que todas as buscas e tentativas de prisão de combatentes revolucionários sejam imediatamente suspensas.

B. Que cessem imediatamente as torturas de nossos companheiros nas prisões e quartéis de todo o país.

C. Que o nome de qualquer combatente preso durante este período estará acrescentado, necessariamente, à lista por nós pedida.

Todo combatente torturado será libertado. Todo patriota assassinado será vingado. Todos responderão por seus atos, policiais ou não, traidores e delatores.

OU FICAR A PÁTRIA LIVRE OU MORRER PELO BRASIL
OUSAR LUTAR, OUSAR VENCER

O PREPARO DO HOMEM
relatório do II Exército
(CONFIDENCIAL)

A tropa empregada na área de operações era oriunda de quase uma dezena de organizações militares, constituindo assim um grupo heterogêneo quanto à formação, ao adestramento e à subordinação.

As características da operação que, na realidade, não eram de uma operação de contraguerrilha, e sim um tipo de operação policial para captura de fugitivos, para o qual o Exército ainda não dispõe de experiência, acarretou a necessidade de se improvisar e de criar alguns métodos. A tropa empregada, apesar de ter tido alguma instrução antiguerrilha, evidenciou que a instrução recebida fora insuficiente ou mal ministrada. Particularmente no que se refere à execução de patrulhas, vasculhamento e serviço em campanha.

Além disso, o desconhecimento da área, aliado à falta de cartas atualizadas, em contraste com os terroristas, que já a conheciam, dificultou a perseguição e a busca do inimigo. Vários aspectos têm que ser considerados na preparação do soldado para a contra guerrilha:

• O condicionamento do homem para que acredite e se disponha a fazer esse tipo de luta. Ele tem que ser motivado. De um modo geral, nas ações de patrulha, em qualquer parada para descanso, o homem se deitava, abria o blusão e esquecia da arma sem a menor preocupação de segurança. Também nas esperas monótonas de cerco e guarda, os homens se distraíam.

• Como solução imediata, tudo parece indicar a necessidade de profissionalização de parte do Exército.

Repensaram a tática antiguerrilha e fortaleceram os grupos paramilitares, dando carta branca aos esquadrões e torturadores do DOPS, do DOI-Codi e dos centros de informação do Exército, da Marinha e da Aeronáutica que, em vez de partirem diretamente para o confronto, priorizavam os informantes, delatores, agentes infiltrados e contra-inteligência. Profissionalizaram o combate à subversão e, você sabe, funcionou. O jogo virou. O que um ano antes eram só vitórias esmagadoras da guerrilha, assaltos a bancos a torto e a direito, roubos de armas, bombas em quartéis, justiçamentos, seqüestros de diplomatas, agora, só derrotas. A revolução popular com os dias contados.

Alguém esquecido. Ou melhor, o corpo de alguém. O tenente Alberto Mendes Júnior, pego como refém, oficialmente desaparecido.

Quanto aos guerrilheiros?

Edmauro Gopfert, José Araújo Nóbrega, José Lavechia e Darcy Rodrigues, presos durante a operação, foram trocados pelo embaixador alemão. Surpreendentemente, Monteiro não foi incluído na lista. Acusação: falou demais na tortura. Logo ele, que quase nenhum erro cometeu. Monteiro amargou uma cana de cinco anos. Está vivo até hoje. Gopfert morou anos em Cuba, treinando para a guerrilha. Foi depois para a Venezuela, Portugal, largou a organização e está por aí, vivo, velejando pela baía de Angra. Nóbrega, que morou na Suécia, chegou a ser dado como morto. Na verdade, mataram o estudante paulista Eremias Delizoikov num tiroteio no Rio, e enterraram-no com o nome de Nóbrega. Só quando Nóbrega voltou do exílio, em 79, a família de Eremias soube da morte do filho. Lavechia é o único na lista de desaparecidos. Dos que romperam o cerco no dia 31 de maio, Diógenes, Ariston, Fujimori e Lamarca, só os dois primeiros sobreviveram; Fuji morreu no final do ano.

Gilberto Faria Lima, o "Zorro", dadas as habilidades no campo, garoto que corria, pulava, marchava como poucos, indicado por Bacuri para o treinamento, quadro importante da REDE, garoto com futuro. Chegou são e salvo em São Paulo.

VPR e REDE com quedas. Foi para o Rio e contatou a ALN. Chegou a fazer parte de algumas ações. Tudo indica que foi preso. Final de 1970, solto, voltou pra São Paulo e encontrou casualmente com Devanir do MRT na rua. Pediu guarida. A ALN pede para ele sair do Brasil por conta própria. Gilberto acaba indo sozinho pro exílio. Contata brasileiros na Argentina, os mesmos que desapareceram em 73. Acredita-se que ele estava no grupo e foi preso e morto. Mas sua irmã recebeu uma carta dele em 75, de um país de língua francesa. Em 79, um general que não quis se identificar para um jornal, afirma que Gilberto era agente duplo. Pode estar vivo até hoje, com outra identidade. Pode ter sido eliminado, queima de arquivo. Pode tudo.

Em Jacupiranga, o ex-prefeito Maneco de Lima, torturadíssimo, ficou esclerosado depois de um derrame; cadeira de rodas. Até há pouco tempo, ouvi dizer, não fala, não atende à porta, e mal sai de seu sobradinho amarelo sempre de portas e janelas fechadas, no fim de uma rua de Jacupiranga.

E aqui em Eldorado, ouvi muita gente dizer que Lamarca não está morto nem nada, o homem tinha pacto com o demônio, deve estar tranqüilo com uma arma na cintura e um livro na mão, escondido num canto do país, é o que o povo comenta, e ai de quem disser que não. Ninguém daqui odeia o tal Lamarca; é só perguntar. Sua coragem era admirada. Sabem que era alguém tentando mudar as coisas, alguns sabem o quê, a maioria pergunta que coisas?

Tem alguém perdido na história. Tia Luiza?

Bem.

Nesse mesmo maio de 1970, sumiu do mapa, assim. A bomba só estourou em junho, quando meu tio abriu o jogo comunicando o sumiço. Ninguém sabe o que realmente aconteceu, se brigaram ou não ou o quê. Na família, trocas de telefonemas diários, férias canceladas, reuniões e fofocas. Pouco a pouco, tio Pedro foi contando, e os boatos aumentando. Mas ela não fez as malas nem nada, nem disse que ia sair, nem teve uma última conversa com seus três filhos, explicando a decisão?! Nada disso. Simplesmente sumiu, deixando pra trás seu companheiro fiel, o Karmann Ghia vermelho. Tema tabu, até hoje não sei detalhes.

Tempos difíceis, histórias nos jornais, e aventaram a hipótese de ela ter se engajado na chamada subversão, juventude revolucionária, uma terrorista! Não contei a ninguém que a encontrei aqui na fazenda naquele maio; talvez eu tenha sido a última pessoa da família a vê-la. E mesmo minha avó choramingando pelos cantos, tio Pedro inerte, meu avô com dificuldades de raciocínio, a família em choque, fiquei na minha, não disse nada, não ajudei, é isso aí.

Chegaram a procurá-la em hospitais, delegacias, IML. Contataram os amigos. Apareceu do nada um tal general, amigo de fulano, que sabia de tudo. Foi ele quem sugeriu que ela poderia ter entrado na clandestinidade, se juntado a uma organização marxista, escondida num aparelho, participando de ações, colaborando com o terror, coisa também comum na classe alta. E a primeira vez que, na família, ouviram-se palavras como clandestinidade, organização e aparelho.

Basta? Não. Uma rede de informantes nos cercou. Espíritas que se ofereciam para fazer contato. Bruxos, macumbeiros, esotéricos. Militares com informações sigilosas que, depois de bem pagos, sumiam do mapa. Amigos de militares, jornalistas, diplomatas, juízes, todos diziam conhecer alguém. E cada um vinha com uma versão. Um enviado do bispo de Santos praticamente se mudou para a casa da minha avó. E não faltaram despachos em encruzilhadas e viagens astrais. Chegaram a pensar que ela tivesse sido seqüestrada pelos tais terroristas em troca de dinheiro. Mas nenhuma mensagem ou manifesto ou telefonema exigindo resgate.

Para engrossar, a família ficou sob suspeita, tal negócio, de vítima a ré. Desconfiaram das ligações que tínhamos no Vale. Fomos seguidos, telefones grampeados, e aquele conserto da TELESP em frente de casa que nunca acabava. Tio Pedro e os filhos se mudaram para a casa de meu avô, em Higienópolis. Parou de trabalhar. Anos em frente à TV, sem sapatos e de pijama, matando o tempo com palavras cruzadas. Os filhos cresceram, meus avós morreram, e ele lá, a postos na poltrona, controle remoto ao lado, sem se enjoar das palavras cruzadas nem da TV.

Encontrei tia Luiza um ano depois, surpresa? Em 1971, e é a primeira vez que falo nisso, quer dizer, segunda. E não sei por que nunca contei, segredo só meu e meu. Minha avó morreu há um mês. Minha avó morreu e quase ninguém sofreu, preferindo vê-la livre da esclerose que a deixara irreconhecível. Morreu, e achei que já era tempo de contar meu encontro com minha tia. Deixei minha avó ser velada, enterrada, missa de sétimo dia, coisa e tal. Então, agora, faz uma semana, agorinha, fui até a casa em Higienópolis, casa descuidada, parede descascada, jardim maltratado, mofo, sujeira, o passado que não descansa. Tio Pedro nela com a empregada de anos na família. Apareci sem avisar. Campainha, a empregada atendeu, me abriu a porta, deixou o caminho livre. Na sala decorada pela minha avó, tio Pedro em frente à TV, lia o quê? Palavras cruzadas preenchidas. Como sempre abatido, pijama imundo, barba e cabelos por fazer.

Não se levantou e não tive dúvidas: desliguei a TV. Levantou os olhos assustado. Primeira vez que alguém fazia aquilo, desligava a TV. Sentei à sua frente, e ele murmurando, apontando, a TV, a TV!

— Tio Pedro. Vou interromper sua leitura, sua TV, porque temos uma longa conversa, queria que você prestasse bem atenção, está prestando, não é?

Me vi como se estivesse falando com uma criança, e era, afinal, o tio Pedro, e eu um sobrinho. Temia estar perdendo meu tempo, por isso fui direto:

— Encontrei tia Luiza depois que desapareceu.

Caiu a revista de palavras cruzadas. Pensei em parar, virar as costas e deixa pra lá, coitado do cara, depois de tantos anos, pra quê? Guardando um segredo, nem sabia por onde começar. E nem sabia se deveria. Mas fui:

— Até ajudei ela a fugir.

Caiu o controle remoto. Voltou a empregada com uma bandeja. Nela, jarra com suco de laranja, bananas secas, biscoitos, queijo branco e uma fatia de um bolo antigo, já seco.

VÉRTICE 3

Tomei um pouco do suco, comi uma banana seca, experimentei o bolo seco, engasguei, tomei mais um pouco do suco e respirei fundo. Me encostei na poltrona e me abri, já que tínhamos toda a tarde. Dei, então, um pedaço do passado, como ninguém havia feito. Toda a história que não viveu, mas cujos fantasmas rondam e instigam.

— Que tal me ouvir, que tal agora? Você se lembra?... É claro que se lembra, daquele verão, 1970, ou melhor, de depois do verão, o Exército cercou Lamarca, peguei hepatite, eu mais alguns meses na fazenda não fazendo nada, quer dizer, toda aquela agitação em volta, eu...

Não sabia por onde começar, e como não tinha mesmo um ouvinte atento, tudo bem, não precisava me preocupar com a ordem cronológica.

— Eu estava na torre do lago. Era a época que os guerrilheiros fugiam, marchando para o lado da Apassou. Tia Luiza apareceu na fazenda, logo depois que te deixou.

Inclinou-se para ouvir melhor. Tinha, sim, um ouvinte atento.

— Era maio, um vulto que vinha vindo do lago, meio da madrugada, e subiu as escadas da torre, esbarrou comigo e não disse "a". Estranho. Não eram férias nem nada, e o que ela fazia por lá com aquela movimentação de tropas?, estradas fechadas, quer dizer, só a BR, mas tinha barreiras em todos os cantos, aviões soltando bombas, ora o perigo. Tia Luiza, sei, surpreendia, mas não a ponto de uma visita num dia de semana que, aliás, nem visita era, só eu vi, ninguém viu, e não vi mais. Ela passou por lá, depois, tiroteio em Eldorado, depois voltei pra São

Paulo na seqüência. Eu perdendo o ano letivo, voltei pra São Paulo, e duas coisas na minha cabeça: estudos e notícias da guerrilha, que acompanhei do começo, que larguei no ponto alto. Vá lá, mergulhei de cabeça nos estudos, porque a opção era rachar e não outra; repetir de ano. E por outro lado, acompanhar as notícias. Logo cedo, ia à banca, naquela esquina perto de casa, a da Consolação com Oscar Freire. O dono nem suspeitava do moleque de 15 anos, todas as manhãs, folheando jornais; por vezes, não comprava nada, por vezes tudo. Mas começamos a ser seguidos em São Paulo, lembrou, do conserto da TELESP que nunca acabava, lembrou? Por via das dúvidas, O.K., deixei de ir à banca. A empregada ia, encarregada de me comprar, todos os dias, *Estadão, JT, Folha* e o *Correio*. E a *Folha da Tarde*. Com isso, adeus às minhas economias, dinheiro dos aniversários e Natais. E com isso, me inteirando, juntando dados, o que tinha acontecido no Vale, o que acontecia no Brasil, procurando nas entrelinhas a existência de uma procurada nome Luiza da Cunha, alcunha desconhecida que depois vim a saber: Glória. Comecei a coleção de artigos, guardados numa pasta escondida no fundo do armário, coleção que existe até hoje. Pelo *JT* de 4 de junho, os guerrilheiros ainda estavam no Vale. Boatos de Lamarca ter fugido antes, num helicóptero marrom e preto, ou num Karmann Ghia vermelho! Mas tia Luiza tinha deixado o Karmann Ghia com você. Mas eu não sabia, ninguém nunca soube, do dia exato em que ela te deixou. Você nunca falou, ah, desculpe, tio, falar deste modo... Já faz anos, mas o controle dos dias, das horas, é fundamental. Confie, eu chego lá. Dia 12 de junho, a notícia do seqüestro do alemão. Manchete em todos os jornais. Eu juntando as peças. Em setembro, descobrem, finalmente, o corpo do tenente Mendes Júnior, morto a coronhadas quatro meses antes e enterrado numa cova na serra da Macaca.

O crime chocou, lembra? Assunto diário. Nos jornais, nota oficial da PM: O tenente foi morto por Carlos Lamarca, Ariston Lucena, Fujimori, Gilberto Faria Lima e "Araújo"; ainda não tinham identificado Diógenes, talvez já preso, incomunicável, levando pau num pau-de-arara, e a nota oficial despistando prisão não-oficial, complicado, não? Não. Para a repressão, quanto menos soubessem das prisões, mais chances tinham de pegar outros, sofisticado jogo de gato e rato. Vai acompanhando, tio.

Enterro do tenente Mendes Júnior, novo herói da pátria. Presença de políticos e militares; até hoje, seu túmulo, mausoléu de mármore preto no cemitério do Araçá, tem a guarda constante de dois PMs. Chegaram a condecorá-lo capitão depois de morto.

Ariston Lucena tinha sido preso casualmente em agosto, três meses depois de romper o cerco no Vale. Foi no dia de seu aniversário de 19 anos que foi levado de volta para o Vale, para localizar o corpo. Reconstituíram o crime. Foi o coronel Erasmo Dias, pessoalmente. Reconstituiu tudo, do cerco em Capelinha à marcha até Barra do Areado. A carona no caminhão dos Pedroso até Eldorado. Reconstituiu o tiroteio, a fuga até Sete Barras, a nova entrada na mata, serra da Macaca, a morte do tenente, o rompimento do cerco. Erasmo fotografou tudo. Era, foi, sua última missão. Era como se quisesse entender o fracasso da operação. Era, foi, é, sua última obsessão.

O corpo do herói Mendes Júnior, recebido na entrada do quartel-general da PM de São Paulo pelo comandante da corporação. Foi levado para o Batalhão Tobias de Aguiar, ali na praça Tiradentes, num cortejo escoltado pela PM. A banda, marcha fúnebre. O caixão, exposto no pátio do batalhão.

```
                NOTA OFICIAL DA PM
    discurso proferido pelo tenente-coronel
              Salvador D'Aquino
                setembro de 1970

Não ficareis impunes por este sacrifício,
roubastes um filho de um lar, mas a justiça
tarda, mas não falha. Não medis as conseqüên-
cias de vossos desatinos, porém tereis o
fim daqueles que traem a pátria, pois sois
os párias da nação, parasitas, denegridores
das instituições nacionais, e o sangue do
jovem derramado servirá de estímulo àqueles
que vierem após vós. E fazendo nossas as
palavras do poeta paulista, "morrestes jo-
vem para viver sempre".
```

Às 14 horas, o enterro no cemitério do Araçá. O cortejo parou
São Paulo. Vieram a pé da praça Tiradentes, acompanhados
por batedores e a banda de música; uma escolta a cavalo guar-
necia o corpo. No cemitério, o clarim tocou, quebrando o
silêncio.

```
           DISCURSO PROFERIDO PELO
           PREFEITO DE SÃO PAULO
               sr. Paulo Maluf
                setembro de 1970

Alberto Mendes Júnior receberá o nome de
uma rua da capital para que seu exemplo
de desprendimento e de amor à pátria fique
eternamente consignado nos anais da cidade
que o viu nascer.
Exemplos como o do tenente Alberto de amor e
lealdade às instituições devem ser gravados
de forma perene, a fim de que sua conduta
sirva de estímulo não só aos homens de ago-
ra, mas também às gerações que hão de vir.
```

A guerrilha aos pangarés. VPR não mais a mesma; contava com o quê, vinte, trinta guerrilheiros? ALN aos trancos e barrancos, sem dinheiro, sem gente, sem o apoio logístico dos milhares de simpatizantes que agora se escondiam de medo, ou já tinham se mandado do Brasil. Lamarca recebe a visita de Câmara Ferreira, herdeiro de Marighella, que faz a proposta, a união de forças. Ferreira oferece o comando militar da revolução para Lamarca; ele, Ferreira, ficaria com o comando político. Encontram-se várias vezes num aparelho aqui no Jabaquara. Lamarca tinha topado, ficaria com o comando da guerrilha rural no Pará e comunicou a decisão ao líder da ALN. Três dias depois, Câmara Ferreira é morto pela mesma equipe que matou Marighella. Novamente a ALN sem liderança. Pânico. Os poucos remanescentes disputam a liderança, partem para o terrorismo como arma de luta, chegam a matar um ex-companheiro. O apoio internacional da ALN some.

O Conselho da Segunda Auditoria do Exército, em SP, condena à morte Ariston Lucena, Diógenes Sobroza e, à revelia, Gilberto Faria Lima, pelo assassinato do tenente Alberto Mendes Júnior. Anos depois, a sentença foi comutada pelo STM para prisão perpétua. Depois, a pena foi reduzida para trinta anos. Diógenes ficou no presídio Barro Branco, em São Paulo, até o começo dos anos 80, e Ariston saiu um pouco antes, sob liberdade condicional.

```
           AO POVO BRASILEIRO
             setembro de 1970

   Depois de ser preso em São Paulo e violen-
   tamente torturado durante 15 dias, o compa-
   nheiro Ariston Lucena conduziu a Polícia
   Militar ao local do justiçamento do tenente
```

Mendes Júnior. Consta que Ariston esteja aleijado; ao mesmo tempo em que a repressão fazia o enterro do tenente, torturava Ariston. Enquanto estávamos na região próxima de Sete Barras, assistíamos aos roubos que a tropa fazia nas plantações, e às humilhações por que passavam os trabalhadores da região. O Exército demonstrou capacidade apenas de aterrorizar a população. Aprisionou um casal que tentou nos ajudar, torturou-os e matou-os, e para justificar esses crimes, passaram com uma viatura sobre os cadáveres mutilados, para dar a impressão de que tinham sido atropelados acidentalmente. Temendo que a população nos apoiasse, passaram a bombardear e queimar com napalm grandes regiões, aterrorizando a população, que começou a abandonar a área. Afastamo-nos da região, evitando o combate, para a população não sofrer represálias. As Forças Armadas têm à sua disposição toda a imprensa, que é dominada pelos americanos, e mentem diariamente para enganar o povo. Falam em segurança, mas não conseguem fazer a própria segurança — já mataram 18 pessoas que passavam em frente a seus quartéis. Falam na pátria e a entregam aos americanos. Conduzem para a luta os soldados, iludindo nossos jovens, filhos de trabalhadores, fazendo-os escudos dos oficiais conscientes traidores da pátria, inimigos da classe operária. Fazem propaganda enquanto gastam 40% da renda nacional, e enriquecem com o sofrimento do povo.

Ousar Lutar, Ousar Vencer
VPR — Carlos Lamarca

A guerrilha se isolava. Dia a dia, uma queda e uma rede de prisões. Na imprensa, poucas notícias; já não eram tantos os assaltos ou ações revolucionárias. Os bancos se encheram de seguranças bem armados. Assaltar um deles, tarefa difícil agora. Passaram a assaltar supermercados, lojas, que rendiam pouco. Em dezembro, chega a vez de Yoshitane Fujimori, morto numa emboscada no Bosque da Saúde. Tinha ido a um ponto, mas a quantidade de vendedores de sorvete e pipoca e transportadores de mudança, disfarces da repressão, chamou a atenção. Fujimori quebrou as regras e ficou dando voltas ao redor da praça. Queria ver que companheiro tinha caído e entregado o ponto. Um agente desconfiou e anotou o número da placa. Eduardo Leite dizia: Uma placa pode acabar com uma organização. Dia 5 de dezembro, patrulha do DOI-Codi viu o carro na Vila Mariana. Fujimori foi perseguido. No tiroteio, morreu. No final do ano, Eduardo Leite, o Bacuri, que, depois de preso e torturado, foi morto; seu corpo encontrado sem os olhos e a boca rasgada. Nova fase da repressão: com a quantidade de presos trocados nos seqüestros, passaram a eliminá-los, por vezes desaparecendo com os corpos. Simples, não? Em média, a vida útil de um guerrilheiro era de um ano. Lamarca durou três. Dos que combateram no Vale, era o único ainda livre no Brasil. Contou com a sorte; várias vezes abandonou um aparelho às pressas, várias vezes não foi preso por minutos, sangue-frio, desconfiado, zeloso, o inseparável revólver Colt 38, a paciência e a disciplina. Caíram dois grandes companheiros: Bacuri e Fujimori. Seu final de ano não foi dos melhores. Que tal mais um seqüestro para contrabalançar as perdas? Só mais um, e brindemos depois a chegada do novo ano. Dezembro, férias, verão de 1971. Seqüestram o suíço. Revolucionário não tem férias.

Verão de muita expectativa para nós, da família, está lembrado? Voltaríamos ao Vale onde tudo aconteceu. E a chance de ficarmos juntos em torno da dor do sumiço da tia... Desculpe. Eu, particularmente, a esperança de encontrá-la por lá. Nós, acho que agora posso falar, a esperança de que você finalmente abrisse o jogo e contasse a verdade, por que ela se foi e quando. Viagem inesquecível, em caravana pela BR, não é? A primeira vez que isso acontecia, seis ou sete carros em fila, paramos no Posto da Xícara, e não aquele grupelho de pestinhas incontroláveis, mas um grupo solidário, lúcido, sentimental, maduro. O assunto? Não as encomendas de Natal, mas como ajudar, consolar um ao outro, superar. E, claro, você se lembra, o gado Alberdeen Angus, novo investimento da família, que encomendado há meses estava por chegar. Duas mil cabeças vindas do Uruguai em caminhões, que loucura, não? Hoje, olhando pra trás, se vê o quanto vovô ousava. Mudaria tudo, deixando em segundo plano a banana e a laranja, priorizando gado de corte, de um gado que nem existia no Brasil, mas que ele garantia que se adaptaria fácil. E tinha ido pessoalmente ao Uruguai fazer a encomenda. E o que eram laranjais, pastos; imagine nosso estado...

Em Jacupiranga, nenhum sinal da presença do Exército. Nenhuma melhora na estrada para Eldorado. E em Eldorado, o bar do Zeca França crivado de bala; ficou assim tanto tempo, talvez para homenagear a cidade que combateu Lamarca com os próprios meios.

No dia seguinte à chegada, todos na piscina. Sóbrios e tensos; ninguém se sentia no direito de farrear enquanto vocês, ah, sei lá, sem notícias, sem saber o que fazer, nunca nada de ruim tinha acontecido, isso mesmo, estávamos em choque. Uma caravana aos novos pastos organizada, e até que se tentou um brinde à nova era do gado de corte. Os pastos, antigos laranjais ainda em cinzas, ardendo. Não era o retrato de um bom começo: colunas de fumaça, madeira estalando e tocos ainda em brasa. Você, tio, estava, mas não estava, estava em outros pensamentos, e ficou tanto tempo sem abrir a boca, sem escutar, vendo sem ver. Tive tanta pena, tio...

Chegou o gado. Caminhões e caminhões, uma gente nova arregimentada, caminhoneiros, vaqueiros, veterinários, um animal novo, agitação: pessoas da cidade vinham conferir. O gado sendo despejado nos pastos antigos. Pouco a pouco, sendo acomodado nos novos. E isto durou o quê, vinte dias? Até o Natal. O gado lá, e nós na mesma. O gado nos pastos, e nós ruminando. Aquele gado engordando não trouxe nenhum conforto. Ninguém ousou colocar um disco na vitrola. Quando conversávamos, murchávamos, um velório. Nada de brindes nos jantares. Gargalhadas? Natal burocrático. Os poucos presentes distribuídos rapidamente. Sentíamos falta de tia Luiza, ninguém admitia, mas saudades, era ela quem dava calor àquelas férias de verão, era ela quem agitava, provocava, e não cabeças de Alberdeen Angus de um país frio.

Nada acontecia e me envolvi numa missão especial. Andei pela região perguntando pelo desfecho, interrogando amigos e desconhecidos, também procurando o paradeiro de uma mulher entre os 30 anos, morena, pele branca, baixa estatura, guiando um Karmann Ghia vermelho. A passagem da repressão criou traumas. Inimizades. Quem foi dedurado acusou os delatores. Inocentes torturados, puxa-sacos promovidos. Todos suspeitaram de todos e evitavam comentar vidas alheias. Era só me aproximar e perguntar que, em posição de defesa, desconfiados, repetindo sei não, sei de nada não, não sei.

Quem mais me ajudava, Josimar, sabe quem? Não, você não tem idéia, mas meses antes apontei uma espingarda para ele e puxei o gatilho; a bala resvalou na pilastra. Josimar, meu maior inimigo, que acabou virando amigo, dos maiores. Com seus contatos, procurávamos coletar informações sobre ela, tia Luiza. Tão imbuído na missão quanto eu. E seu desânimo tão grande quanto o meu quando ouvíamos repetidamente não sei, sei de nada não, sei não.

Eu andava pouco na fazenda. Evitava vocês, os primos, evitava as reuniões na torre do lago, onde antes planejávamos retaliar contra a turma da cidade baixa. Evitava o clima. Você se lembra do réveillon sem vivas, da piscina sem música, do lago vazio... Abriram as comportas. Seguiam ordens do vovô, com certeza, e esvaziaram o lago. A primeira vez que vi aquele lago vazio, enorme buraco de lama, uma cova. E sumiram os pássaros, os peixes e o misterioso jacaré. A lancha jogada num canto, os esquis se empoeiraram e a madeira do deque apodreceu. Um verão que não deixou saudades, nada aconteceu; só o gado engordava, procurando se adaptar ao clima. Vocês ficaram pouco; deixaram o gado entretido e voltaram pra São Paulo para continuar as buscas, os contatos. Tia Alda ficou responsável por nós, logo ela, sem o menor tato, quer dizer, tomar conta é força de expressão, já que éramos adolescentes e bye bye bagunças: passávamos a maior parte do tempo jogando conversa fora, jogando sinuca e pingue-pongue, jogados à sombra. E, evidente, como sempre, os cigarros.

À noite, lá no terraço, havia um jogo: o escravo. Sorteava-se quem os senhores quem os escravos. E cada senhor com o seu, por meia hora. Numa segunda rodada, invertiam os papéis. Faça tudo por mim, para mim, vá lá, vem cá, fale a verdade, só a verdade.

Nelena foi minha escrava. Fomos para o gramado, a sós, sentamos, perguntei e perguntei. Teria de me responder. Me contou que já tinha tido seu homem, e Nelena tinha o quê, 14 anos? Descreveu a primeira vez, o medo, a dor, a pressa num laboratório de biologia, alguém poderia entrar, e estava para contar da segunda vez quando o prazo acabou. Voltar para o terraço e respeitar as regras, ser seu escravo na próxima rodada, e fui. Voltamos para o gramado para o segredo amadurecer. Ficou chocado?, me perguntou. Não, quer dizer, não sei, você é tão novinha... Foi bom te contar, ela disse, precisava contar a alguém e você é confiável... Então fiquei sabendo da segunda, terceira e outras vezes, na casa dele, o namorado, com os pais viajando, e era, pelo jeito, sério, e desaprendi a falar. Não sei exatamente se ciúme. Ciúme reduz. Eram coisas, inveja do tal que tinha uma Nelena, enquanto eu, nos meus 15 anos, mau tempo, mal conseguia me organizar ou me comunicar, timidez, estar mergulhado nos estudos, insegurança, por não me achar atraente o suficiente, complexos, por me achar esquisito sem nexo, e todos diziam isso, que eu era esquisito, diferente, solitário, introvertido, travado, fechado, impenetrável, amargurado, tenso, depressivo, desinteressante, apagado, um zero, um ninguém. Eu? Ciúme não. Nelena minha prima, nada de planos, primos não se envolvem demais da conta, parentes, primos, sem planos.

Mas por que estou contando? Tio, tudo me aconteceu de repente, eu no olho do furacão, preciso falar. Você é testemunha silenciosa do mundo desabar, parte interessada. Eu garoto descobrindo alguns segredos, desamor e amor, saudade e angústia, tudo ao mesmo tempo, em teste minha lealdade, uma moral desabrochando, aprendendo na marra, e é claro, não podia deixar de acreditar que uma coisa se ligava à outra, que tudo fazia parte de um mesmo processo, que o desaparecimento de tia Luiza tinha sentido, tinha algo a dizer, que meus amores idem, que o mundo é uma conexão única de desastres favoráveis ou não, que o que acontecia aqui dependia do que acontecia fora, e isto está claro hoje em dia. Nada é um fenômeno isolado. E preciso falar, provar se o acaso existe ou se estava tudo predestinado. Preciso falar, tio, para descobrir a relação entre mim, Lamarca e tia Luiza, se é que existiu, eu, o fora de casa e o dentro. E você, por tantos anos, foi tão leal a ela que morreu com seu sumiço, não? Agora vai, eu vou me abrir, sem medir.

Vê? Nelena agora mulher apaixonada, sei porque conheci o sujeito, vi os dois juntos, e aquilo não era outra coisa. Foi depois deste verão de 1971, quando já estávamos de volta a São Paulo; a fazenda para o bucho cheio dos Alberdeen Angus. No meu aniversário de 16 anos, aproveitei para dar uma festa, planejando o encontro, eu com o tal namorado. E Nelena faria 15 anos. Seria a nossa festa.

A velha história, recomendei a minhas irmãs e aos primos que trouxessem o maior número de amigos, amigas, namorados e namoradas, a casa cheia. Deixei claro que ela, Nelena, podia, devia, trazer o namorado, seria também sua festa, e podia convidar quem quisesse.

Chegou tarde, com o namorado. Não sei dar festas, nunca tinha dado; e nunca mais dei. Meus primos e irmãs, assíduos, sabiam como uma festa deveria ser: foram chegando e transformando o ambiente, enrolaram os tapetes, afastaram a mesa, depois arranjada com comes-e-bebes, espalharam cinzeiros, todos fumávamos, abaixaram as luzes, instalaram o som e fizeram a seleção musical sem me consultar. Ocuparam a casa e tudo bem, eram da família.

Triunfal, sua chegada: a casa abarrotada, a porta se abrindo e ela, Nelena, parou logo no hall e tirou os óculos escuros. Um chapéu cheio de flores, uma roupa estampada, colares e muitas pulseiras. Ninguém daquele jeito. E, claro, o namorado cabelos compridos até o ombro. Abraçou o namorado e entrou de uma vez, cruzou a pista de dança e veio direto, me deu um abraço, um beijo, e desejamos feliz aniversário um para o outro, me apresentou o cara, trocamos quatro palavras, e logo o puxou para a pista e dançaram por um bom tempo. O álcool subindo, e ninguém se incomodou com o casal dançando de braços abertos, passos extravagantes, rebolando e pulando mais que o normal, festejando cada mudança de música, caretas, zombaria, línguas e amassos no meio do salão. Estava escuro, rolando de tudo. Conseguia ver que era ela que liderava o tumulto, e não tirei os olhos do casal.

De repente, comecei a achar que ela fazia tudo aquilo para me provocar. Ela na dela, com o seu, dançando sua noite, e eu no meu aniversário, na festa do meu. Na nossa festa, tudo bem. Mas eu via em cada pequeno gesto ou movimento uma provocação. Não tinha o direito de fazer aquilo, de me deixar, o quê, enciumado? Inveja. E fiz o quê? Beber, encher a cara, e eu não era disso com bebidas, menor controle. E bebia mais que todos, perdi o controle, e quanto mais bebia, riam, e todos riam, me sentia bem: fazer os outros rirem, como é bom dar alegria. Por onde andava, cozinha, me esbarrando nos móveis da sala, no salão, eu era o centro das atenções e riam, o que me fez beber mais e mais, e quando me dei conta, estava na pista dançando sozinho, quer dizer, pulando, sei lá, não sei dançar, nunca soube, mas estava lá, a mil, esbarrões, rebolando, e quem mais me encorajava era quem? Nelena e o namorado. Me abraçaram. Os três abraçados no meio do salão, no tumulto, abraçados olhando o chão, os pés, um círculo, eu falava qualquer coisa, quase gritava, falava sem parar, enrolando a língua, e não sei direito o quê, mas era uma declaração de amor à vida, à família, a Nelena, ao seu namorado, à cidade, ao Brasil, à noite, ao dia, à chuva e ao que podia, e eles me apertavam, me apoiavam. Agarrei Nelena, e foi sem querer querendo, um beijo, um daqueles, apaixonado, de alma, corpo inteiro, de arrancar pedaço, de se enfiar dentro. O namorado? Ria, gargalhava. Assustado, me separei, e Nelena me buscou, me agarrou, nos colamos e continuamos, me beijou, sugou, buscou minhas forças e me entregou as suas. Tonto, me desgrudei, respirei fundo, me apoiei em alguém e fui abrindo caminho, abrindo caminho, o salão, o banheiro mais perto. Tranquei a porta e enfiei a cabeça n'água. Sentei no chão e fiquei um tempo, muito tempo respirando fundo, evitando desmaiar ou vomitar, me molhando, molhando a cabeça, não pensar em nada. Batiam na porta. Não saía do lugar. Insistiam. Não saí do lugar, não reagia, não fingia nem existia. Num dado momento, começaram a bater forte, insistentes e, num estalo, a voz de Nelena, se eu estava bem, se eu precisava, e respondia sem responder, até insistir pra eu abrir a porta, e só pensei em obedecer. Consegui me arrastar e destrancar. Entrou com o namorado. Passaram a chave. Sorri envergonhado e riram de meu estado. Ri encabulado e ela me olhou bem nos olhos, perguntou se tudo bem, e consegui dizer que tudo, enrolando a língua. Rimos. Ela foi para a privada e ali mesmo abaixou a calça e sentou. Disse que se não parássemos de rir não ia conseguir. Por educação, desviei o rosto. Ouvi puxar a descarga, esperei se vestir, e só então voltei a olhar. O namorado sorria, me piscou o olho, e parei de achá-lo um idiota: tinha um sorriso encantador. Ele na pia de mármore, com um cigarro apagado na boca, tirou um vidro de remédios e engoliu uma pílula. Ela foi até ele e pediu também quero. Ele fez que tudo bem e colocou uma pílula sob a língua dela. E eu?, perguntei, sem saber o que era, confiando que seria algo que me faria bem. Ele se aproximou, ia me dar, mas ela disse melhor não. E foi bom ter dito, eu iria engolir aquilo, ah, se iria, e iria ter um troço. Fiquei no canto e riram e ele tentou agarrá-la ali mesmo e ela não deixou. Ficamos ali. Batiam na porta e nós nem aí. Está bem, abriram a janela, ar puro, respiramos fundo, abriram a porta e eu melhor, bem melhor, fui com eles. Bem, não bem assim. É só isso: me joguei no primeiro sofá e apaguei. Só acordei com a empregada no aspirador de pó.

Com o tempo, virei companhia atração especial do casal. Ele tinha carro. Ela sempre ligava mandando me apressar que iriam passar para me apanhar. Saíamos os três, eu atrás, e rodávamos a cidade, à toa, os viadutos erguidos recentemente, a nova avenida, o tal prédio em construção, os painéis luminosos, o que mudou de mão para contramão, o novo desvio e a futura obra, reforma do túnel, praça que não existe mais, buraco do Adhemar, minhocão, elevado. Ele, mais velho, amigos mais velhos, conhecia de tudo, e eu nunca engolia aquela pílula, não que eu não tivesse curiosidade, e não que ele não tivesse me oferecido, mas ela quem dizia que não, e aceitávamos que melhor não; obedientes, confiávamos nela, que sempre sabia o que era melhor e pior para os dois, para os três: ele gostava de mim, seu oposto de roupas normais, cabelo curto, nenhuma experiência de vida e nada a oferecer. Eu gostava dele porque ele gostava de mim, e porque era meigo, gentil e mais velho, tinha carro, conhecia a cidade e muitos da cidade. Encerrávamos a noite no apartamento de amigos dele, perto de casa, ali na alameda Tietê. Tratavam Nelena e a mim como os mascotes. Casais, modelos, gente de teatro. Fumavam, bebiam, música, e falavam mal dos outros, de todos os outros, e quando um não aparecia, aproveitavam para falar mal desse. Aprendi ali boa parte das gírias da moda. E palavrões. Entravam em assuntos que eu não tinha a menor idéia, e mais observava que participava, mais ouvia que qualquer outra coisa. Talvez por isso Nelena me levava: também sem familiaridade, precisava de alguém de seu mundo. Uma presença constante, uma atriz ou modelo famosa lindíssima, que acho que fez um filme do Walter Hugo Khouri. Joana. Não me lembro o sobrenome, só Joana, e nem sei se atuou mesmo num filme, sei que era famosa em franca ascensão, em todas as revistas, um rosto lindo, moreno, quadrado, olhos negros, já havia posado nua, tremenda ousadia na época, e na maioria as reuniões giravam em torno dela, ela do sofá regia, inventava assuntos, interrompia, indicava a gargalhada, a hora que deveríamos rir, a hora que deveríamos abrir mais uma, a hora que deveríamos comer, apagar as luzes, abrir as janelas, dormir. O apartamento nem era seu, mas era o reino. Um grupo unido, às vezes dez, às vezes mais. Nunca me sentava perto; num segundo ambiente, distante, folheando uma revista, dedilhando o piano, mas sempre atento. Não bebia. Comia só depois de me oferecerem. Cigarros quando me ofereciam. Ia embora quando Nelena assim ditava. Nelena sempre abraçada ao namorado num sofá dentro da roda também não participava, mal abria a boca, e por vezes me olhava para se certificar de que eu estava à vontade, e eu mandava um sinal que tudo bem.

Uma noite, eu no meu canto em frente ao piano, todos na roda, quando pararam. Joana tinha me perguntado algo. Demorei pra sacar que era minha vez de falar, e a impressão de que a maioria, ali, sequer sabia meu nome ou tinha ouvido minha voz. Olharam pra mim, olhei pra Nelena, e ela não podia fazer nada, e bem que poderia ter chegado a hora de irmos, mas nada disso e eu teria de dar o ar da graça. Pedi pra repetir a pergunta. Acho que preciso me esforçar para chamar a atenção dele, Joana disse, e todos riram.

Pedi desculpas e fiquei arrasado, sempre estava atento, mas naquele momento não. Perguntou que tipo de música gostava, por que era tão calado, o que costumava fazer, e nos fins de semana, e respondi que gostava de Dorival Caymmi e Os

Golden Boys, e que estava no segundo colegial me preparando para estudar agronomia, e disse que eu achava que não tinha muito o que dizer, que meu sonho era ser um bom engenheiro e morar numa fazenda, e que nos fins de semana não fazia nada de mais. Me perguntou se gostava de teatro. Respondi que nunca tinha ido. Me perguntou os filmes que mais gostei. Respondi que ia pouco ao cinema, mas que gostava de Oscarito, Mazzaropi e filmes bíblicos que eram exibidos em Eldorado. Me pediu pra tocar uma música no piano. Eu disse que não sabia tocar, só ficava dedilhando. Me perguntou que mais, se tinha algum hobby, coleção. Disse que colecionava revistas que falavam dela, e perguntei se poderia autografá-las um dia desses; achei por bem não contar que colecionava artigos sobre a guerrilha, muito menos que tinha testemunhado a presença de Lamarca no Vale do Ribeira, que eu sabia o que tinha acontecido, o tiroteio em Eldorado, nem disse que estive com Lamarca, nem que havia uma guerra secreta acontecendo no país, e que havia indícios de tortura, coordenada pelo DOPS, e depois pelo DOI-Codi, nem que eu tinha montado um pequeno organograma numa folha de caderno das organizações que combatiam o regime, das fusões e rachas, das que pregavam a luta armada, VPR, VAR-Palmares, MR-8, MRT, PCBR, ALN, do PCdoB que não se manifestava, e que depois descobriu-se que montava bases e fazia trabalho de massas no Araguaia, e dos chamados reformistas que não entraram na luta, da AP ao PCB, dados que consegui filtrando notícias publicadas em revistas e jornais, escutando rádio, atento às entrelinhas, noticiários da TV e depoimentos dos arrependidos, nem falei dos depoimentos forjados, nem da existência de grupos que priorizavam a guerrilha urbana, enquanto outros preferiam o trabalho de massas, nem falei dos foguistas, que defendiam a idéia de que vanguardas revolucionárias levantariam o povo, e no vocabulário dos guerrilheiros havia expressões como aparelho, cair, justiçar, comando, coletivo, ponto, e que todos tinham pontos alternativos caso fossem pegos, que alguns chamavam ponto de polícia (para serem vistos pelo companheiro, que soaria o alarme), e que assalto era expropriação, que soldados eram os que tinham largado, mas achei por bem nem tocar no assunto, que na OLAS, em Cuba, decidiram começar o levante na América Latina, e que Guevara partiu para a África, depois Brasil e Bolívia, onde foi morto, coisas que eu sabia ouvindo a Rádio Havana Livre, que só pegava em ondas curtas e à noite, e que Marighella, da ALN, foi o representante brasileiro, que por isso alguns a consideravam uma organização vulnerável, por suas ligações com o PC, enquanto a VPR tinha rompido com tudo, mais clandestina, mais fechada, mais segura, mais leninista, grupos autônomos com dinheiro, armas, carros e serviço de inteligência, cada unidade de combate com 15 membros, de cada três unidades um comando, e unidades tinham independência de decisão, como o caso do seqüestro do americano, feito pela ALN e um grupo do Rio que se dizia ser o retorno do MR-8.

Joana fez alguma piada sobre eu pedir que autografasse as revistas, todos riram, eu inclusive, e mudaram de assunto, aliás, ela mudou, e deixei de dizer que o dever do revolucionário é fazer a revolução, e o quanto eu odiava tudo aquilo, que já tive Lamarca no campo de fogo, mas puxei o gatilho na pessoa errada. O diabo solto, a pureza perdida.

Me sentia bem naquele apartamento, não ligava a mínima ser uma carta fora do esquema, e quando Nelena se trancava com o namorado num dos quartos, eu ficava na sala assistindo com interesse às discussões às vezes intermináveis. Numa outra noite, eu no meu canto, Nelena e o namorado na roda e Joana no centro das atenções. Fui cobrado:

— Quando vai trazer as revistas para eu autografar? Estou ficando impaciente — e lógico que todos riram. Nem comecei, ela logo soltou: — Quais revistas você tem?

Me olharam, silêncio, aguardando a resposta.

— Várias — eu disse.

— E em qual delas estou melhor? — Joana insistiu.

— Aquela... *Manchete.*

— *Manchete?!* — arregalou os olhos.

— É, as fotos da *Manchete* são boas. As da *Veja* também. Aliás, todas são ótimas. Você está linda em todas. — Abri um sorriso amarelo.

O silêncio foi terrível. Ela virou-se e, irritada:

— Nunca saí na *Veja,* meu amor! Nem na *Manchete!*

Ninguém ousou me olhar. Ninguém ousou qualquer comentário.

Ela quebrou o gelo:

— Mas bem que merecia...

E deram risada.

Aproveitei a deixa para ir ao banheiro. Não tinha o que fazer no banheiro, mas também não tinha por que não estar lá. Fiquei muito tempo, alguém poderia querer entrar, e já tinha passado da conta. Saí do banheiro e acabei entrando num quarto vazio, mas não fechei a porta; era o quarto em que Nelena e o namorado costumavam se trancar. Nem acendi as luzes. Me deitei na cama, escuro, olhando o teto, escutando de longe as gargalhadas, e procurei me concentrar em outras coisas, decidido a só sair de lá na hora de ir embora. Pensei e concluí que estava fazendo a coisa certa com a minha vida, que tudo bem passar as noites com aquelas pessoas, aprendia coisas, que Nelena tinha juízo, e que tudo aquilo me lembrava tia Luiza, que ela e Joana seriam boas amigas, que era aquele o grupo ideal para ela, minha tia, conviver, não a família Da

Cunha, desculpe falar, não Eldorado, não nós, não é?, vamos ser sinceros, óbvio que ela não tinha ambiente entre nós, e comecei a imaginar onde ela estaria, já fazia mais de um ano, o que estaria fazendo, e me deu uma bruta saudade, saudade que nunca imaginei, e me arrependi de não ter ficado mais tempo com ela, não ter parado para escutar, não ter sido mais íntimo, e ela sempre à disposição, em tantos invernos, e eu mal a conheci, mal convivemos, tantos verões. Jurei que se a reencontrasse um dia, iria grudar nela, aprender tudo, fazer dela minha confidente, e ajudá-la em tudo, ser seu aliado, ouvir seus planos. Proporia uma aliança. Minha fortuna se ela aparecesse.

E milagre, alguém entrou no quarto, fechou a porta, e tive aquele momento de grau de um delírio meio dormindo meio acordado, e pensei, a instantes de um sonho, é ela! Mas não podia, claro que não, e achei, então, é Nelena, ainda em pé, encostada na porta, passou a chave, não acendeu a luz, não disse nada. Eu não disse "a" nem saí do lugar. Levantei a cabeça e procurei na escuridão, mas só um vulto, vulto que deu um suspiro, se aproximou devagar e sentou a meu lado. Pôs a mãos nos meus olhos, se certificar de que estavam abertos, e estavam. Perguntou, baixinho:

— Não tem medo? — A voz de Joana. — Podia ter uma faca na mão e te furar.

— Teria visto a faca brilhar.

— Podia ter um revólver.

— Teria visto brilhar.

— Podia te esganar.

E pôs as mãos no meu pescoço. Não disse nada nem resisti.

— Não tem medo? — perguntou.

— Nunca tenho medo.

— Ah, que homem... Posso?

E começou a apertar. Fiquei sem reagir. Não estava doendo, não estava me esganando, respirava com facilidade. Então apertou mais. Então, começou a doer, mas ainda respirava. Então, apertou forte. Doía, e eu não respirava mais. Mas continuei firme sem reagir. Continuou apertando, mais e mais, até afrouxar a mão e empurrar meu tronco. Fui me erguer mas não deixou. Escuro, mas luz pela veneziana, luz da noite: faróis, os carros, postes de rua, outras janelas, uma luz alaranjada, por vezes vermelha. Subiu na cama. Subiu em cima de mim, me imobilizando.

Por que comigo? Está vendo? Tudo ligado...

Tirou as mãos do meu pescoço; prontas para voltarem caso a presa, eu, quisesse escapar. Eu, imóvel. Tirou a camisa. A luz fraca mais vermelha agora delineou. Seria um fantasma, uma alma, não fosse o peso de seu corpo. Pegou meus braços e jogou-os pra trás. Deixei. Abriu minha camisa. Deixei. Passou e passando a mão em meu rosto, em meu peito, ombros, braços e inclinou a cabeça, jogando seus cabelos na minha cara. Deixei, fui deixando. A luz por trás, uma linha vermelha ao redor. Perguntou, baixinho:

— Então é um corajoso?

— Não, mas não sou medroso.

— Você me humilhou.

— Desculpe.

— Você não é ninguém pra me humilhar na frente dos meus amigos.

— É, eu sei, desculpe.

— Coisa feia, ntu, ntu, ntu... — e balançou a cabeça. — O que eu faço agora?

— Desculpe.

— Fala: eu sou um ninguém...

— Eu sou um ninguém.

— Não sou nada...

— Não sou nada.

Pegou minhas mãos e colocou-as no seu pescoço.

— Agora, você vai continuar, vai me matar — ela disse. Minhas mãos ficaram onde foram colocadas.

— Aperta! — mandou.

Apertei.

— Mais forte — pediu.

Mais forte.

— Força!

Juntei forças, encostei o dedão na altura da laringe e apertei com tudo. Seus olhos saltaram, o rosto inchou, gemeu, fechou os olhos, as rugas subiram, gemeu mais forte, agüentou até o fim, até arrancar minhas mãos. Abaixou a cabeça, e respirando. Retomou o fôlego, me olhou, o quê, um sorriso na cara? Do bolso da calça, tirou uma carteira de cigarros, fósforo, e acendeu. Tragada forte, jogou a fumaça na minha cara. Depois, o cigarro na minha boca. Dei uma tragada forte e joguei a fumaça na sua cara. Tirou o cigarro da minha, fez ntu, ntu, ntu, mais uma tragada, e bateu a cinza no meu peito. Riu. Não ri, assustado e sem ação, imobilizado sem reação. Deu mais uma, duas, três tragadas. Bateu a cinza no meu peito. Dei um tranco; viera junto a brasa. Fez cara de pena, peninha, ntu, ntu, ntu, cuspiu no queimado e espalhou a saliva com o dedo, ah, tadinho... Sorrindo, mais uma tragada, segurou o cigarro nas pontas dos dedos, a brasa na minha direção. Não, não vai fazer. Mas fez, fez que ia me queimar. Segurei seu pulso. Decepcionada, e inclinou um pouco a cabeça, ah, por favor... Continuei segurando seu pulso. Pernas abertas, nossos púbis colados num só, mexeu os quadris, um coito, o cigarro nos dedos, a brasa na minha direção, minha mão no seu pulso.

Parou de mexer e inclinou novamente a cabeça, por favor... Chantagem? Se eu deixasse, mexia os quadris, roçava, me faria gozar; é, faria. Ela roçando com força e parava. Eu perdendo o fôlego, a concentração, o domínio. Mexia e parava. Meu sangue, tesão. Tortura: era de matar! Acabei soltando seu pulso. Sorriu, voltou a mexer os quadris, vai-e-vem, sobe e desce, parou de sorrir, beiço, cortou o fôlego, vai-e-vem, suspirou, seus lábios engrossaram, pálpebras encolheram, um suor na testa, e foi abaixando a mão, abaixando o cigarro, apertando seu ventre com mais força, até encostar a brasa no meu peito. Dor grande e um tranco. Tirou rápido o cigarro, parou os quadris, ah, tadinho... Beijou a queimadura, lambeu, então sorriu, pegou minha mão, colocou o cigarro nos meus dedos, virou a brasa contra ela, jogou os cabelos pra trás, abriu os braços e estufou o peito. Mexeu os quadris e parou. Vai-e-vem, a segunda chantagem. Minha mão parada, o cigarro no ar, seu corpo. Mexeu de novo e parou, e só continuaria se eu encostasse o cigarro nela. Então assim foi. O cigarro em sua direção. Começou a mexer os quadris. Quanto mais perto, acelerava, meu sangue, meu tesão, o cigarro quase encostado, seus movimentos rápidos, constantes, vai-e-vem, ia e vinha, ritmo, ia e vinha, vai-e-vem, a brasa a milímetros, começou a tremer, suas mãos me apertaram, e encostei a brasa no seu peito, gritou! Tirei o cigarro, e ela desabou, respirando fundo, sussurrando qualquer coisa, sem fôlego, sem força, uma pedra úmida, macia, viva.

Tentaram abrir a porta, e nem nos mexemos. Esgotados, a porta trancada, começaram a bater e a me chamar: insistente Nelena chamando, hora de irmos. Me deu branco, e foi Joana quem gritou já vai, porra! Pararam de bater. Joana virou o rosto, tragou o cigarro, jogou a bituca no canto, se levantou, vestiu a camisa e se foi, deixando a porta aberta.

Dei uns minutos, me levantei, vesti a camisa, arrumei o cabelo, apaguei a bituca do cigarro que fazia um buraco no carpete e saí. Parei no corredor, levantei a camisa para ver a queimadura. Ardia. Coloquei a camisa para dentro das calças e quando entrei na sala, me olharam, e Nelena e o namorado em pé na porta. Joana de costas, preparando um drinque. O perfume e as ondas de seu corpo comigo, o peso e o sabor dele ainda, meus olhos inchados, roupa amassada, cabelo desalinhado. E Nelena irritada. Abriu a porta sem se despedir de ninguém. Acabei indo atrás.

No carro, Nelena não abriu a boca. Me deixaram primeiro, e mal se despediu.

Não nos vimos no dia seguinte.

Nem no outro.

Nem me ligou, nem liguei. Deu um gelo por um tempo. Voltei aos estudos. A rotina. Então aconteceu a tragédia, você se lembra. Notícias da fazenda, o gado morrendo. Vocês despencaram pra lá. Morriam às pencas, não é?, corre-corre, veterinários, operação de emergência, isolar os doentes. Daqui, atentos, esperando notícias, e chegavam as nada boas. Morreram dez hoje! Soubemos do cheiro que pairou sobre. Soubemos que não havia covas suficientes. Soubemos das escavadeiras que arrastavam num único bolo, ateavam fogo e a nuvem preta. Em um mês o fim, não foi? Morreram os doentes, mataram os poucos não, sem restar cabeça. Você sabe, abalou as finanças da família e foi para sempre. Mais umas férias, as de julho, canceladas.

Vovô, o gênio que nunca errava, e agora? Tinha ido pessoalmente ao Uruguai, pessoalmente escolhido o gado, depois de visitar fazendas e produtores, examinado animais e papelada, mas você sabe, a viagem interrompida, voltar ao Brasil repentinamente, alguém com informações sobre tia Luiza; alarme falso como sempre. Mandou tio Zé Carlos e meu pai para o Uruguai, prosseguir com a transação, pagar, adiantar os trâmites e despachar o gado para o Vale. E você sabe, tio Zé Carlos e meu pai, em segredo, trocaram por conta própria a encomenda, compraram o gado de outro produtor pela metade do preço, embolsaram a outra metade, roubaram a própria família, compraram o gado errado, de brinde a doença, e deu no que deu, só se descobriu tarde demais, quando vovô voltou ao Uruguai para reclamar com o produtor. Surpresa. Seus filhos não compraram do meu, aquele que o senhor tinha escolhido, mas do vizinho...

E Camões a não lhe deixar só: "daqui me parto, irado, quase insano, da mágoa e da desonra ali passada, a buscar outro mundo onde não visse, quem de meu pranto e de meu mal se risse..."

Depois da tragédia, meu pai e tio Zé Carlos sumiram por uns dias, vovô mãos abanando, quilos mais magro, um papagaio no banco, a fazenda hipotecada, o coração enfraquecido, o começo do fim, o que desuniu para sempre, marcas vivas até hoje. Morreu disso, não? Uma parte de nós ruiu junto. Uma parte de nós nos matou. Irmãos deixaram de se ver. Cunhadas sem se falarem. Primos se distanciaram. Proibidas visitas, telefonemas, recados, proibido citar nomes, lembrar, abrir álbuns de fotografia, proibido ser família.

Até o dia, bem cedo dormindo, acordei com a porta batendo. Nelena dentro, sentou na minha cama, parada sem abrir a boca, até chorar. Chorou, chorou, e quando abracei, chorou. Quando perguntei o que estava acontecendo, prantos. Limpei seu rosto. Pálida, soluçando, mãos trêmulas. Pode falar, fala... Voz amarga, tinha atrasado, e nunca atrasava, deu positivo, e sei lá o que era isso. Estava grávida.

Grávida?!

Desabei, olhei o vazio, e sem reação. Dizer o quê? Nem sabia se a abraçava. Uma doença ou o quê?

— Achei que nunca ia acontecer, fui adiando, sei lá, achei que não ia acontecer. Não quero que ele saiba — me olhou. — Cansou de me avisar, ofereceu ajuda, eu não queria, provar que eu sabia o que estava fazendo, que tinha controle. Me estrepei...

Ficamos no vazio.

— No que está pensando? — perguntou.

Não tínhamos idade para aquilo.

— Está bravo comigo?

— Não. Claro que não. Quer dizer... Não sei.

— Não fica bravo comigo, não você, eu faço o que você quiser, não fica assim... Fala, fala alguma coisa!

Chorou. Abracei. Encostamos cabeças. E pensei em tia Luiza.

— Do que a gente precisa? — perguntei a Nelena, organizar.

Então, como não falava, eu tive de, fui eu que trouxe à tona:

— Precisamos de dinheiro.

Levantou num pulo. Irritada, foi até o canto do quarto:

— Dinheiro pra quê?!

E meus pensamentos se desorganizaram, de volta à estaca zero, desta vez, eu num canto, ela no outro. Voltar ao estágio inicial, pois era eu quem teria de, não ela, sem cabeça para. Vamos lá, do começo.

Péssimo o clima na família, acusações, iminente falência, pânico: correndo aos bancos, cofres, contas no exterior e, na ponta do lápis, o quinhão que poderia ser salvo.

Melhor ela não sair do quarto. Eu tinha aula.

Ajuda de alguém, quem?

Não podíamos contar a ninguém.

A agir. Liguei pra tia Judite, tia, não precisa se preocupar com sua filha, está aqui na minha casa, passar uns dias comigo, tem problemas de matemática que se continuarem perde o ano, e eu à disposição para ajudá-la, curso intensivo, eu sou bom nisso. Tia Judite estava ocupada demais e agradeceu a atenção.

Segundo passo, avisei em casa da presença de Nelena e dos problemas de matemática, sem entrar em detalhes. Minha mãe tudo bem, e ofereceu o quarto de hóspedes.

Hora do almoço. Na cozinha, com a desculpa de que minha aluna não tinha tempo a perder, fiz o prato e levei pra ela, ainda no meu quarto. Achei que grávidas sentissem fome. Nem tocou na comida.

Eu tinha aula, achava por bem ir, a rotina em primeiro. Segurou minha mão, medo de ficar sozinha. Jurei que às cinco estava de volta e fui, e não consegui prestar atenção em vírgula, data, raiz nem reação.

Me aconteceu uma coisa, e é aí que você entra.

Saí do colégio um pouco antes. Na rua, nada daquela movimentação de final de aula, carros em fila dupla, pais, mães e motoristas impacientes, mar de crianças nem adolescentes. Cedo ainda, calçada vazia, por isso reparei no sujeito parado em pé logo em frente, lendo um jornal, e o que me chamou a atenção foi isso, um sujeito em pé lendo jornal. Me viu e fechou o jornal. Segui meu caminho e ele veio. Uma quadra, claro, estava me seguindo, e desde que a família ficou sob suspeita, normal sermos seguidos, e não perdi tempo: entrei rápido num táxi, e quando o carro começou a rodar, vi o cara parar, dar as costas e tomar outro rumo.

Cinco horas.

Eu de volta, e Nelena encolhida na cama, dormindo de lado, abraçando um travesseiro; o prato de comida intacto no chão. O possível para não acordá-la. Uma disposição na mesa para dar veracidade: livros de matemática, cadernos, réguas de cálculo, canetas, lápis e borracha.

Sentei na poltrona, escureceu, não acendi as luzes.

Só mais tarde, abrindo os olhos devagar, me viu, sorriu. Sentei na beira da cama, perguntei se tudo bem, se tinha fome, se não era bom comer alguma coisa, e ouvi que não tinha fome, que só queria ficar quietinha, deitada, e ficou. Avisei que precisava dar uma saída, e que talvez demorasse. Mas fechou os olhos e não disse nada, talvez nem tivesse escutado. Coloquei o livro de matemática e um lápis ao seu alcance, e disse que se alguém entrasse, fingisse. Ainda de olhos fechados, sorriu. Dei um beijo na testa, mas ela já estava sonhando.

Noite.

A pé até a alameda Tietê. Quando entrei no apê, umas dez pessoas. Como de costume, Joana o centro da roda. Me cumprimentaram, me ofereceram um drinque, gentis como sempre. Diferentemente das vezes anteriores, não me senti à vontade. Me dei conta do quão eram desconhecidos. Perguntaram por Nelena. Eu tinha pressa e, para Joana, disse que precisava falar com ela. Como sempre, fez uma piada, a pressa da pouca idade, coisa assim, todos riram, até eu dizer que era urgente. A curiosidade. Num canto da sala, nem íntima nem distante, não desconhecida não menos importante, uma frieza que não era surpresa, eu, garoto, quem era eu?, ela, modelo famosa, cujas noites todas ardentes? Fui direto ao ponto, que minha namorada estava com problemas. Que problemas? Eu não disse, e disse que não sabia o que fazer e que precisava de ajuda, e que ela foi a primeira em que pensei. Passou, então, com bastante carinho, a dar conselhos, como tratar de uma mulher com problemas, o que um homem deveria ceder, conviver com a impulsividade e certa imprudência, aprender da diferença, apoiar em tudo, ter paciência, valorizar os detalhes, que não seria fácil, e que traumas apareceriam, e que já tinha passado por aquilo e sofreu muito. Perguntou se precisávamos de dinheiro. Eu disse que o problema não era esse. Perguntou, então, qual o problema. Fiquei calado, cabisbaixo. Sábia, segurou minha mão, sentamos no chão e falou de si, que uma vez teve um problema, tinha a minha idade, apaixonada, e que seria uma loucura ter o bebê, seu problema, e que chegou a querer, até perceber que mais tarde teria condições de planejar, e abortou, e dependendo do aborto, nenhuma seqüela, e me explicou os diferentes tipos de, raspagem, sucção, e que tem que ser antes dos três meses, e que o mais importante era a escolha do médico. Continuei cabisbaixo, sem palavras. Sabe o que ela disse? Você me disse, uma vez, que nunca sente medo... Olhei para ela. Nos meus olhos, medo. Se comoveu. Pegou a bolsa, me deu seu cartão, caso precisasse, anotou o número da sua casa e o de um médico de confiança. Perguntei quanto mais ou menos custa um aborto. Me deu um preço aproximado, e disse mais uma vez que podia emprestar. Com o cartão na mão, agradeci formalmente. Estava já na porta, e alguém perguntou se eu não ia nem tomar um drinque. Olhei pensativo sem ver, e Joana me salvou. Ele tem pressa, disse.

Fechei a porta. Esperando o elevador, ouvi alguém comentar: Esse garoto é tão estranho...

Ouvi Joana retrucar:

— E nós somos o quê?!

Elevador descendo, fui ouvindo as gargalhadas.

Em casa, uma Nelena bem acordada, sentada na cama, fazendo o quê?, estudando matemática. Fechou o livro, sorriu e esperou que eu dissesse alguma coisa, o que não aconteceu.

— Onde esteve?

— Dar uma volta, pensar no nosso problema.

— Nosso? — E me deu um abraço. Mas se desgrudou logo. — Você me diz tudo, eu digo tudo.

Aí eu falei:

— Estou morrendo de fome. E você?

Sorriu, me abraçou de novo e:

— Estou morrendo...

Maria B. na cozinha atacando a geladeira, e nos fez companhia, aquela coisa, papo vai, foi, preparamos um lanche, Nelena mais disposta, conversando com minha irmã, e chegou Maria C., também se juntou, perguntou do falado namorado cabeludo, e homem virou tema, claro, todos, e aquilo estava fazendo um bem a Nelena, que raro ver minhas irmãs darem conselhos, opiniões, escutarem, Nelena só irmãos, sentia falta? Mais alegre, apetite, contribuindo para o desmerecimento da classe masculina. Pedi licença, dei as boas-noites e saí de mansinho. No quarto aliviado. Nelena lá com suas primas, conversa de cozinha, era do que precisava, não de mim.

Tomei banho, vesti pijama, e debaixo das cobertas fiz de cabeça as contas de quanto dinheiro tinha; não tinha nem a terça parte do necessário, há um ano gastando uma fortuna em cinco jornais diários e três revistas semanais. Nelena dinheiro guardado? Ah, a nova Nelena vaidosa. Pelas roupas, despejava sua poupança pelas lojas da cidade.

Nelena veio, cara mais doce e voz de anjo, se podia dormir comigo, só por aquela, que tinha medo e era pequena, não ocuparia espaço. Claro que sim. Foi, então, para um banho rápido, enquanto fui arrumar mais travesseiro, mais cobertor e uma camiseta larga.

Eu já estava de volta às cobertas quando ela apareceu enrolada numa toalha. Fechou a porta. Oferecia camiseta. Tirou e jogou a toalha e riu e disse que dormia sem nada no corpo. Seu corpo, a primeira vez que via. Nelena nua, a nova Nelena, bem mais que a menina de antes, estado de graça a cor, a textura, a forma. Se jogou na cama, se enfiou debaixo das cobertas, apagou o abajur e me abraçou. O que era aquilo? Se fôssemos pegos, olha, difícil explicar que dois priminhos dormiam juntos, como no passado tantas vezes. A infância não era mais, ou eu que pensava demais? Talvez sim, dois primos dormindo juntos. E não me levantei para trancar a porta. É, mas um corpo reage à presença de outro involuntariamente, e nada a fazer? Se Nelena mudasse de posição, ou se encostasse mais, descobriria o que corpo vizinho pensava, reagia à sua presença. Existem denúncias, e minha respiração saiu do ritmo. Perdi o sono. Ela também. Que azar... Ficamos naquela:

— Digamos que você fosse o pai, que eu fosse sua namorada grávida, o que faria?

— Não sei, nunca me vi nesta, nunca pensei.

— Mas se terrivelmente apaixonado, e eu por você, como seria?

— Será que um pedido de casamento? Não. Não pode.

Riu, passou a perna por cima da minha, me abraçou e sentiu, é claro que sentiu, no meio das minhas, o que meu corpo achava de tudo aquilo, de sua existência. Me lembro bem, resvalou, esbarrou em algo, surpresa, para, depois, pesquisar, voltar e apoiar, certificar-se mesmo de que estava duro e, de repente, se desgrudou, virou as costas e disse que estava cansada, e aproveitei para dizer o mesmo, e ficamos por isso, ambos cansados fingindo que dormíamos, que não existíamos, que ela não era mulher, que eu não era nada, que o mundo não tinha nos moldado um para o outro.

Dia seguinte, acordei e estava sozinho. Quase 11 horas, eu não estava com muito tempo, aulas ao meio-dia e meia. Desci. Na cozinha, ela lá com as empregadas, e fiquei tão feliz em revê-la: um abraço, como se não nos víssemos há anos, saudade que apertou da noite pro dia. Foi ela quem serviu o café, perguntou o que eu queria, passou manteiga no pão, colocou açúcar na xícara e só não me passou o jornal.

Trouxe-a para o quarto, mensageiro de assuntos inadiáveis; por que eu, não ela, que teria de lembrar? Sem medir palavras, porque eu não tinha, não tenho, mesmo, jeito, mostrei o cartão com o telefone do médico bem indicado. Leu, releu, irritou-se:

— Quem precisa de um médico?!

Jogou o cartão na lixeira. E que homem deveria ceder, conviver com a imprudência, aprender da diferença, apoiar em tudo, ter paciência e valorizar os detalhes?

— Você tem que se decidir e logo. Se quiser, ligo marcando. Não querer não é opção. Quer minha ajuda ou não?

— Só quero parar de pensar... — e começou a chorar.

Merda. Você não sabe o que é acabar com o dia de alguém. Fui à lixeira e peguei o cartão. Dei. Ela se sentou na cama. Chorando, leu e releu.

— Você contou pra ela? — perguntou.

Minha imprudência, o nome e telefone de uma Joana.

— Quem mais sabe?

Minha resposta, o silêncio. Me jogou o cartão, pegou suas coisas e foi embora. Minha reação foi não impedi-la. Olhei o relógio. Peguei minhas coisas e fui.

No meio da aula, a terceira ou quarta do dia, o que é que estou fazendo aqui?! Ora, dei o fora. No portão do colégio, respirei, olhei o céu, e estar do lado de fora, alívio, em termos, quantos problemas... Agora, preste atenção no que vou contar. O milagre aconteceu.

Do outro lado da calçada, é, o mesmo sujeito lendo jornal. Assim que me viu, cruzou a rua na minha direção. Num estalo, fazer o que se faz todos os dias: caminhar normalmente. Andamos duas quadras. Eu não corria, e ele também. Se apertava o passo, ele também. Numa esquina, esperando o farol, ficou a meu lado, então falou: Procure não guardar minha fisionomia, não faça perguntas, é pro seu bem, se te perguntarem você não me conhece, para sua segurança, melhor não saber meu nome, é urgente, uma pessoa que você conhece precisa de sua ajuda, não fale com ninguém de sua família sobre isso, você pode amanhã cedo, dez horas? Eu disse que tudo bem. Então tá, ele disse, dez horas, no banco na calçada da Faculdade de Medicina, ali na Doutor Arnaldo, sabe onde é?, bem em frente à entrada do cemitério, não anote em nenhum papel, tente decorar, amanhã, dez horas da manhã, no banco da Doutor Arnaldo. Isso é um ponto?, ainda perguntei. Sem resposta; ele atravessava a rua. Acabei indo atrás. Entrou à esquerda, fui em frente. Noutra esquina, entrei num táxi. Amanhã, dez horas, Doutor Arnaldo, memorizei.

Passei na Caixa Econômica e limpei minha poupança. Um bolo de notas de cem no bolso. Peguei outro táxi e mandei seguir pela Doutor Arnaldo. Um trânsito do cão, obras, 10 metros e parávamos, 10 metros e parávamos. Desci do táxi e fui a pé. Encontrei o tal banco da Faculdade de Medicina. Perto de casa. Calculei: se sair de casa amanhã 15 minutos antes, chego pontualmente. Excelente lugar para um encontro, espaço, o cemitério em frente e as opções Paulista, Rebouças, Consolação, avenida Pacaembu, Teodoro e Doutor Arnaldo.

A pé até a alameda Franca, ali, antiga casa deles. Nelena não estava; me disseram que deveria estar na minha casa. No dilema, falei, ah, claro. Agora sim, preocupado: perder o contato com ela era tudo o que eu não queria. Fui pra minha casa. Ao abrir a porta do quarto, Nelena desligando o telefone. Me viu, nenhuma festa, só:

— Não tinha pra onde ir...

Ficamos cada um num canto nos olhando. Eu? Tenso, ansioso, emocionado, não podia fraquejar, e ela tinha a mim, mas eu não tinha ninguém, e por que, na vida, sempre assim sozinho? Meus olhos embaçaram, arderam, e me virei e fiquei arrumando o armário, porque ela tinha a mim, e não podia ver que eu estava emocionado, e só parei quando passou, tudo passou, e para que não visse meus olhos vermelhos, limpei o rosto numa toalha e me olhei no espelho.

— Acabou — ela disse. — Acabei de marcar a consulta. Vai me atender amanhã às 11 e meia, o único horário, agenda tomada, tão estranho. Tínhamos que falar em código: há quantas semanas não chove? É horrível. Você vem comigo?

De costas, eu disse que sim.

— Acha que estou fazendo a coisa certa?

De costas, eu disse que achava que sim.

— Mas cada hora decido uma coisa. Por isso, preciso de você a meu lado. É só a consulta. Vai me levar, vai insistir, vai teimar, e se eu ficar na dúvida, vai me amarrar, me obrigar, está ouvindo? É um pacto. Não me deixa desistir, combinados? Combinado.

Noite. Jantamos com a família. Diferente da anterior, minhas irmãs não dispostas nem inspiradas, e Nelena fechada. Só minha mãe que, mesmo na presença da sobrinha, desandou a falar mal do meu avô, seu sogro, que sempre fez dos filhos escravos, riquíssimo, enquanto nós, dificuldades, que não repartia, só acumulava, e que meu pai não tinha culpa na morte do gado, que a culpa era de tia Luiza, que com seu temperamento e sumiço desestruturara a família, que fez meu avô interromper a negociação e voltar antes do Uruguai, e agora um contra o outro e sem dinheiro, que se ela tiver de trabalhar, fará, e alertou minhas irmãs para começarem a pensar em arregaçar as manguinhas, um emprego, se falíssemos, apenas eu, o mais novo, ainda no colégio, teria permissão de continuar os estudos, contanto que, depois, devolvesse o investimento. Minha mãe com vida nos olhos falava, só ela falava, gesticulava eufórica. Enfim, sua família mergulhada numa aventura.

Voltei com Nelena para o quarto, para o intensivo de matemática. Deitei na cama e ela veio junto. Passei a mão em seus cabelos, um beijo em sua testa, deu um beijo na minha.

— Tenho um encontro amanhã às dez.

— Com quem?

— Vai dar tempo. É aqui perto, acordo às nove, tomo um café, saio 15 antes, vou a pé, e não sei quanto tempo vai durar, mas 11 horas em ponto estou de volta, e vamos de táxi, e se der tempo, tomamos um sorvete e vamos ao cinema.

— Com quem é o encontro?

Me levantei da cama e fui ao banheiro. Veio atrás.

— Não vai me responder?

Comecei a escovar os dentes. Fez o mesmo. Lavei o rosto e, enquanto ela lavava o seu, mijei na privada, e enquanto ela ia para a privada, voltei para o quarto. Não, eu não iria responder.

Tirei a roupa e, desta vez, fui eu que me enfiei nu debaixo da coberta. Apareceu, fechou a porta, tirou a roupa e vestiu rápido a camiseta que eu havia separado uma noite antes. Deitouse. Ambos olhando o mesmo teto, ambos sem sono.

— Nelena, esse encontro de amanhã...

— Não precisa, você tem sua vida, sou eu que tenho que agradecer, agradecer sempre sua paciência. Você tem direito a seu segredo. E você tem todos eles. Quem diria, você e aquela modelo. Que mulher... Você tem bom gosto, talento, tem segredos. Eu sempre te olho, observo, adoro ficar te olhando e tento adivinhar, quantas vezes não tive vontade de pegar emprestado seu cérebro, abrir ele, mexer, brincar, ver o que tem dentro, saber como você é, pensa, me vê...

Virou-se, apoiou a cabeça na mão, me olhando, o rosto a um palmo do meu.

— Como ela é? Linda, eu sei, com tudo que um homem quer, a mulher...

— Não quero falar nisso — eu disse.

— E eu, como você me vê? — perguntou.

— Tenho medo de dizer — eu disse.

Então, ficamos nos olhando. Nos olhávamos e olhávamos. Então, os olhos fecharam, e fechei os meus. Quem foi? Quem começou? Nossas bocas se juntaram, se grudaram. Um beijo longo, longo, longo, longo, e não desgrudaríamos as bocas pois não saberíamos o que falar. E não desgrudamos pois tínhamos medo do depois. Nos beijamos, só isso, nos beijamos, nos beijamos, por vezes quase sem encostar as bocas, por vezes dois bichos, por vezes silêncio absoluto, por vezes todos os trovões, por vezes sem respirar, por vezes a chuva, melados. Não ousamos sair do lugar. Quase não nos tocávamos. Só sua boca e a minha, mas como se toda ela, todo eu, e minutos, uma hora, duas, e continuávamos nos beijando, e quando paramos foi como a onda, o vento, se afastava e voltava, parava e voltava, dormíamos, acordávamos e nos beijávamos, dormíamos e acordávamos não sei quantas vezes, quantas horas dormimos e quantas nos beijamos. Os pássaros começaram, e nos beijamos. Clareando, nos beijando. Amanheceu, nos beijamos. Olhei no relógio, mais um beijo. Me levantei da cama, um beijinho, me vesti, mais unzinho, fui abrir a porta, corri de volta e dei um beijo longo, voltei para a porta e mandei um beijo pelo ar, e fechando a porta, pisquei o olho. Deus...

Quinze para as dez. Eu, no tal banco da Doutor Arnaldo, um jornal aberto no colo, um sorriso leve, desligado. Dez para as dez, e como se eu já estivesse lá há horas, que barulho, que buzinas, que pedestres, era eu e só as lembranças, Nelena. Virei a página do jornal. À minha direita, um ponto de ônibus, pessoas esperando; me pareceram todas eufóricas como eu. Eu, solitário no banco, o único banco, e temi alguém sentar, mas tudo bem, se alguém sentasse, seria para o bem. Pensando nisso, mais cinco minutos se foram. Bem que podia chegar adiantada, e que fosse rápido: queria voltar logo, dia de tirar o fôlego, tanta coisa ao mesmo tempo. Nem tive tempo de me perguntar se aquele encontro estava mesmo para acontecer, se era eu, ali, naquele banco, e pensando nisso, mais cinco minutos, dez em ponto.

Do outro lado da avenida, duas Veraneios (chapa fria) apareceram do nada, os pneus riscando o asfalto, pararam na porta do cemitério. Me cobri com o jornal, meu coração disparou. As portas dos carros, rápido!, desceram dois, três, vários caras de armas nas mãos, todos à paisana, alguns de barba, e olharam, mais rápido!, pra lá, pra cá, os lados, e olhei pros lados, me sentei na beira do banco. Metralhadoras. Dois na retaguarda, os outros entraram no cemitério. Formou aquele tumulto. Congestionamento. Metralhadoras em riste, os dois orientavam o trânsito aos berros, obrigando os carros a seguirem, tá olhando o quê?!, circulando!! No ponto de ônibus, um vaivém, pessoas se aglomeraram, medo. Cena comum da época. A caça ao terror.

Me bateu, eu ali, para um encontro, caçavam o meu encontro? Era a mim que procuravam? Denúncia anônima? Poderiam, sim, estar me procurando, estive no Ribeira, sobrinho de Luiza da Cunha, o cara me esperando no colégio, para sua segurança, não olhe meu rosto, não saiba meu nome, não pergunte nada, e no fundo do armário uma coleção de artigos sobre o terror. Mas, calma, sou inocente, não sei de nada, não vi este rosto, e até fiz parte da Operação Registro, só perguntar. Esperei. Pensei: se me contataram uma vez na porta do colégio, me contatariam uma segunda, portanto o caminho está livre, sujou, se manda! Não me mandei. Esperei, porque sou assim, medo de umas coisas e de outras não.

Meu encontro se atrasava. Talvez se escondesse daquelas metralhadoras na calçada ou entre tumbas e mausoléus. Estava decidido: se atravessarem a rua, corro. Teodoro Sampaio. E se vierem atrás, Hospital das Clínicas, e seja o que Deus quiser. Nelena me esperando, eu não podia cair. Me esconder em Eldorado? Não em Eldorado. Sair do país. Cuba, Chile, Argélia, Argentina, México. Levaria Nelena. Com que dinheiro? Do cemitério, uma revoada de pássaros, um tiro. Me levantei do banco. Mais tiros, rajadas secas. Os pássaros desorientados no ar. Os pedestres começaram a correr, carros pararam, mais tumulto. Os dois da retaguarda, nervosos na cobertura, armas apontadas para a entrada do cemitério. Caminhei calmamente à Teodoro. Tiros de escopeta ecoaram pelas lajes dos morros. Um ônibus parado no ponto. Corri para a porta. Fez fila. Todos tinham pressa. No empurra-empurra, atrás de mim, alguém disse meu nome. Ela, tio, era ela, lenço na cabeça, óculos escuros, sorrindo, colocou as mãos nas minhas costas e foi me empurrando pra dentro do ônibus. Entramos juntos. A porta se fechou e saímos daquele inferno. Sentamos no último banco, olhamos para trás, e fomos nos afastando. Tia Luiza tirou o lenço, os óculos e me deu um abraço apertado.

— Meu paspalhão... Por que eu tinha tanta certeza de que você viria? Bom te ver. Quase do meu tamanho! Um ano, e uma barba nascendo...

Abraçados, olhando um para o outro. A mão no meu rosto, passei a mão no seu. A mão nos meus cabelos, passei nos seus.

— Os meninos, tem visto?

— Estão bem. Quer dizer...

— E seu tio?

— Mais ou menos.

— Sua avó?

— Levando...

— Puxa, que saudades... Diz, paspalhão, lendo muito?

Sorri e disse que não, não disse mais nada, aquela surpresa era de tirar todas as certezas. Pôs o braço ao meu redor e olhou para a frente.

Olhamos.

— Tia, por onde tem andado?

— Para sua segurança, melhor não saber. Tempos difíceis — falou, como se repetisse um provérbio. — Preciso de sua ajuda. Sair do país, e estou sem dinheiro. Um dia, com calma, explico. Tenho umas jóias guardadas na segunda gaveta de minha cômoda, num saco plástico, no bolso de um suéter vermelho. Pegue-as pra mim. E nunca diga a ninguém que me encontrou. Nunca diga nada a ninguém.

Magra, ossos salientes. Olheiras. O cabelo bem curto, joãozinho.

— Não me olhe muito. Procure não guardar minha nova fisionomia — novamente, como um provérbio. Olhei para a frente. Ela me olhou. — Pode olhar. Isso é ridículo — e riu. Acabei rindo. — Mas o que deu em você? Está enorme e magro.

— São tempos difíceis pra mim também...

— Ainda tem aquela arma?

— Era do Okultz. O Okultz sumiu. Aliás, muita coisa aconteceu.

— O meu ponto é o próximo — se levantou. — Melhor ficar onde está. Hoje é quarta. Quanto tempo você precisa?

— Sua casa não existe mais.

Voltou a se sentar.

— Estão todos morando com o vovô, os meninos, o tio, as empregadas. Mas suas jóias devem estar com eles, eu dou um jeito, nem que tenha que revirar tudo. Toma. — Enfiei a mão no bolso e entreguei meu bolo de notas de cem. — Vai se virando com isso por um tempo, e deixa, não se preocupe, que eu dou um jeito, vou arrumar dinheiro. Marcamos um ponto na segunda. Faço uma visita ao vovô no domingo e procuro suas jóias. Segunda, às dez horas, no mesmo lugar. Não. Melhor em outro. Que tal no... na esquina do meu colégio, tem um bar. Sabe onde fica? Na esquina, do outro lado da rua, segunda às dez.

Por um segundo, pensei que não estivesse prestando atenção. Acabou pegando o bolo de dinheiro e enfiando na bolsa, colocou os óculos, o lenço, deu um sorriso e não disse nada. Se levantou, cruzou a roleta, e me perguntei estamos combinados o quê?, no banco da Doutor Arnaldo, no bar do meu colégio?, segunda às dez, eu disse dez horas, podia ser dez da noite, mas claro que não, o bar nem ficava aberto à noite. Era no bar, sim, e é evidente que estávamos combinados, e naqueles tempos era assim, só se falava uma vez.

Parou o ônibus, me deu uma última olhada, um aceno e desceu. A porta, aceleramos, e não a olhei mais. E tinha dado todo o meu dinheiro. Completamente duro, e aquele ônibus a pagar. Teria ainda cinco pontos, três quadras, um táxi, nenhum puto furado, e um cobrador entediado, sem disposição para qualquer argumento.

O ônibus foi parar na Rebouças, que quase não tem pontos e que, quando está livre, alcança-se a Marginal num pulo. Cruzado o rio Pinheiros. Descer sem pagar, o primeiro táxi, mandar voar, se quisesse chegar em tempo. Duas mulheres dependiam da minha capacidade de organização e improviso. Duas vidas nas minhas mãos. Ou melhor, três.

Meu ponto, voei pela porta sem pagar e corri sem olhar pra trás. Pega, pega! Minha sorte as ruas desertas, os terrenos baldios à disposição. Ninguém me pegou.

Cheguei em casa às 11 e quarenta. O táxi esperando, corri para o quarto, Nelena nada, e nem saberia onde. Uma das empregadas a me emprestar para o táxi. Andei de um lado para outro e cheguei a tirar o telefone do gancho, ligar para alguém, mas quem? Esperar. Recuperar o fôlego, a lógica, a calma. Tia Luiza, viva, o que fazia? Última vez que Lamarca foi visto, dia 31 de maio de 1970, fugindo do Vale. O resto, boatos. Mais de um ano tinha se passado. As condenações noticiadas, julgado à revelia pelo roubo de armas em Quitaúna, pela guerrilha no Vale, pelo assassinato do tenente. Juiz da Segunda Circunscrição Judiciária Militar expedindo um mandado de prisão, condenando Lamarca a trinta anos de reclusão. Novidades?

```
         NOTA DO MINISTÉRIO DO EXÉRCITO
                 maio de 1971

    O Codi, Centro de Operações de Defesa In-
    terna, desenvolve trabalho para erradicar o
    terrorismo e oferecer tranqüilidade à popu-
    lação, e muitos bandidos foram recuperados
    e, hoje, em liberdade, encontram-se em fase
    de reintegração à sociedade; contra aqueles
    que acirradamente recebem ajuda do exterior
    (áreas comunistas), roubam e assassinam
    brasileiros é que as autoridades agem com
    energia, visando à salvaguarda da família e
    à garantia do desenvolvimento nacional.
```

As notícias plantadas. A suspeita de que Lamarca estivesse no exterior, desfrutando os dólares roubados. Era a isca: usavam a imprensa para provocar Lamarca, queriam exatamente o contrário, que ficasse, não se exilasse, queriam um líder, o da resistência, o do terror, queriam caçá-lo, temiam perder o contato. Um exilado fazia tanto ou mais estragos que um guerrilheiro. Prejudicava os negócios, a imagem do país, relatando torturas, perseguições, organizando protestos, arregimentando aliados contra a ditadura brasileira. Lamarca precisava ser exterminado; era mais que uma guerra ou luta ideológica, era pessoal, os homens de farda contra o ex-capitão. Lamarca? Só depois vim a saber. Final de 1970, Lamarca no Rio: reestruturar a VPR, reduzida a quase nada. Enclausurado em aparelhos. Pensavam em tirá-lo do país. Insistiam: você, quadro importante, talvez fosse melhor para todos que saísse. No mais, uma fortuna manter o homem mais procurado. Perdia-se mais tempo com questões de segurança que com o combate em si. A saída para o impasse veio na pior forma: seqüestrar mais um embaixador.

Dia 7 de dezembro, Lamarca no comando, seqüestram no Rio o embaixador suíço, Enrico Bucher. A mesma história: publicação de um manifesto, a soltura de setenta presos, e a não cobrança de passagens dos trens de subúrbio do Rio enquanto durassem as negociações. A história diferente: os militares endurecem, vetam nomes da lista, procuram ganhar tempo, cercam a cidade numa grande caçada. No aparelho, surpresos com a intransigência do governo, a maioria votou pela morte do diplomata; servir de exemplo. Lamarca, poderes de comandante, diz não. Negociação se arrastando. Mudaram os nomes da primeira lista. Quarenta dias de negociação. Finalmente, setenta presos no avião, o diplomata liberado, e a unidade da organização abalada. Rever o círculo vicioso de prisões, torturas, seqüestros para soltar presos, que resultavam em mais prisões, torturas e seqüestros.

No começo de 1971, Lamarca no aparelho de outra organização, o PCBR. Mais tarde, se juntou com Iara no aparelho de Alex Polari. Foi nesse aparelho, rua Visconde de Itabaiana, Engenho Novo, que recebeu mais pressões para sair do país; enviados de Cuba ofereciam toda a ajuda para tirá-lo. Finalmente, a decisão é do próprio comando da VPR: Lamarca deveria sair. Tenso, fumando um atrás do outro, chegou a se irritar: escreveu um documento duro contra alguns companheiros. Caçado de um lado, cobrado de outro, a resposta do ex-capitão foi surpreendente: mudar de organização. Escreveu justificando sua posição. Num dos textos, a famosa frase: "Numa guerra revolucionária, não há satisfação individual." Mudou para o MR-8 em março de 71, com a condição de que lhe dessem o comando da guerrilha rural e que fizessem trabalho de massas. Deu azar. No mesmo mês, tinha sido preso um membro da direção do MR-8. Efeito dominó, e militantes começam a cair. Em junho, Lamarca teve de sair às pressas de um aparelho; passou a noite andando de ônibus. No dia seguinte, partiu com Iara para a Bahia. Trocar a cidade pelo sertão.

Na VPR, as coisas não iam bem. Em maio, a prisão de Alex Polari, vulgo "Bartô", e a queda do aparelho de Engenho Novo, onde foram encontrados documentos da organização, alguns escritos pelo próprio Lamarca. Entrevista do preso Alex Polari em jornais e revistas. Entrevista? Farsa. Um depoimento forjado; eu já esperto o suficiente para notar a diferença. Comparar a reportagem da *Manchete* com a da *Folha*. As mesmas palavras. Uma nota oficial reescrita. Definitivamente, a lição do Vale aprendida; nada de helicópteros, aviões e canhões, mas infiltrações e a imprensa. Contrapropaganda em ação.

```
           FOLHA DE S. PAULO
          29 de maio de 1971
             Rio — Sucursal

OS PRÓPRIOS TERRORISTAS CAÇAM LAMARCA. O
terrorista "Bartô" mostrou-se surpreso com
sua prisão, pois era praticamente impossí-
vel às autoridades localizarem seu aparelho
```

sem que houvesse deduragem. Comentou que a ação policial ocorreu exatamente no período em que Carlos Lamarca se ausentava, alegando a necessidade de empreender uma rápida viagem a São Paulo.

Sobre os documentos escritos por Lamarca, comentou que esse terrorista escreve mais que combate. Referiu-se às cartas que ele envia seguidamente aos bandidos da VPR, concitando-os, sob ameaças, a não se unirem aos companheiros de outras organizações. "Bartô" disse ainda que, após o recebimento dos primeiros relatórios, os bandidos que vivem no Chile mostravam-se apreensivos porque passaram a ser observados e seguidos. Outras insinuações ligadas a esse mesmo assunto referem-se à tentativa feita por Lamarca de residir no interior de Goiás sem comunicar devidamente à VPR, após submeter-se a uma cirurgia plástica no rosto. Nessa fase, Lamarca atravessava excelente situação financeira.

A propósito, terroristas da VPR presos, principalmente os que repudiam a organização, referem-se aos milhares de dólares recebidos por Lamarca, que lhe permitiram mandar sua família legítima para Cuba, onde vivem como *nouveaux riches*; e, também, continuar no Brasil como um verdadeiro burguês, sustentando outra família com sua amante, a terrorista Iara Iavelberg, de alcunhas "Neusa", "Clélia", "Cláudia", "Rita", "Neide" ou "Madame".

O próprio PCB, organização a que foi filiado e onde começou suas atividades, o qualifica como elemento de pouca confiança.

Lamarca nunca foi filiado ao PCB.

Lamarca nem era mais do comando da VPR.

Lamarca estava no MR-8.

Estava no Rio de Janeiro, escondido em aparelhos.

Havia deduragem, agentes infiltrados, em quase todas as organizações. Ou os que mudaram de lado, ex-militantes presos e torturados, cooptados e chantageados a colaborar. Poucos, mas de estragos irreparáveis. Pânico. Acusações. Propõe-se o justiçamento de companheiros. Paranóia. Alguns pressentiam: a luta é inútil, as massas não aderem à causa e a segurança, frágil. Organizações tinham trânsito entre si. Um infiltrado contaminava as demais. Na VPR, o mais grave: cabo Anselmo, dos quadros mais importantes, herói da Revolta dos Sargentos, mudou de lado. Levou muita gente à morte, inclusive a namorada.

Tia Luiza precisando de dinheiro. Tinha Nelena também precisando. Eu sem dinheiro.

Um assalto era tudo o que eu precisava, como?! Para uma organização parecia fácil e rotineiro, todos para o chão, é um assalto, uma ação revolucionária! Antes, trancavam no banheiro, mas no único assalto de Lamarca, um cliente saiu pela janela e avisou a polícia. Lamarca matou um nesse dia. Então a regra mudou: todos deitados no chão! Chegaram a assaltar dois bancos da mesma rua no mesmo dia; Lamarca na cobertura. Chegaram a assaltar o mesmo banco duas vezes. Quem tinha cobertura, escolta e plano, podia tudo. Uma rajada de INA e todos obedientes. Direto ao gerente, é uma expropriação! Alguns já tinham sido assaltados mais de uma vez e conheciam as regras. Um gerente chegou a acalmar pessoalmente um da VPR que, afoito, quase disparou. Quer ficar calmo que o dinheiro já está pronto!, disse ao revolucionário.

Eu, duas opções: assaltar uma loja, um posto de gasolina, uma farmácia, uma velha na rua, roubar a coleta de uma igreja, ou, é claro, algo mais familiar. Na família, todos tão ocupados com as intrigas e a iminente falência. Demorariam um tanto para sentir falta de algo de valor. Eu tinha a minha causa. Comecei pela minha própria casa. Esperei todos dormirem para um levantamento: tapetes persas, peças de marfim, faqueiro de prata, vasos chineses, esculturas de bronze, bandejas de prata e quadros, muitos quadros. No quadrilátero entre Estados Unidos, Haddock Lobo, Oscar Freire e Rocha Azevedo, galerias de arte. Foi numa delas que meu pai tinha comprado um tal Bonadei, tela verde de um vaso torto. Minha mãe em choque quando ele apareceu com a pintura opaca de um vaso que custava um carro de luxo. Nem pendurou o quadro, abandonado atrás de uma poltrona por muitos anos; minha mãe dizia que ela quem entendia de decoração, ela a responsável pela casa.

Minha causa, meu Bonadei. Levei o quadro para o quarto, tirei da moldura, e ao amanhecer saí de mansinho com ele enrolado no braço. As duas primeiras galerias se recusaram a fazer negócio; checar a documentação. A terceira ofereceu 1.500. Consegui subir a oferta. Vendi por 2 mil o quadro que valia 20. Me pagaram em cash.

Em casa, nada de Nelena, nem telefonemas, e não tinha idéia de onde procurar. Andei de um lado para outro, me chamaram para o almoço, e desci com a esperança de encontrá-la na cozinha, em filosofia com as empregadas. Nada. Não tive fome, não conseguia parar quieto, e uma esperança, o apartamento da alameda Tietê.

Me pus na rua novamente e alcancei o apartamento em dez minutos. O porteiro me avisou que não tinha ninguém. Não tem problema. Fiquei na calçada, sentei no capô de um carro e esperei uma, duas, três horas.

Avisei o porteiro que voltaria mais tarde. Começou a chover. Cheguei em casa ensopado, e a primeira pergunta, se Nelena havia passado ou ligado. Nada. Tomei banho e de roupa seca voltei para a rua; nada de capa ou guarda-chuva, confiando na sorte. No meio do caminho, a chuva apertou. Novamente ensopado. O porteiro, novamente, que não chegara ninguém. Embaixo de uma árvore, esperando. Uma, duas, três horas. Escureceu e frio. Novo porteiro. Eu, pinto molhado, que não saí do lugar.

Um carro estacionou. Dele, um grupo, o grupo, animado, gargalhadas. Nelena entre eles. O namorado entre eles. Vieram. Nelena abraçada a ele. Bem, ela parecia bem. Carinho dele, homem gentil. O grupo na portaria. Entrou. Os dois vieram depois. Pressa? Casal apaixonado não tem pressa. Fiquei onde estava, a árvore, a sombra noturna, noite soturna, vida sem sorte. Eu e a rua vazia. A chuva apertou. Fiquei ainda uns 15 minutos. As ladeiras, agora, cachoeiras.

Nem alma viva. Um carro ali, vidros embaçados, motorista fantasma. Apartamentos de janelas fechadas. Ninguém precisa de mim.

Dois dias seguidos sem sair do quarto. Nem o telefone tocou. Nem ninguém da família sentiu minha falta, nem do Bonadei. Nenhuma carta, telegrama, mensagem, visita ou recado.

Domingo, como em muitos outros, vim aqui almoçar. Aparecíamos sem avisar. Apareci sem mais. Nesse domingo, pouca gente, crise familiar, brigas e intrigas. Você estava onde está agora. Vovô trancado na biblioteca e quando lia Camões, você lembra, ninguém podia interromper. Vovó na cozinha. Alguns primos pelos cantos. Não me lembro quem mais, clima de desconfiança, conversas contidas, amenidades, e não se tocava no assunto falência, e que Camões iluminasse saídas em mares nunca dantes navegados.

Aqui em cima, entrei no seu quarto, tio, à caça das jóias no bolso de um suéter vermelho, e você mal tinha desempacotado suas coisas, caixas lacradas, e quase tudo de tia Luiza nelas. Fiz o que jamais imaginei. Injustiça que marcou toda a família. Ninguém merecia. Você sabe do que estou falando. Fui eu, claro que fui, que roubei o broche LIFE de ouro e diamantes. Não me olhe com esta cara. Eu o vi lá, na pia de um banheiro, esperando. Enfiei no bolso, desci como se nada tivesse acontecido. Almoçavam, e em vez de sair logo, almocei junto, nada aconteceu, e aquilo ardia no bolso. Me perguntava até que ponto cheguei. Chegamos. Não era justo, não com ela, vovó, servindo os pratos, sempre nos servindo do bom e melhor, sempre a nós. Enfiava uma estaca em seu coração. Quando soubesse, desabaria. Fui eu o primeiro a cavar sua cova. O broche no bolso, mudei, o mundo não era flor, era pedra. Talvez eu precisasse daquilo. Talvez a família precisasse. Talvez tenha dado a partida para uma estrada prioritária e sem volta, a desunião, que cedo ou tarde... Talvez até me agradecessem, afinal, precisávamos todos de um empurrãozinho. E só hoje conto isso, pois a família já não existe, só hoje posso confessar, fui eu, e já paguei, pagamos, o preço. Desculpe, tio. Me desculpe.

Voltei pra casa ainda em choque, o broche no bolso, duvidando se tinha mesmo feito aquilo, um zumbi, sem parar nas esquinas, sem olhar os faróis, sem olhar a cidade.

Em casa, Nelena no quarto. Não tive vontade de abraçá-la, beijá-la, uma estranha no meu quarto esperando sabe lá o quê. Aliviado sim, mas meu corpo reagiu assim, e o quê? Fui para o canto, ela sorriu, mas parou quando me viu longe, e Nelena não era de perder tempo, mas dessa vez perdeu, não falou, não veio, e me tratou como sempre tratava os outros, um passo adiante da formalidade, um passo atrás do calor. Nem perguntou o que eu tinha, nem perguntei. Comentei:

— Desculpe não ter ido com você na consulta. Me atrasei e...

— Eu sei. Não se preocupe. Tudo em ordem. Vou tirar. Marquei para depois de amanhã, terça-feira às dez.

— Quer que eu vá com você?

— Não precisa.

Um silêncio, dois calados, o que dizer?

— Bem... — Pegou sua bolsa. — Só vim te agradecer e dizer que está tudo bem agora.

— Precisa de dinheiro? Eu tenho. — E tirei do bolso o bolo da venda do quadro. — Pega, é seu.

— Não preciso, obrigada.

— Faço questão.

— Deixa...

— Quero ir com você na terça, posso?

— Não se preocupe.

— Terça às nove eu passo na sua casa. Tem certeza de que não quer o dinheiro? Pega... — Teimosa, não pegou. — Vou deixar o dinheiro aqui, nesta escrivaninha, caso aconteça alguma, caso mude de idéia.

— Tchau.

E saiu, sem que eu impedisse. Eu deveria fazer qualquer coisa, e não parado no canto, o bolo de dinheiro na mão, apontando a minha escrivaninha, sem uma última palavra, as últimas. Fui encolhendo o corpo. Me sentei ali mesmo. Me deitei ali no chão. Nem jantei, e já estava dormindo com a roupa de antes, um bolo de dinheiro na mão e o broche LIFE no bolso. Segunda-feira.

Estava já acordado antes do amanhecer. Peguei uma nota de cem, enfiei no bolso, coloquei o resto dentro de um envelope e escrevi NELENA nele. Deixei sobre a escrivaninha.

Minhas irmãs tomavam café, surpresas ao me verem. Justifiquei: excepcionalmente, tinha aula cedo. Pedi uma carona.

Me deixaram primeiro.

Sete e meia, o bar na esquina do meu colégio apinhado. Um jornal, sentei no final do balcão, um café. Li de cabo a rabo. Notícias? A prisão de estudantes no Rio Grande do Sul que gritaram "Viva Lamarca!" numa rápida manifestação.

Às nove, me concentrar para o encontro. Procurei agentes, delatores, quem fosse. Cheguei a ir pra fora. Andei em volta da quadra. Nada de pipoqueiros, sorveteiros ou qualquer coisa fora do normal. Tracei na cabeça a fuga: a contramão, o muro baixo, pontos de ônibus, o farol demorado, a praça repleta. Em vez do bar, fiquei na esquina esperando um táxi. Passaram táxis vazios, e se alguém visse aquilo, suspeitaria. Então, no bar, e quanto mais fizesse, mais suspeitas, e quanto menos, quieto no meu canto, lendo jornal, melhor.

Dez em ponto, ela apareceu, o lenço e os óculos escuros, sentou-se a meu lado, me deu aquele beijo, tirou o lenço, os óculos, pediu um café. Estranhei o desrespeito às normas de segurança; continuaria com aquele disfarce, mas quem era eu?

— E os meninos? — perguntou.

— Na mesma.

— Às vezes me bate uma saudade. Agora, então, na idade deles, teríamos tanto a curtir...

— Por que não aparece? — provoquei.

Fora de cogitação, tempos difíceis, mas provoquei, falei por falar, talvez para que começasse a contar coisas.

— Está bom o café? — perguntou.

— Eu te trouxe isso.

Olhei ao redor, tirei o broche do bolso, embrulhei num guardanapo e passei. Não olhou nem nada. Pediu um café. Chegou seu café. Calmamente, açúcar, um gole, quente, assoprou a xícara, esperou esfriar e foi tomando, até esvaziar. Só então levantou o guardanapo. Viu e abaixou. Não acreditou:

— Meu Deus...

— Deve valer uma nota — eu disse.

— Não pode fazer isso, tem de devolver, sabe o significado desta jóia, como você imagina que está sua avó agora?, o que acha que ela está sentindo?, não esta jóia.

Por que não?, pensei, a vaidade, as lembranças contra as ameaças, a vida, por que não? O broche ficou coberto pelo guardanapo, e não ousamos tocá-lo. Mas eu queria ajudar, e como...

— Trouxe dinheiro. Estou sob intensa pressão. Trouxe um pouco, mas dá, talvez não dê, até tenho mais, mas não posso, posso arrumar mais se você me der dois dias.

— Você sabe por que não falo nada. Um dia, prometo, teremos a conversa, confie. É melhor ficar fora dessa. Existem coisas sagradas e sentimentais que devem continuar sem nossa interferência. O valor desta jóia não é nada perto do que representa. Devolva ela para sua avó, faça isso por mim... Quanto você trouxe?

Passei por baixo do balcão. Não olhou para os lados e enfiou o dinheiro na bolsa.

— Preciso ir — ela disse.

— Já?

— Tente compreender...

— E quando nos vemos de novo? — perguntei.

— Não sei. Te procuro.

— Aonde você vai?

— Por favor. Paspalhão... — E sorriu.

— E o que eu faço agora?

Vestiu o lenço, os óculos, pagou nosso café, se levantou e me deu um beijo na testa. A mão no meu rosto, sorriu, acabou

me dando um forte abraço. Depois, saiu sem deixar rastro.
Não pensei duas vezes: enfiei o broche no bolso e fui atrás.
Descemos a Angélica; eu a uns 50 metros de distância. As ruas
cheias. Ela nada de olhar para ver se estava sendo seguida. Eu,
o rosto para trás para me certificar de que não estava. Foi,
fomos, pela Maria Antônia, até a Consolação. Entrou, entramos, na Ipiranga, centrão, e ninguém nos seguindo. Quase
almoço, muito movimento, sirenes, carros a toda, filas nos
bancos, balcões de café, cigarros acesos, gente nas bancas lendo contracapas de jornais, desocupados, todos ocupados e a
paz, vida de segunda-feira de São Paulo.

Finalmente, entrou no Copan, você sabe, onde mora de tudo,
milhares, vários blocos, portarias de vidro sem porteiros, tantos elevadores. Entrou num, e corri para ver seu andar. Parou
no quinto. Entrei no outro elevador e apertei o cinco. Chegando, saí só depois de ouvir o silêncio do hall. Uns oito apartamentos por andar. As portas dando para o hall. Fui de uma
em uma. Encostava o ouvido. Televisões em alto volume. Ouvi
silêncios. Um rádio. Ouvi crianças brigando. Frigideira. Numa
das portas, casal conversando. Falavam baixo. Grudei o ouvido. Pararam. Então, o clique inconfundível, destravando um
revólver. Estava para dar o primeiro passo quando a porta se
abriu e um braço me puxou para dentro do apartamento. Rolei
pelo chão, a porta bateu, um pé no meu estômago, e um cara
sem camisa, alto, me apontando um 38.

— Fecha os olhos! Fecha a porra dos olhos!
Um chute, me virando no chão. No canto da sala, tia Luiza. Só
então fechei os olhos.

— O que é isso, o que você quer?! — ele perguntou.
Eu precisava do socorro de tia Luiza. Mas não vinha.

— Quem é este porra?! O que está fazendo aqui?! O que você
quer?! Desembucha logo!! Não vai falar?!

Levei um segundo chute, desta vez no rosto. Pegou em cheio no meu nariz. Abri os olhos assustado, e vi tia Luiza de lado, escondendo o rosto.

— Fecha os olhos, seu porra! — ameaçou o sujeito.

— No meu bolso! Eu trouxe a jóia! Aqui, pode pegar...

Com os pés, me virou de bruços. Do meu nariz, sangue. A dor: achei que me rosto ia rachar. Cano do revólver na minha nuca. A mão no meu bolso, e sacou o broche.

— Olha, olha, olha, Glória, o que temos aqui...

Glória, sua alcunha? Veio o socorro:

— É o meu sobrinho. Deve ter me seguido.

Ele riu. Gargalhou. Explodiu num ataque de riso. Fui me levantar, e o cano na minha nuca:

— Nem pense! — ele disse.

Nem pensei. Ele, seus passos, até o canto. Sentou numa poltrona.

— Deixe-o em paz! — disse tia Luiza, ou melhor, Glória.

Ela se sentou ao meu lado, pegou minha cabeça, colocou no seu colo e, baixinho:

— Não olhe pra ele. Faça tudo o que ele mandar...

Seu lenço no meu rosto, seu cheiro, tia, meu sangue, minha dor.

— Ele me viu — o sujeito disse.

— Ele não te viu — ela me protegeu.

— Ele me viu, claro que viu.

— Não te viu e assunto encerrado!

Quietos num instante. Não era uma poltrona. Uma cadeira de balanço. O balançar reque-reque, sua, nossa tensão.

— Fala, me viu ou não?!

— Não vi porra nenhuma! — decidi engrossar.

— Uau! — ele riu. — É valente... Fala, moreno ou loiro? Estatura mediana, pele clara, marca no rosto? Não me lembro, mas o cabelo é crespo, crespinho... — mais risos. — Esse garoto vai me reconhecer no primeiro álbum!

Não aceitei a provocação; ver se meu silêncio acalmava os ânimos. Difícil. — Mas o que este veado está fazendo aqui afinal?! — ele engrossou.

Foi o tal negócio, tia Luiza, ou Glória, quem era eu, de confiança, que nada a temer, eu quase ainda uma criança não contaria nada. Eu certo de que quanto menos soubesse ou dissesse, melhor. Mas o cara... Que criança o quê?! Paranóico: agressivo com ambos, ria enquanto ameaçava, tenso, debochava, e obstáculos em tudo, espiral de problemas, e por mais que ela me defendesse, pouco efeito. Impasse. Paciente, ela a convencê-lo a me deixar partir. Ele, impaciente, que eu podia entregar o apartamento, e que precisavam de outra solução.

Não usavam o termo aparelho. O momento, uma segunda fase do movimento que, da experiência adquirida, se sofisticava. Aparelhos em apartamentos? Poucos tinham, evitando contato com vizinhos, sempre ligados à polícia. Apartamentos? Difícil furar um cerco. Sem contar os papéis que estavam pedindo para novos inquilinos. Nos últimos tempos, as organizações tinham aparelhos em casas da periferia, baratas, poucos vizinhos e muitos terrenos baldios. Ou em sítios. 1971. Por vezes, tais aparelhos eram arapuca; a própria repressão, conhecendo o tipo de casa ou apartamento ideal para um aparelho, anunciava nos jornais com aluguéis baratos. Grande parte das organizações em franca agonia. Parte dos guerrilheiros em pânico: infiltrações, delações, quedas. A massa sem responder aos apelos, sem aderir, reescrevendo as verdades das cartilhas revolucionárias. Revolução não é poesia. Quem descobriu antes se safou. Quem descobriu tarde penou.

Os seqüestros abalaram o pouco prestígio. Girar sem sair do lugar, organizações em crise, expropriações para sustentar a caríssima estrutura. Nada de guerrilha rural. Guerrilha urbana: assaltos. E os mortos do regime, heróis da pátria, PMs, guardas de trânsito, seguranças de banco, motoristas de diplomatas, soldados, agentes, delegados, quase oitenta mortes, desgaste.

Entre os militantes, quem tinha esperança? O apagar das luzes, a luta morria. Repensar, urgente. O que é viável? Brasil não é Cuba. O MR-8 chegou a propor a seus quadros uma retirada em massa, transferir todos para o Chile. O fim próximo. Quem viu, viveu. Quem não viu?

Fiquei três noites nesse apartamento, da loucura ao terror, medo. No primeiro dia, escureceu, não acenderam as luzes e nem saí do chão. Na primeira noite, amarrado e amordaçado num canto da sala. Dormi? Segundo dia, terça-feira, só acordaram depois do meio-dia, e só então tiraram a mordaça, quer dizer, tirou: era ela quem me amarrava, amordaçava, trazia água e comida. Obediente. As ordens do companheiro, sempre longe dos meus olhos, na cadeira de balanço, se perguntando em voz alta o que fazer com aquele problema, eu, que, seguindo ordens, nunca lhe dirigia a palavra. Meu contato era apenas com ela. Para ela eu disse, livre da mordaça: Preciso sair daqui, hoje, terça-feira, urgente, talvez dê tempo, é urgente, por favor, preciso sair! Não posso fazer nada, ela disse baixinho. Mas é urgente, o meu futuro! Não posso fazer nada... repetiu.

Dividida, me dava atenção, gentil, sempre baixinho. Ambos prisioneiros? Ela não. Tinha tudo para fugir, mas não, pegar a arma, mas não, me libertar, mas não, e ao cair a noite, me amarrava e amordaçava, e com ele para o quarto, sempre a escuridão. Nessa terça, não senti fome, sede, frio, desconforto, não lutei para sobreviver, amargura no chão, sem ver, ouvir, sentir, pensando em Nelena, em tudo acabado. Na terça à noite, não fecharam a porta, e o vulto dos dois na cama, um só, se amando, e o quanto era passiva, inerte, objeto quase descartável. Ele tinha deixado aberta, e sabia que, de onde eu estava, podia ver, escutar, e fez isso por quê, um presente, um alento, me distrair?

Na manhã da quarta, acordei amarrado, e já estavam acordados, quer dizer, só ele, rangendo na cadeira de balanço, sem me desamarrar. Ela não aparecia. Fiquei sem água e comida. E amordaçado. Me arrastei, me sentei de costas, ele que não disse nada; só o ranger. Uma garrafa, um copo, ele bebia. Um atrás do outro. Provavelmente me olhava, a arma no colo, ao alcance da ação.

Mais tarde, uma batida na porta. Perdeu a tranqüilidade, se levantou correndo, destravou a arma. Ela se abriu. Pelas vozes, tia Luiza, Glória, e pelos barulhos, sacos de compras. Ele reclamou que faltaram jornais, que sempre se esquecia dos jornais e o caralho! O enrolar da língua: bêbado. Discutiram. Ele, num tom duas vezes mais alto, xingava porra! Ela, abaixa o tom por favor. Passou a agredi-la. Empurrões. Trancou ela no quarto e disse algo como está de castigo, burra!

Sentou-se ao lado, encheu um copo, tirou a mordaça e me deu de beber. Bebe! Bebe! Uma vodca amarga. Vou ficar aqui com meu irmãozinho, temos muito que conversar, está ouvindo, burra?!, gritou. Eu só quero ir embora, eu disse de costas. Ele, naquela: Não está gostando da companhia?, não está gostando do tratamento dispensado?, puxa, estou me esforçando ao máximo, bebe mais um pouco, bebe!, vai te fazer bem, está triste, caladão, qual é?, você é meu irmãozinho, cadê a gentileza, camaradagem?, cadê a solidariedade?, ninguém mais reparte, só querem o seu, o seu, não é assim?, egoísmo, companheiro, é a nossa doença, a vida continua, não vou ficar no meio da rua, esperando que alguém me dê a mão, não é assim?, e o pior, quem quer ajudar, morre na praia... Ficou em silêncio, deu alguns goles e disse: Quero te dar um presente, a gente sempre negocia, negocia tudo, quer ver?, eu empresto ela, é, pode pegar, é toda sua, eu reparto ela, também tive minhas tias garotão, bebe mais um pouco, bebe!, aí, garoto, agora sim, começamos a nos entender... Então continuou, mas se eu te der ela, o que ganho em troca, não é assim?, dando que se recebe, toma lá dá cá, olho por olho, surpresa: não quero nada em troca, é um presente, cavalo dado não se olha... você fica me devendo, eu te empresto e depois você paga, que tal?, e se não pagar, tudo bem, é presente mesmo, chance dessa não é todo dia, depois, ela não é uma coisa, não é?, quer ver?, Glória?, ô Glória!, vai se preparando, meu amor, temos uma surpresa...

Não respondeu. Ele se levantou com dificuldade, caminhou meio trôpego, a chave caiu da sua mão. Abriu a porta do quarto e tá surda, mulher?!, tô te chamando!, vem, pode vir, acabou o castigo, eu tenho um acerto pra tratar aqui com meu novo parceiro e preciso da sua colaboração.

Me deixa em paz, ouvi ela dizer. Ele era assim, do gentil ao bruto e do bruto ao gentil num estalo. Ficou no mimo, amorzinho, vem só um pouquinho. Trouxe ela. Fez ela se sentar na minha frente e me desamarrar. Puxa, abraça ele, teu sangue, teu sobrinho... Obedecemos. Exigiu mais carinho. Obedecemos. Que bonito, estou tocado... Mandou eu passar a mão, e não fez muito, só colou o cano do revólver na minha nuca e disse para obedecer, se não, voar sangue. Ela suplicou, deixe-nos em paz. Não tinha conversa. Ela chamou à razão. Ele passou a me dar ordens: Agora pega!, pega!, não aí, pega lá!, carinho, isso, carinho... olha que gostoso... agora beija, bem devagar, vai, beija!, que isso, rapaz, não está escutando?!, mandei você beijar. E tia Luiza repetia: Obedece, vai obedecendo, obedece... Eu obedecia, tia Luiza me abraçava e repetia: Tudo bem, tudo bem...

Ele, mais um ataque de risos que durou. Ela inerte. Eu que teria de fazer algo, me apossar do revólver, e era o momento, que eu, desamarrado, tinha chances, talvez a única. Tudo num pulo me levantei. Ele, mais rápido, dominou a situação: Vem!, pode vir, garotão, esperando o quê?!

Furioso, voltou a ser violento, me deitou de bruços, mordaça e amarras de um jeito que não conseguia nem me virar. Fez um discurso, que só conhecia traidores, confiar em ninguém, que talvez eu fosse diferente, mas que pelo visto era um caso perdido, derrubou a cadeira num chute, que não agüentava mais, que o ambiente estava carregado, que ia dar uma volta e, surpreendentemente, foi embora nos deixando a sós.

E por que ela demorava? Por que ainda quieta no canto? Não o fez, não saiu do lugar. A sós, nossa oportunidade, mas não fez nada, não aliviou as amarras nem tirou a mordaça, não falou comigo nem se desculpou. Nem se libertou. Deitado sem poder me mexer, falar, e ela no canto, sem me soltar. Por quê? É duro...

Noite, escureceu, não acendeu as luzes.

Ele voltou.

Reclamou que a casa estava um fedor, que eu fedia; estava há o quê, dias jogado no chão? Mandou me desamarrar e me dar um banho, que não agüentava aquele cheiro. Ela fez isso mesmo: me soltou, me levou ao banheiro, encheu a banheira, me ajudou a tirar as roupas e me fez entrar dentro. Levou a roupa suja e voltou com uma nova. Eu obediente, sem reagir, só obediente, cabisbaixo, banheira de água quente, encolhido, e procurava não pensar. Sentou na borda, o sabonete numa esponja, e a me limpar, esfregar, limpar. Sussurrava algo. Era o quê, cantava? Era. Quase sem emitir som, uma música de ninar. Boi da cara preta, pegue o paspalhão que tem medo de careta... algo assim. Minhas costas, meus cabelos, minhas orelhas, e cantando. Acabou, me enrolou numa toalha, me ajudou com a roupa nova; emprestada do seu companheiro. Prontos, abriu a porta e pediu permissão para sairmos do banheiro. Concedida. Me trouxe de volta para a escuridão da sala. Seu companheiro da cadeira de balanço fez um comentário do tipo agora sim...

Foi na madrugada da quinta-feira. Acordei assustado. Estava, como sempre, no chão da sala, mas desamarrado! Escuro, acordei e fiquei uns cinco minutos sem me mexer. Escutei os barulhos da casa, do prédio, da cidade. Os dois dormiam no quarto, porta aberta. Com muito cuidado, me sentei, me levantei. Em pé por cinco minutos no mesmo lugar, olhando seus vultos, as portas, a sala. Dei um passo e parei. Dei outro e parei. Tentei abrir a porta do apartamento. Trancada. Me acostumando com a escuridão, evitando ruídos, prendendo a respiração. Na ponta dos pés até o quarto. Entrei e me agachei. Cinco minutos sem sair do lugar. As roupas dela jogadas no chão. Me arrastei. Revirei os bolsos, até encontrar um chaveiro. Quando levantei a cabeça, ela de olhos abertos, bem abertos, me olhando. Fiquei parado, as chaves na mão, encarando-a. Ela ainda deitada, não se mexia. Seu rosto, como uma máscara, não dava sinais de vida. Só seus olhos brilhavam; eu refletido neles. Ficamos nos olhando por um bom tempo, ela na cama, eu de joelhos, o chaveiro na mão.

Me levantei, saí do quarto, dei uma última olhada. Ele dormia, ela me olhava. Vi o broche LIFE na mesa da sala. Decidi não levá-lo. Seria meu último presente.

Quinta-feira de inverno, manhã. O sol nascendo quando saí do prédio. Tanta luz, cores, informação. Sem olhar pra trás, pros lados, caminhei. Sem parar, fui indo. Ladeira, esquinas, fui. Só quadras depois, comecei a correr. Subindo a Augusta, corri como um louco. Sirenes, e não abalava. Até faltarem pernas, fôlego, me sentei num banco e não fiz nada. Quanto tempo? Me pareceu eterno...

Um táxi.

Para onde? Para casa.

Perto de casa, mandei dar uma volta na quadra. Já não sabia o que era suspeito e o que fazia parte da rotina, o que era padeiro ou delator, e aquele leiteiro ali?! No portão, pedi para esperar. Ninguém ainda acordado. No meu quarto, meu dinheiro no envelope NELENA intacto. Enfiei tudo no bolso. Na sala, cruzei com a empregada: O que está fazendo aqui, menino?!, estão todos te procurando!, corre!, o enterro é daqui a pouco. Fui saindo. Me disse: Cemitério da Consolação. Repetiu: Cemitério da Consolação. O táxi me esperando. Entrei no carro. Cemitério da Consolação, rápido!

No estacionamento, meu coração disparou: os diversos carros da família, os motoristas caras conhecidas. Segui o fluxo de pessoas. Até a capela. Onde você esteve?!, fui ouvindo pelo caminho.

Gente amiga, empregados, sócios, primos, noivas, tios, minhas irmãs, meus pais, chocados, nos lamentos, choros, revolta. Num banco, sóbrio, meu avô consolando minha avó. Velas. No caixão, arranjo de flores, um vestidinho branco de rendas, sapatinhos brancos, fivelas rosa, uma mão sobre a outra, um terço, um véu e o rosto imóvel, pálido, delicado de Nelena.

Não me aproximei mais. Voltando de costas, esbarrando, abrindo caminho, saindo. Fui seguro. Joana me perguntou: Era pra ela o médico, não era? Meus olhos encharcaram. Minha voz não saía. Agarrou meu colarinho e foi perguntando, falando: Por que ela não procurou o que indiquei?, liguei pra ele, não foi ele, qual foi o açougueiro que fez isso?, o que deu em você?!, eu tinha dinheiro, tinha te avisado...

As mãos nos ouvidos, virei as costas. Correr.

Corria em silêncio.

Saí do cemitério.

Descendo a Consolação.

Corri, atravessei ruas sem olhar, as mãos nos ouvidos, sem parar.

Fui dar na Ipiranga.

Copan.

Parei e fiquei olhando o prédio. Então dei um grito tão alto. Na calçada, todos me olharam.

Enxuguei as lágrimas e entrei no prédio. Quinto andar, saí do elevador. Parado no hall. Por que voltava? Era como se fosse levado. E pra onde ir? Do horror ao horror...

A porta do apartamento escancarada. Vozes de dentro dele. Portas de outros apartamentos semi-abertas. Pessoas olhavam assustadas pelo vão. Uma vizinha me contou: Fugiram antes da polícia chegar, sempre desconfiei...

Andei como se estivesse a caminho de um outro apartamento. Diminuí o passo ao cruzar com o de Glória e o companheiro. Seis ou sete à paisana, armados aos dentes, chutando, derrubando, revistando. Dois deles, reconheci: os mesmos da Doutor Arnaldo, metralhadoras em riste organizando o trânsito. Um ao telefone, aos berros. Notou minha presença no hall e gritou tá olhando o quê, garoto?!, alguém fecha esta porta, porra!

A porta bateu na minha cara.

Desci pela escada.

Andando sem rumo pelo centro.

Deitei num banco do largo do Arouche.

Dormi.

Acordei, e ainda dia.

Igreja Santa Cecília. Assisti à missa.

Estação Júlio Prestes.

Dormi num banco.

Na manhã seguinte, rodoviária.

Uma passagem da Empresa 9 de Julho, por favor.

Enquanto tomava café, escrevi uma carta para meus pais: não se preocupem, estou bem, vou viajar, não posso explicar, desculpem por tudo, melhor que não soubessem mais detalhes, que se perguntarem, digam que fui estudar no exterior, e que eu amava toda a família e que mandaria notícias. Selei a carta.

Caixa do Correio. Minha entrada para a clandestinidade.

Às sete horas, o ônibus entrava na BR-116.

Registro.

Jacupiranga.

Chegou em Eldorado Paulista depois do meio-dia.

Desci na praça.

Desci a ladeira: a cidade baixa.

Bati na casa de Josimar.

Fomos para a margem do Ribeira. Contei tudo. Pedi sigilo. Pedi ajuda. Foi ele quem teve a idéia. Me deixou esperando por meia hora e voltou com um chapéu de palha e uma sacola de pano: panela, caneca de metal, um facão. Esfreguei lama do rio na roupa e no corpo. Comprei uma enxada, um rádio potente, uma lanterna e pilhas.

Fomos para a praça. Juntos, num canto, esperando o ônibus de Barra do Braço. Naqueles trajes, o chapéu cobrindo o rosto, ninguém me reconheceu.

Chegou o ônibus. Me despedi. Me sentei no último banco.

Barra do Braço, comprei uns mantimentos na venda.

Entrei na mata.

Subi o morro pela trilha de caça.

Cruzei o sítio de Izair Lobo.

A gruta da serra do Itatá.

De lá, eu vi o sol se pôr.

De lá, não saí por muito tempo.

Ouvindo rádios ondas curtas, de Havana, Pequim, Moscou, programas em espanhol, alguns em português, para revolucionários de todo o mundo, uni-vos!, com notícias do andamento e desandamento das lutas.

Recebia a visita de Josimar: construímos juntos um barraco encostado na gruta. Sempre me trazia notícias. Soube por ele da morte do vovô ("fui capitão do mar, por onde andava a armada de Netuno que eu buscava..."). Soube da falência e da venda da fazenda. Por vezes, Josimar trazia revistas e jornais. Por vezes, uma garrafa de vinho, que bebíamos até anoitecer. Me trouxe presentes de Natal.

Um ano depois que cheguei, eu já irreconhecível, barba espessa, a pele marcada pelo sol e o andar de camponês. Uma horta, uma roça de feijão e não fui incomodado. As terras em que vivia não tinham dono, ou, se tinham, não deu as caras. Eu, mais um entre tantos posseiros que aportavam diariamente, sem passado nem causos, um anônimo. Depois, trabalhei por uns tempos com Izair Lobo, de quem fui sócio numa criação de porcos, sem nunca saber quem eu era.

Depois, trabalhei numa fazenda de búfalos de Bananal.

Deixa eu voltar um pouco.

Assim que cheguei me apossei da gruta. Andei muito, e andar era a forma de esquecer. Cheguei a vasculhar a área. A bica, as frutas, o palmito. Por lá tinha estado, treinado, marchado a guerrilha. Encontrei cartuchos, botas, cantis e uma espingarda enterrada na encosta de um morro. Havia também bombas não deflagradas. Tudo o que encontrava, levava para a gruta.

Estava me esquecendo.

No dia que cheguei, desci do ônibus, comprei mantimentos, e o maior bafafá na venda. Mataram o homi, dizia um. Acredito não, dizia outro. Mataram, ói aqui a foto dele na capa, óios e boca aberta, parece indigente de magro. N'ele não. Má tá dizendo aqui, tá duvidando do jornal?!

```
        TERROR CHEGA AO FIM
          nota oficial da
        Polícia Militar de SP
          setembro de 1971

O terrorista Carlos Lamarca morreu na tarde
do dia 17 de setembro de 1971 ao reagir à
voz de prisão dada por uma equipe de segu-
rança na região de Pintada, município de
Brotas de Macaúbas, Bahia.
Cumpridas as formalidades legais, foi enterra-
do em Salvador, na tarde do dia 19 de setem-
bro, sob a responsabilidade de um parente.
A morte de Lamarca interrompeu definitiva-
mente uma carreira inexorável de crimes e
traições, cujos reflexos negativos incidiram
em diversos setores do país, além dos con-
dicionamentos espúrios impostos a vários
jovens que se viram atraídos pelos acenos
quixotescos desse falso líder.
O ex-terrorista era um homem visivelmente
frustrado e recalcado, megalomaníaco por
temperamento, prevalecendo seu traço pre-
dominante de depressão acentuada e profunda
introspecção. Obstinado, fanático, reacio-
nário e agressivo, incapaz de dialogar ou
aceitar sugestões de mudança no que plane-
java, mesmo reconhecendo a possibilidade do
desastre decorrente.
```

Lamarca. Três anos de fugas rompendo cercos ou escondido em aparelhos. Em seu rastro, três mortes: tenente Mendes Júnior no Ribeira, guarda civil Orlando Pinto da Silva em São Paulo, no único assalto a banco de que participou, e o agente federal Hélio de Carvalho Araújo, morto a bala durante o seqüestro do embaixador suíço, o único que comandou. Na verdade, três ações na cidade, só três: esse assalto a banco, esse seqüestro e o roubo do cofre do Adhemar. Tentou montar um campo de treinamento de guerrilha no Ribeira. Em 71, estava claro para a organização que deveria deixar o Brasil. Ele achou que estava sendo boicotado, disse meu lugar é aqui, citou a frase com que Marighella assinava seus manifestos, ou ficar a pátria livre ou morrer pelo Brasil, escreveu à mulher que morava em Cuba, perdemos o direito de morrer até que a morte seja um exemplo, e passou para o MR-8 com sua companheira Iara, por divergir da estratégia da VPR e por acreditar que, na nova organização, retomaria o trabalho com a massa. Recuo, nem pensar. Lamarca estava para explodir. Não suportava mais a vida em clausura. Como um líder revolucionário agiria sem saber o que se passava com seu povo? Queria sair, ver, fazer. Escreveu em seu diário que entre as deformações das massas e das esquerdas, preferia as das massas, e que enquanto a vanguarda radicaliza num processo intelectual e cai num pólo insustentável, a massa só lentamente vai checando os valores da ideologia burguesa.

MR-8, então, maior e mais bem estruturada organização. Enviaram Lamarca (Pedro) e Iara (Gláucia) para o sertão da Bahia. Foi recebido por Zequinha, que nasceu lá, conhecia tudo e todos.

Nem bem chegou, o MR-8 a se desintegrar, história conhecida de quedas, prisões, torturas e mais quedas. Em Salvador, uma dirigente do MR-8 entra em crise paranóica e se entrega; o MR-8 da Bahia com os dias contados.

De Londres, o novo disco de um Caetano Veloso exilado. A primeira do disco, *The Little More Blue*, em inglês, a tristeza de ter deixado um país de praias calmas e coqueiros, o dia em que foi preso no Brasil e chorou, chorou, mas que se sente mais tranqüilo em Londres, viu um filme mexicano em que dois irmãos gêmeos tentaram matar um ao outro, até a mãe se colocar entre eles e receber dois tiros. Na letra da música, a mãe se chamava Libertad Lamarque. Buriti Cristalino, Bahia. O MR-8 tinha quatro homens, entre eles Cirilo, novo codinome de Lamarca, maior parte do tempo escondido a uns 2 quilômetros do povoado, entre pedras e mata rala, quase caatinga, sem contato, escrevendo documentos, cartas e um diário.

Carlos Lamarca
30 de junho de 1971

Hoje à tarde, discutirei com os companheiros os documentos sobre o campo e sobre o plano de educação que desenvolvem os camponeses. Até então, as conversas têm sido sobre as clássicas perguntas, por isso tenho falado muito, mas estou ansioso mesmo é para ouvir, e serei disciplinado nisso. Aqui na região, quem come todos os dias já é considerado rico. E o INCRA cai em cima com impostos, o que é um pólo de tensão aqui. Os impostos são cobrados por uma escolta, chamada de comando fiscal, composta por militares armados de INA e o fiscal. A massa deseja emboscá-los.

Lamarca fumava de vinte em vinte minutos. Prometeu diminuir. Emagreceu. Ouvia rádio. Chegam mais dois do MR-8. Agora, seis ao todo.

Carlos Lamarca
2 de julho de 1971

Discutimos ontem e me integrei ao plano de
educação dos camponeses; participarei escrevendo. Coube-me explicar o que é o imperialismo; vou me esforçar para ser entendido. Discutimos também dar conteúdo político
aos ditos populares. Só lamento não estar
em contato direto para me adaptar melhor e
iniciar a Revolução Cultural. Decididamen-
te, temos de incorporar aspectos religiosos
nesta fase de implantação política. Neguinha,
não há propaganda da ditadura que sensibi-
lize o campona: a situação está difícil
mesmo, a luta pela subsistência é dura,
cotidiana, e os impostos estão firmes em cima.
Circula pouco dinheiro ou se dá em troca.
Estão ainda no estágio da troca.

Lamarca isolado. Exercícios físicos, praticar a mira sem dar
tiros. Hora para tudo: rotina e disciplina. O tempo passar.

Carlos Lamarca
7 de julho de 1971

Iniciamos a dinamização do processo de educação dos camponeses e discussões internas,
e estou atuando transformadoramente no grupo, que parece que vai bem. Estou sempre pro-
pondo criativamente na prática, isto está
impressionando; agora, esperavam o teórico
com conhecimento e prática militares, mas
quero ser o político na prática.

Começo de agosto. Um dos companheiros, Zé Carlos, justamente o que tinha levado Lamarca para o sertão, é preso em

287

Salvador. Mais uma vez o pesadelo: desmobilizar a área. Mais uma vez prefere ficar. Um companheiro de Buriti é despachado para o Rio, levando cartas e o diário de Lamarca. Discutir a situação com o comando da organização. Vigilância em Buriti redobrada; espalham olheiros para detectar presença de soldados. O comando do MR-8 decide: permaneçam, desde que sejam tomadas precauções.

Em Salvador, já tinha caído Iara, companheira de Lamarca, que se matou quando se viu cercada. Rio de Janeiro, 21 de agosto, as cartas de Lamarca são apreendidas acidentalmente: numa barreira do DOI-Codi, um militante se apavorou e abandonou o carro no meio do congestionamento com os papéis. Analisados, davam a entender que Lamarca estava, sim, no sertão baiano. Corrida contra o tempo, e quando a notícia sigilosa da morte de Iara (na Bahia) chegou aos órgãos da repressão, 213 agentes de mais de dez organizações paramilitares partiram pra lá: caçar o número um. Nada do aparato bélico da Operação Registro. Modernidade: rede de informes, delatores, sigilo. Os planos: Lamarca deveria ser morto no dia 25 de agosto, dia do soldado.

No sertão, os agentes se espalham. Retratos de mão em mão, confirmaram Lamarca na área; foi reconhecido em Brotas de Macaúbas. Estava acompanhado de Zequinha, aquele de Buriti Cristalino, diz o informante.

```
       OPERAÇÃO PEJUSSARA — EPÍLOGO
            general Argus Lima
        comandante da 6ª Região Militar

   Chegando a Pintada, determinou o comandante
   do DOI, major Cerqueira, que as viaturas
   ficassem à sombra de uma árvore, na entrada
   dessa localidade, e sob a guarda de seus
```

dois motoristas. Analisando a situação, o comandante do DOI iniciou com sua pequena equipe o deslocamento a pé, na trilha de Pintada, a fim de realizar uma junção com a equipe Tigre. Após marchar cerca de duas horas e não ter encontrado essa equipe, decidiu retornar.

Quando se aproximava das viaturas, a cerca de 500 metros, o motorista Fumanchu, aos gritos, ofegante, chamou: "Major, tem dois homens deitados debaixo da árvore." Mais calmo, disse haver um rapaz informado que vira um homem deitado, e ele resolvera verificar, quando observou não um, mas dois homens, com sacos, e apresentando todas as características dos terroristas. Sem ser necessária nenhuma ordem, a pequena equipe, a exemplo de seu chefe, major Cerqueira, engatilhou suas armas e procurou aproximar-se dos dois homens deitados. A cerca de 10 metros dos mesmos, em virtude de dois elementos da equipe terem se lançado através da caatinga, para encurtar caminho, provocando ruído de mato quebrado, despertou um dos terroristas, o qual exclamou: "Capitão, os homens estão aí!" Toda a equipe, a essa altura, já estava em linha. O elemento que falou começou a correr, iniciando-se então o tiroteio. O segundo levantou-se, tentando correr, carregando um saco. Esse foi abatido 15 metros à frente, caindo ao solo, enquanto o que dera o alarma, apesar de ferido, prosseguiu na fuga. O major Cerqueira, ao lado do terrorista caído, determinou que o cabo ajudasse o outro agente que perseguia o terrorista em fuga, Zequinha, entregando-lhe para isso sua metralhadora, pois a que o cabo portava estava quebrada.

Pouco adiante, o terrorista em fuga virou-se para o agente que o perseguia, atirando-lhe uma pedra, recebendo então a última rajada. Ainda gritou: "Abaixo a ditadura!", caindo morto. O comandante do DOI travou o seguinte diálogo com o primeiro terrorista abatido, que reconhecera como sendo Carlos Lamarca.

— Você é Lamarca?

Nenhuma resposta foi obtida. Repetiu a pergunta.

— Sim, sou Lamarca.

— Como é o nome de sua amante?

— Iara.

— Sabe o que aconteceu com ela?

— Suicidou-se, não é?

— Morreu. Onde está sua família?

— Em Cuba.

— O que você acha disso?

— Sei quando perco.

— Você é um traidor do Exército Brasileiro...

Não foi obtida resposta. Carlos Lamarca estava morto. Eram 15h40 de 17 de setembro de 1971, sexta-feira. Finalmente, pôde ser transmitida a mensagem tão ansiosamente esperada: "Operação Pejussara! Missão cumprida!"

Junto aos corpos, saco com rapadura, farinha, um par de meias e um pedaço de fumo de corda.

No bolso de Lamarca, 810 cruzeiros, que foram repartidos pelos guias e informantes. Os corpos foram levados para Brotas de Macaúbas, a 20 quilômetros de Pintada. Expostos no campo de futebol. Depois, de helicóptero para Oliveira dos Brejinhos, perto de Buriti Cristalino, onde também ficaram expostos num caixão apertado, Zequinha em cima de Lamarca.

Só ao anoitecer levaram para Salvador. Autopsiados pelo médico-legista Charles Pitex. Só encontrou balas de fuzil no corpo de Lamarca, não de metralhadoras; é o que diz. Antônio Carlos Magalhães, governador da Bahia, correu pra Brasília para dar as boas-novas. Só dois dias depois, a notícia vazou. Comunicados oficiais. Lamarca morto. Em Eldorado, ninguém festejou. E, já disse, duvidam até hoje. Eu...

O casamento de Josimar; o próprio noivo insistiu, me confiando que o clima estava calmo, que ninguém mais falava em DOPS ou terroristas. Para me obrigar a ir, me convidou para ser o padrinho. Me trouxe roupas, me fez tomar um banho de rio, aparou minha barba e cabelos e me fez prometer chegar pontualmente.

Cheguei pontualmente, depois de uma viagem de ônibus de Barra do Braço a Eldorado. Cruzei a fazenda de olhos fechados, com dores no coração e uma emoção que não sei...

Já passou.

Eldorado. O casamento na igreja lotada. Depois, festa no Clube Apassou, muita dança e fartura. Durou até o amanhecer. Fiquei mais no canto que nas mesas, mais calado que nunca, não dancei, não bebi, mal conversei e procurava sair das rodas quando começavam quem eu era, como havia parado por lá, como conhecia o noivo.

Fim de festa. O sol saiu. Saí pelas ruas abraçado em Josimar. Ele, bêbado. Pela praça, nos lavamos no chafariz e ficamos sentados abraçados olhando o chão. A cidade sente muita falta de vocês todinhos, pode acreditar... ele disse.

Ficamos em silêncio. Era como se me falasse de um tempo séculos atrás. Eu falei algo como é, eu sei... E abri um choro forte, raivoso, que de tão repentino, nem lágrima saiu. Só os pulmões, a garganta, a boca tensa e o choro. Me abraçou e me lembrei, chorando, a família, meu pai, mãe, irmãs, Nelena, e chorei, Nelena... Ouvimos o motor de um ônibus. No canto da praça, o ponto de ônibus. No alto do pára-brisa, em letras garrafais, a cidade:

SÃO PAULO

Josimar olhou para mim, que olhava o ônibus, e disse, numa sabedoria que me emocionou: não tem mais adiamento, adiar não é vida, dizem que viver é a nossa distração, já que estamos vivos...

A hora tinha chegado. Olhei, sorri, e há tanto não sorria. Me levantei, abri bem os braços e, como num milagre, o sino da igreja tocou. Disse adeus, cruzei a praça num pulo e entrei no ônibus, deixando pra trás tudo, meu esquecimento, meu balanço.

Na minha chegada, festa na família, uma outra família. Braços abertos, carinho, e nenhuma pergunta; sabiam, eu acho, que eu estava metido em algo grande, e não era o único. E ainda não se faziam perguntas na época. Riam, quem imaginava, você, o mais calado, envolvido naquilo tudo... Sem a fazenda, sem o avô, a morte de uma neta, novos tempos. A inocência estava nos álbuns. Todos cresceram, mudaram, amadureceram, ganharam com o sofrer. Todos fizeram o balanço.

O país fez.

Depois, a Anistia.

Exilados voltaram. Nenhuma censura na imprensa. Diariamente, entrevistas e depoimentos sobre os anos negros. O Brasil soube, então, detalhes da luta quase invisível. Livros, edições especiais de revistas e jornais. Ex-guerrilheiros se reencontravam, contavam os mortos, reavaliavam. Vivi a expectativa de que em algum avião, tia Luiza. Li e reli em detalhes tudo o que foi publicado. Cheguei a conversar com ex-militantes. De porta em porta, de organização em organização, isto é, de sobrevivente em sobrevivente. Acusações. Muitos reclamaram que foram iludidos pelos líderes, que diziam que havia militantes preparados nesta ou naquela floresta, prontos para a revolução, que havia bases de apoio dentro das fábricas, quartéis, universidades. O próprio Lamarca caiu na conversa. Lungaretti, acusado de entregar a área do Vale, disse que Lamarca falhou, que devia ter desativado a área assim que soube de sua prisão, e que, sob tortura, ganhou tempo, entregou aos poucos, primeiro o contato da área abandonada, exatamente como tinha sido treinado, para dar tempo aos companheiros cercados no Vale. Lungaretti não perdoa Lamarca. Uns não perdoam por não terem sido lembrados nas listas de presos exigidos nos seqüestros. Uns não perdoam aqueles que foram arrastados à TV: os arrependidos. Na tortura, uns falaram mais que outros. Uns nem foram torturados e entregaram tudo. Outros mudaram de lado, negociaram, colaborando com a polícia. Amigos delataram amigos. E aqueles que não abriram a boca? Companheiros morreram para salvar companheiros.

As marcas expostas. Os pesadelos vão e voltam. Em 92, uma equipe de especialistas do Exército destruiu com uma carga de explosivos uma bomba de 50 quilos encontrada num sítio nas proximidades de Jacupiranga; uma das muitas jogadas pelos aviões e helicópteros da Operação Registro.

Ao todo, 50 mil tiveram passagens pela prisão. Mais de 11 mil foram processados com base na Lei de Segurança Nacional, sem contar os presos ilegalmente. Quantos morreram? Ninguém sabe. Quantos desapareceram? Cada um diz um número. Não se sabe onde está o dinheiro levantado em tantos assaltos. Não se saberá nunca. A história completa nunca será desvendada. Pedaços. Mistério para sempre. Mesmo que um historiador use todos os documentos e testemunhas, não escreverá a história completa. Ela existe, mas é impossível de ser resgatada. Ela existiu, mas não mais.

Os processos militares tornaram-se públicos. A Igreja a recolher dados para o projeto Brasil Nunca Mais.

A ALN, a maior organização de guerrilha, nunca superou a morte dos líderes. Rachas. Em 73, a organização reavaliou; quebrar o círculo vicioso de ações armadas para manter estrutura clandestina. Na agonia final, a guerra particular contra os agentes da repressão: mandaram pro inferno um delegado torturador do DOI-Codi. Em 74, um grupo desarticulado e sem comando.

O MR-8, a maior organização do Rio, fez a evacuação. A estrutura orgânica foi desativada e reorganizada em 72, no Chile. Talvez por isso, o MR-8 sobreviveu aos anos negros.

A VPR sem a mesma sorte. Líderes no exterior, entre eles Onofre Pinto, continuaram obcecados, enviando militantes de volta ao Brasil. A chacina de Recife, delação do cabo Anselmo, o sinal do fim. Mesmo assim, Onofre, assim como o líder da Frente de Libertação Nacional, major Joaquim Pires Cerqueira, assim como Lavechia, que tinha lutado no Ribeira, tentaram entrar no Brasil em 73, de Buenos Aires, para voltar ao combate. Estão desaparecidos. Testemunhas viram Cerqueira no DOI-Codi do Rio, o rosto deformado pelas torturas. Outra testemunha, chilena, diz que Lavechia foi preso em Buenos Aires; conversavam pelo telefone, e ouviu a polícia entrar, gritar e bater o telefone. Desaparecidos.

A VAR-Palmares, que nasceu da fusão VPR e COLINA, prometendo ser a maior organização de guerrilha, abrangência nacional, o mesmo fim. Em 1970, numa só leva, caíram quase todos. A partir de 71, um pequeno grupo estruturado, limitando-se a assaltos para sustento próprio. Trabalho político? Nenhum. Nem manifestos nas ações, nem gritos Viva a Revolução!, queriam o quê, ser confundidos com assaltantes comuns para desinformar a repressão. Em 78, os últimos do grupo foram presos em São Paulo. Acusação: delinqüência comum. O PCBR foi outra. Semi-extinto, voltou às manchetes em 86, quando alguns membros praticaram um assalto a banco em Salvador. Julgados como delinqüentes comuns. O MRT praticamente extinto em 71; uma de suas últimas ações foi com a ALN, o justiçamento do executivo do Grupo Ultra acusado de financiar a repressão e de inventar a máquina de choque especial conhecida como Pianola Boilesen.

O MOLIPO, racha da ALN, nasceu em 71, conhecido como o grupo dos 28. Estavam em Cuba há anos, enviados por Marighella. Queriam voltar e combater. Voltaram ao Brasil, assaltaram bancos, roubaram armas, atentados a bomba, até alguns deles serem localizados em Goiás; procuravam implantar um trabalho entre os camponeses. Foram mortos em 73.

A REDE, ligada a Eduardo Leite, o Bacuri, atuava em cooperação com as outras. Em agosto de 1970, Bacuri preso no Rio. Prisão nunca anunciada. Meses torturado. Chegou a ler no jornal que ele havia fugido; a senha de que seria morto. Em dezembro, o embaixador suíço no Rio é seqüestrado. Bacuri arrancado da cela e morto, antes que seu nome entrasse na lista de presos em troca.

O PCdoB, você sabe, em sigilo, montando a área de operações no Araguaia. Guerrilha rural. O campo foi descoberto em 73. Massacre: poucos sobreviveram.

Organizações em todos os estados. Algumas, dez militantes; outras, milhares. Em algumas delas, bandidos comuns chegaram a se engajar. Da leitura dos processos da Justiça Militar: de 1964 a 1976, mais de cinqüenta organizações. Marighella defendia a existência de muitas organizações, desde que mantivessem a unidade. Mais tarde, se encontrariam todas num mesmo fim. No mais, o excesso de organizações era fundamental para a sobrevivência do movimento; com as quedas, muitos sairiam ilesos ao encontrar refúgio em outras. O fim da ditadura, prioridade um do movimento. A ditadura acabou com o movimento. A ditadura acabou anos depois. Resquícios do movimento sobreviveram. Em 89, o Exército investigou um grupo de pessoas que atuava em Volta Redonda, Rio. Admitido pelo goiano Jorge Pitaluga, especialista em explosivos, veterano da luta armada: Pensamos em instalar um campo de treinamento de guerrilha por aqui. Revelou que chegou a recrutar 15 pessoas para um curso, pessoas com passagens pela Líbia, Albânia, Cuba e Rússia. Procuraram terreno entre São Paulo e Minas para os treinamentos. O campo foi desativado e o grupo transferido para outra região.

Mas aonde quero chegar?

Claro...

Tia Luiza, que ninguém conhecia, que, para a família, caso encerrado: você, ninguém, arregaçou as mangas para investigar. Tia Luiza, foto amarelada nos álbuns, lapsos, vôo na memória, invasão eventual nos sonhos, um passado.

Vou dar um pulo.

Se lembra dos seqüestros de empresários em São Paulo? Fim dos anos 80. Grupo bem-organizado que exigia resgate alto, 3, 4, 5 milhões de dólares. Boatos de que agia em vários países. Os telefonemas para as famílias feitos por uma mulher com sotaque espanhol, coisa de profissional; os empresários soltos relatavam, barracas dentro das casas, que só se comunicavam com os seqüestradores por bilhetes, a luz constantemente acesa e um rádio ligado para que não escutassem os barulhos da vizinhança. Nada de manifestos políticos. Bandidos comuns, organizados, treinados, frios, experientes. Se lembra do seqüestro do Abílio Diniz, que a polícia descobriu o cativeiro? Liberado o empresário, presos os seqüestradores, ao vivo pela TV: canadenses, chilenos, espanhóis, nicaragüenses e um brasileiro. Exigiram o status de presos políticos. Julgados e condenados como presos comuns. O mundo era outro, difícil engolir que se tratava de uma organização nos moldes do passado. E lutavam pelo quê?

Vamos lá.

Estou muito rápido? Eu chego lá.

Uma mensagem na secretária eletrônica. Voz aflita, não falava meu nome, não dizia quem era, de telefone público, a ficha caindo. Pedia ajuda. Dizia que ia ligar mais tarde. Abri a lista telefônica e vi, sim, meu nome, telefone e endereço. Corri para fechar as janelas e cortinas. À noite, não acendi as luzes. Pensei: deveria dar o fora. Pensei: tenho de ficar. Fiquei. O telefone tocou, não atendi, atendeu a secretária, e de novo a mensagem, ajuda.

No último telefonema, deixou mensagem, só isso. Disse: Sei que está aí, alô, pode atender, por que não atende, alô... estou com saudades, estou sim, não vai atender?

Sabe, não, você não imagina o que estava se passando, ou talvez imagine, a voz, ela, depois de anos, ali, ao alcance das mãos. Ela disse: Está aí, me ouvindo e em dúvidas, tudo bem, não posso te exigir nada, tudo bem, estou bem, sabe, na mesma, mas estou bem, e vou te segredar, sinto falta de todos vocês, deve estar um homem pronto, bonito, queria te ver, não vai atender, tudo bem, eu entendo, tudo bem, meu perfeito paspalhão...

De arrepiar, a voz, quase vinte anos depois, viva, todo esse tempo fazendo o quê? Me achar era fácil. Me conquistar não seria. Por que não atendi? Achei que se ajudasse, seriam mais vinte anos sem vê-la, sem notícias. Se não ajudasse, ela cairia, e teríamos sua verdade, terrorista ou sei lá. A polícia contaria sua história. Grátis. Era isso. Estava torcendo para que ela caísse. Não, não seria eu a delatar, mas não ajudaria a escapar de mais uma. Ora, não preciso ficar me explicando. Ela desligou e, por alguma razão, ah, a intuição, fui à janela e olhei pela fresta. Rua de pouco movimento. Garoava. Na esquina, ao lado de um telefone público, uma figura feminina parada olhando para minha janela, ela, tia Luiza, cabelo curto, óculos escuros, um terno, difícil saber se era homem ou mulher, mas ela, mulher, me olhando, e eu deveria me esconder, mas fiquei, naquela fresta, por alguma razão, torcendo para que ela tivesse certeza de que eu estava ali a espionar. E ela não saía do lugar. Me olhava, eu olhava. Sabe o que fiz? Abri um pouco a cortina. Agora ela via, sim, era eu, o paspalhão, homem pronto, sem atender seus apelos, sem me esconder, olá, e então? Ficamos nisso, nos olhando de longe, nenhum aceno, a garoa, a rua sem movimento, segundos, minutos. Quem desistiu primeiro? Ela, que lentamente se virou, não acenou, enfiou as mãos nos bolsos, olhou o chão, atravessou a rua e é isso, adeus.

Não só isso. Três anos depois.

Em 93, explodiu acidentalmente em Manágua o aparelho de uma organização, bunker depósito de dinamite, mísseis, armas, granadas e documentos. Dois jornalistas brasileiros deram o furo.

Entre os documentos, lista de brasileiros seqüestráveis. Documentos dos seqüestradores presos no Brasil. A indústria multinacional do seqüestro, diziam, com militantes de organizações árabes, da Espanha, Alemanha, França, Itália, Japão e Brasil que, diziam, já tinha rendido 50 milhões de dólares no Brasil, 100 milhões no México, 500 milhões na Colômbia, raspa de ex-guerrilheiros combatendo sabe lá o quê. Muitos dos envolvidos, passaportes frios. Outros tinham se naturalizado nicaragüenses; Nicarágua sandinista, dos últimos redutos do ideal revolucionário, guerrilheiros em crise, sem ter a quem recorrer, lutando pela autopreservação. Se transformaram em negócios autônomos. Tchau ideologia. Explodiu o bunker e é impossível saber quantos morreram. Nos escombros, o corpo de um só guerrilheiro salvadorenho identificado. Os jornais publicaram retratos dos envolvidos. Publicaram fotos do arsenal encontrado. Numa das fotos, passaportes apreendidos e objetos de uso pessoal. No canto da foto, sobre os objetos de uso pessoal, um broche de diamantes formando a palavra LIFE.

Na entrada do cinema de Eldorado, um espelho em cada parede, um de frente pro outro, refletindo um ao outro, todo o tempo, e se desenhava um caminho infinito. Sempre me perguntei se aqueles espelhos não se gastavam ou se cansavam. Um espelho deveria ter o direito à aposentadoria e refletir, no final, a escuridão. O que te parece?

Tia Luiza entre os dois espelhos. Um desaparecido não morre nunca. Queria ter a certeza, ela está morta, queria seu enterro, nosso luto, sua viuvez, minha quase orfandade. Já desejei uma última conversa. Evitei ter. Acho que nunca terei. Acho que este foi seu fim, o fim que eu quero: um corpo carbonizado. Sinto muito.

Por que evitei? Não sei, não entendo, interprete você. Assim foi, assim é a história, é? Talvez não, talvez ela esteja ainda viva, talvez nunca tenha feito parte de nada, talvez tenha imaginado tudo, o broche e o acaso, ela e a guerrilha. Alguma história tive de inventar para entendê-la, me entender, entender o que se passou. Posso ter acertado, posso ter me enganado, mas é por isso que estou aqui? Não. Utilizo você para procurar juntar os dados e chegar a um fim. Você está aí, me ajudou no seu silêncio a recontar a história e a encontrar um fim. Me aproveitei de você. Você está mudo, me ouviu, me teve, não me deve nada, eu devo a você, obrigado. Falei, e é bom falar.

O cônsul-geral do Japão, seqüestrado em 1970, teve um diálogo com o líder do grupo, Danislau Dowbor, teórico da VPR:

— Vocês são comunistas?

— Não somos comunistas e não temos ligação com a União Soviética nem com a China. Podemos dizer que somos revolucionários genuinamente brasileiros.

— Por que estão lutando?

— Não há liberdade.

— Vocês pretendem derrubar o regime militar e tomar o poder?

— Quanto a isso, as opiniões são ainda divergentes entre os companheiros.

Para entender, conheci parte do comando da ex-VPR, guerrilheiros trocados por diplomatas que voltaram na Anistia. Liguei para um deles, Mário Japa, liguei e falei, era garoto, com uma fazenda no Vale, e vi tudo, o tiroteio, a caça. Curioso, Mário me disse que ia ter um jantar no Rio, e eu estava convidado. Três ex-companheiros se reuniriam: Mário Japa, Maria do Carmo e Edmauro Gopfert. Peguei o primeiro avião. Rio de Janeiro chovendo. Fui direto para o jantar. Emocionante encontrar três personagens de anos de pesquisa. Ficaram surpresos com a quantidade de informações que eu tinha; era como um quarto ex-companheiro. Conversa rolou. Claro, o passado. A noite avançando, e percebia que estavam em dia com o passado, da prisão à tortura, do exílio à vida. Os três engajados em causas presentes. Os três tão resolvidos que se chamavam ainda pelo codinome, ironia, não? Nos emocionamos ao pensar em Lamarca, em como seria se estivesse vivo.

Gopfert me jurou que romper o cerco teve mais de improviso do que conta a História. Rimos quando contou que a agulha dos eletrodos quebrou e fingia na tortura. Rimos quando contou do jeitão debochado do Nóbrega tentando convencer os soldados inimigos a mudarem de lado, Nóbrega e o chapelão de palha, presente dos caboclos. Rimos do sargento bonachão pulando a cerca, com as costas cheias de formiga. Rimos das canoas que ninguém sabia manejar. Rimos da fama de Lamarca ter feito pacto com o demônio. Sorrimos quando contei que, em Eldorado, acreditam que ele ainda está vivo, um livro no colo e um revólver na cintura.

Edmauro Gopfert, 18 anos, estudante, clandestinidade, ações na cidade, guerrilha, Vale do Ribeira, prisão, tortura, trocado por um embaixador, dois anos de treinamento em Cuba, largou tudo em 75. Por que estavam lutando? Me disse que o Brasil era um horror, a TV uma merda, a imprensa seduzida pelos valores do Brasil província, enquanto as ruas ferviam, garotada elétrica, fazendo algo, todos querendo mudar, Jimi Hendrix atropelando acordes, incendiando guitarras, e nas rádios, o toque de caixa da banda militar. O contraste entre o Brasil tradicional e o futuro proposto nas ruas do mundo. Ia explodir. Explodiu.

Os ex-companheiros? Cada um reagiu à sua maneira, dos amargos que não superaram, dos que se transformaram da cabeça aos pés, e daqueles que continuam até hoje, envoltos no disfarce da delinqüência comum, viciados na vida clandestina, na ação armada, no ódio à burguesia, no ódio.

Paro por aqui.

Só mais uma.

Os gritos de Zequinha na mira da metralhadora: Abaixo a ditadura! Os gritos de Nóbrega na mira do coronel Erasmo: Viva a revolução! E as últimas de Lamarca: Sei quando perco.

A História em dívida. Sua maior ação revolucionária: Lamarca mudou, quando poucos mudavam; viu longe, quando era impossível enxergar; foi um visionário sob fogo cruzado. Descobriu: a luta é inviável. O ano, 1971!

Não se falou até hoje que Lamarca reavaliou, deixou a VPR militarista e aqueles que falavam em recuo ou em abandonar o Brasil, e foi para o sertão sem seu uniforme, simples brasileiro, e o inseparável Colt 38 para se defender. Claro, preso ainda aos esquemas viciados de uma organização clandestina, sem a rede de aliados do passado, quase sem dinheiro, amargando mais derrotas que vitórias, abandonado pelo povo.

Lamarca morreu com um furacão dentro. Foi lutar? Foi. Como? Foi ensinar, escrever, propor, convencer, discutir, aprender, conhecer o Brasil que contradisse as teorias revolucionárias e não aderiu. Foi ouvir do povo as lições da resistência, escutar dos velhos sábios sertanejos como fazer: o que era, afinal, tudo aquilo?

Poucos duvidam de sua capacidade militar, atirador de elite, matador de precisão, o senhor das estratégias, com a mais eficiente e corajosa das táticas: ficar dentro do cerco. Mas muitos duvidam de sua capacidade teórica, afinal, ex-capitão, filho de sapateiro, educado em quartéis, não é bem o perfil de um comandante exemplar. Não? Uma companheira escreveu-lhe uma vez elogiando sua decisão de não justiçar o embaixador suíço: Você é o grande líder de nossa revolução. Lamarca escreveu-lhe de volta: Não sou eu, o verdadeiro líder está para surgir.

Não está nos livros, Lamarca descobrindo. A verdade não está nos provérbios, mas nos ditos populares, não são os feitos das grandes revoluções que mudam o mundo, mas as lendas dos pequenos anônimos. Seu pacto, na caatinga, solitário, foi com a natureza e o homem. E sua maior tentação, descobriu tarde, o amor de uma companheira. Se existe um herói nesta história, é aquele que rompeu com as expectativas, aprendeu enquanto é tempo e admitiu: Sei quando perco. Enxergava além dos escritos, palavras, teoria, além dos mitos. Lamarca via além da profecia. Entregou-se ao sacrifício. É o herói que soube perder. Aí está. Pode, agora, continuar sua leitura. Desculpe a interrupção.

DECLARAÇÃO DAS ORGANIZAÇÕES
REVOLUCIONÁRIAS BRASILEIRAS COM MOTIVO DA
MORTE DE CARLOS LAMARCA
setembro de 1971

A morte do comandante Carlos Lamarca foi uma grande perda para a luta revolucionária de nosso povo. Porém, não representa em nenhum momento a derrota que a ditadura militar trata de transparecer na imprensa, nem tampouco uma suspensão da luta que hoje se desenvolve no Brasil.

A luta continua, como continuou depois da morte de dezenas de companheiros.

A luta continua porque a violência das massas camponesas está tomando formas cada vez mais expressivas no meio rural.

A luta continua porque setores da população brasileira têm sofrido quase tão cruelmente como os trabalhadores a opressão econômica.

A luta continua porque, apesar da repressão brutal nas cidades e no campo, as classes exploradas optaram por formas independentes de organização de luta.

A luta continua porque o modelo econômico da ditadura militar brasileira se mantém com a violência política, os crimes cometidos permanentemente contra seus opositores e contra o povo, assassinatos, torturas, falta de garantias jurídicas fundamentais, censura em todos os meios de divulgação, farsas eleitorais, intervenção nos sindicatos dos trabalhadores e entidades estudantis.

A luta continua porque a esquerda revolucionária brasileira aperfeiçoa a cada dia seus métodos clandestinos, cria novas formas de luta, sabe que é necessário levar a guerra ao campo, aprendeu com seus erros, concentrando seus esforços em unir-se às massas, fundamentais para a revolução. Em três anos de luta armada, a revolução brasileira passa hoje por uma de suas fases mais difíceis: a consolidação efetiva no seio da população, onde a fábrica e o campo são os principais terrenos de ação. É contra essa consolidação que a ditadura militar do Brasil coloca todo o seu potencial repressivo. É o medo da participação do povo na luta armada que a faz criar um estado de terror.

Hoje, a esquerda revolucionária brasileira está mais preocupada que nunca em transformar sua luta em guerra popular. A morte do comandante Lamarca, apesar de representar uma derrota parcial da revolução, é parte da luta que se coloca hoje para estender a frente de guerra, para integrar as massas camponesas e os trabalhadores rurais no processo revolucionário. A morte do comandante Lamarca é uma perda irrecuperável, porém não debilita nossa disposição de continuar.

ATÉ A VITÓRIA SEMPRE
OUSAR LUTAR, OUSAR VENCER

assinado:
Aliança Libertadora Nacional (ALN)
Movimento Revolucionário 8 de Outubro (MR-8)
Movimento Revolucionário Tiradentes (MRT)
Partido Comunista Brasileiro Revolucioná-
rio (PCBR)
Vanguarda Popular Revolucionária (VPR)
Vanguarda Armada Revolucionária (VAR-
Palmares)
Ação Popular do Brasil (AP)

POSFÁCIO

Este é um livro de ficção com elementos de não-ficção. Por ser um romance, não há qualquer preocupação em relacionar as fontes, muito menos em seguir um padrão preestabelecido pelas convenções. Muitas das frases estão sem aspas, seguindo o estilo livre condizente com um romance.

Os fatos referentes à guerrilha do Vale do Ribeira e à luta armada no Brasil, assim como os acontecimentos que envolveram o povo do Vale do Ribeira, estão próximos da verdade. Como o próprio narrador diz, a história verdadeira nunca será conhecida; muitas testemunhas fundamentais estão mortas, e o tema ainda hoje é tabu, especialmente nas Forças Armadas. Muitos depoimentos foram de pessoas que pediram para não ser identificadas.

A família Paiva teve uma fazenda a 2 quilômetros de Eldorado. Nela, passei todas as férias de minha infância e adolescência com tios e primos. Meu avô Paiva foi uma espécie de líder da região. Inverteu, sim, a igreja, alongou a praça, construiu uma escola, o asilo, o chafariz, e dava dinheiro para a formatura das três escolas de Eldorado. E era louco pelo poeta Luís de Camões. Meu pai construiu, sim, a ponte que cruza o rio Ribeira. Lamarca cruzou nossas terras, chegou a acenar para meu tio Jaime, e a fazenda foi depois cercada pela Aeronáutica, procurando ligações entre os Paiva e os guerrilheiros. Já a família Da Cunha nunca existiu. Nem a turma da cidade baixa, nem Josimar. O sargento Martinzinho também nunca existiu. São eles os elementos que compõem a parte ficcional. É importante ressaltar a contribuição para o livro dos ex-guerrilheiros e dos membros das Forças Armadas que se dispuseram a falar, e em especial a do povo do Vale do Ribeira. Gostaria de agradecer especialmente a Edmauro Gopfert, Chizuo Osava ("Mário Japa"), Maria do Carmo, Joaquim dos Santos ("Monteiro"), Ivan Seixas, coronel Erasmo Dias e todos os membros da antiga Força Pública de Eldorado.

Agradeço também àqueles que abriram seus arquivos, especialmente Judith Patarra, Fundação Getúlio Vargas e empresas *Jornal do Brasil*, Agência Estado, *Folha da Manhã* e Editora Abril. Agradeço a paciência de bibliotecários da USP, Unicamp, Biblioteca Nacional e Biblioteca da Universidade de Stanford, EUA. Agradeço ainda ao Hoover Institute, da Califórnia, que abriu as portas para minha pesquisa.

É importante ressaltar a colaboração indireta dos repórteres Osmar Trindade e Elmar Bones, do *Coojornal,* que publicaram o incrível relatório sigiloso do Exército sobre as operações no Ribeira e na Bahia; muitos trechos desse relatório foram publicados na íntegra; as falas do desabafo do personagem anônimo, oficial graduado que visita a família na Fazenda Apassou, foram extraídas do relatório.

E é importante também ressaltar a colaboração indireta dos autores e instituições:

ABREU, Hugo. *O Outro Lado do Poder*, Rio de Janeiro, Nova Fronteira, 1980.

ALARCON, Rodrigo. *Brasil, Represión y Tortura*, Santiago, Orbe, 1971.

ALVES, Márcio Moreira. *El Despertar de la Revolución Brasileña*, México, Diogenes, 1972.

_____. *Torturas e Torturados*, Rio de Janeiro, Empresa Jornalística, 1967.

Amnesty International. *Report of Allegations of Torture in Brazil*, Amnesty International Publications, 1972.

Archdiocese of São Paulo. *Torture in Brazil*, Nova York, Vintage Books, 1986.

BETTO, Frei. *Os Dominicanos e a Morte de Marighella*, Rio de Janeiro, Civilização Brasileira, 1983.

BIOCCA, Ettore. *Strategia del Terrore*, Bari, De Donato, 1974.

BORBA, Marco Aurélio. *Cabo Anselmo*, São Paulo, Global, 1984.

Brasil Nunca Mais. *Projeto BNM*, Petrópolis, Vozes, 1985.

CALDAS, Álvaro. *Tirando o Capuz*, Rio de Janeiro, Codecri, 1981.

CASO, Antonio. *Los Subversivos*, Havana, Casa de Las Américas, 1973.

DEBRAY, Régis. *A Guerrilha de Che*, São Paulo, Edições Populares, 1987.

DREYFUS, Richard. *1964*, Petrópolis, Vozes, 1981.

FON, Antônio Carlos. *A História da Repressão Política no Brasil*, São Paulo, Global, 1979.

FREITAS, Alípio. *Resistir É Preciso*, Rio de Janeiro, Record, 1981.

GABEIRA, Fernando. *Carta sobre a Anistia*, Rio de Janeiro: Codecri, 1979.

_____. O *que É Isso, Companheiro?*, Rio de Janeiro, Codecri, 1979.

GONTIJO, Ricardo. *Sem Vergonha da Utopia*, Petrópolis, Vozes, 1988.

GORENDER, Jacob. *Combate nas Trevas*, São Paulo, Ática, 1987.

Grupo Tortura Nunca Mais. *Primeiro Seminário*, Petrópolis, Vozes, 1987.

GUEVARA, Che. *Revolução Cubana*, São Paulo, Edições Populares, 1979.

JANSEN, Humberto. *Os Vivos e os Mortos*, Rio de Janeiro, Avenir, 1980.

JOSÉ, Emiliano e MlRANDA, Oldack. *Lamarca, o Capitão da Guerrilha*, São Paulo, Global, 1989.

LOBO, Amilcar. *A Hora do Lobo*, Petrópolis, Vozes, 1989.

MARIGHELLA, Carlos. *Escritos*, São Paulo, Livramento, 1979.

_____. *Manual do Guerrilheiro Urbano*, cópia em xerox.

_____. *For the Liberation of Brazil*, Harmondsworth, Penguin, 1971.

MIR, Luís. *A Revolução Impossível*, São Paulo, Best Seller, 1984.

MOCELLIN, Renato. *As Reações Armadas ao Regime de 64*, São Paulo, Editora do Brasil, 1989.

OKUCHI, Nobuo. *O Seqüestro do Diplomata*, São Paulo, Estação Liberdade, 1991.

PATARRA, Judith. *Iara*, Rio de Janeiro, Rosa dos Tempos, 1992.

POLARI, Alex. *Em Busca do Tesouro*, Rio de Janeiro, Codecri, 1982.

PORTELA, Fernando. *Guerra de Guerrilhas no Brasil*, São Paulo, Global, 1979.

PRADO JR., Caio. *A Revolução Brasileira*, São Paulo, Brasiliense, 1987.

QUARTIM, João. *Dictatorship and Armed Struggle in Brazil*, Londres, NLB, 1971.

REBELLO, Gilson. *A Guerrilha de Caparaó,* São Paulo, Alfa-Omega, 1980.

RIBEIRO, Otávio. *Por que Traí,* São Paulo, Global, 1984.

SILVA, Golbery do Couto e. *Conjuntura Política Nacional,* Rio de Janeiro, José Olympio, 1981.

SILVA, José Wilson da. O *Tenente Vermelho,* Porto Alegre, Tchê, 1987.

SIRKIS, Alfredo. *Os Carbonários,* São Paulo, Global, 1982.

SODRÉ, Werneck. *Vida e Morte da Ditadura,* Petrópolis, Vozes, 1984.

TAPAJÓS, Renato. *Em Câmara Lenta,* São Paulo, Alfa-Omega, 1979.

United States Congress House. *Torture and Opression in Brazil,* Washington, Gov. Print. Office, 1975.

Conheça mais sobre nossos livros e autores no site
www.objetiva.com.br
Disque-Objetiva: (21) 2233-1388

Este livro foi impresso na
LIS GRÁFICA E EDITORA LTDA.
Rua Felício Antonio Alves, 370 – Bonsucesso
CEP 07175-450 – Guarulhos – SP – Fax: (11) 6436-1538
Fone: (11) 6436-1000 – e-mail: lisgrafica@lisgrafica.com.br